SHANGHAI STORIES CULTURE MEDIA Co.,Ltd.

中国式问候

上海故事会文化传媒有限公司
上海文艺出版社

图书在版编目（CIP）数据

中国式问候 / 《故事会》编辑部编. -- 上海 : 上海文艺出版社，2023
（故事会．社会写真系列）
ISBN 978-7-5321-8781-2

Ⅰ．①中… Ⅱ．①故… Ⅲ．①短篇小说-小说集-中国-当代 Ⅳ．①I247.7

中国国家版本馆CIP数据核字（2023）第112067号

书　　名：中国式问候

主　　编：夏一鸣
副 主 编：吕　佳　朱　虹
责任编辑：丁娴瑶
发稿编辑：吕　佳　朱　虹　姚自豪　丁娴瑶　陶云韫　孟文玉
　　　　　王　琦　曹晴雯　赵媛佳　田　芳　彭元凯
装帧设计：周艳梅
封 面 画：孙小片
责任督印：张　凯

出　　版：上海文艺出版社
出　　品：上海故事会文化传媒有限公司
（201101 上海市闵行区号景路159弄A座3楼　www.storychina.cn）
发　　行：上海文艺出版社发行中心
（上海市闵行区号景路159弄A座2楼206室）
印　　刷：上海中华印刷有限公司
开　　本：787×1092毫米　1/32　印张：8
版　　次：2023年10月第1版　2023年10月第1次印刷
书　　号：ISBN 978-7-5321-8781-2/I.6926
定　　价：25.00元

上海故事会文化传媒有限公司　出品（01134）

上海故事会文化传媒有限公司所有图书可办理邮购，免收邮费（挂号除外）
汇款地址：上海市闵行区号景路159弄A座2楼206室（201101）
收 款 人：上海故事会文化传媒有限公司出版发行部
联系电话：021-53204159
如发现本书有质量问题，请与印刷厂质量科联系　Tel：021-60829082

编者的话

一、中华民族自古以来便有讲故事的传统。五千年的文明绵延不断，五千年的故事口耳相传，故事成为中华民族弥足珍贵的精神财富。

二、创刊于1963年的《故事会》杂志是一本以发表当代故事为主的通俗性文学读物。60年来，这本杂志得风气之先，发表了一大批脍炙人口的优秀作品，许多作品一经发表便不胫而走、踏石留印，故而又有中国当代故事“简写本”之称。

三、60年来，这本杂志眼睛向下、情趣向上，传达的是中华民族最核心、最基本的价值观。

四、为让读者在最短的时间内阅读最大面积的精品力作，《故事会》编辑部特组织出版《故事会·社会写真系列》丛书。

五、丛书分为如下八本故事集：《草原上的情人节》《蝴蝶翅膀上的爱》《绝对宝贝》《玩的就是心跳》《幸福信笺》《砸碑》《中国式问候》《作弊的三好学生》。

六、古人云：登东山而小鲁，登泰山而小天下。对于喜欢故事的读者来说，本丛书的创意编辑将带来超凡脱俗的阅读体验。

《故事会》编辑部

目录
Contents

目录
Contents

时代·生存篇

shidai shengcunpian

不但要活下去，还要知道为何而活，这就是生存最大的秘密。

借我一块钱

王益应聘一家公司的业务员，一路过关斩将杀进最后一轮，得到了老总亲自面试的机会。

和王益一起来的，还有两个应聘者。一个是有着丰富经验的中年人，一个是重点大学毕业的高材生。老总直接出题，让应聘者把他当成一个大街上遇到的陌生人，要用最小的代价和最短的时间让他记住本公司。

高材生第一个上场，他面带微笑走向老总："先生，您好！看您的气质，一定是位老板，我想向您介绍一下我们公司的……"

老总摇摇头，打断了他："你这种职业笑容现在太泛滥，人们已经有了审美疲劳，当他们发现你微笑只是为了推销产品时，更会产生反感。"

高材生悻悻下台，中年男子上场了，他掏出一支烟递给老总："朋友，这次世界杯你最看好哪个球队？"

老总再次摇头："不好意思，我不抽烟，也不关心足球。我知道，你是想用这种方式和我拉近距离，但是如今人们的戒备心理都很强，对陌生人的搭讪十分警惕，不会轻易搭理你。"

前两个应聘者都碰了钉子，轮到王益了，他沉思片刻，大步走到老总面前，说："如果你丢了一块钱，心里会不会非常难受？"

老总笑了："我还不至于为一块钱难受吧？"

王益又说："那现在有个机会，只要你付出一块钱就可以帮助一个人，你愿意吗？"

老总显得莫名其妙："一块钱，好像什么也买不到吧？"

王益一笑："不，能买到诚信。"看着老总迷惑的神情，王益解释道，"我和人家约好见面，但因为忘带钱包，没法坐公交车，眼看就要迟到了。如果您借我一块钱，我就能准时赴约了。"

老总大笑："你这人真有意思，一块钱还绕这么大弯子？给。"

王益接过钱，又说："谢谢！您给我的不只是一块钱，还有信任和爱心，所以我必须感激您。"说着，拿出一张名片递过去，"如果您或您的朋友需要我们公司的产品，可以打电话给我，我保证给您最优惠的价格。"

老总赞赏地竖起了大拇指："人们总是会记住那些向自己借过钱的人，哪怕只是一块钱，他们会拿着你的名片向朋友们介绍这次有意思的经历。你是怎么想到这个方法的？"

王益有些不好意思地说："不瞒您说，今天早上我就因为忘带钱包，不得不向路人借钱坐车，才赶上了这场面试。我从中受到启发，如果不能吸引别人的注意，就没有和对方交流的机会；如果不能取得对方的信任，哪怕是一块钱，对方也不会给。做业务员，其实也是一样。"

面试结果，王益毫无争议地胜出。

（张宏涛）

（题图：王申生）

中国式问候

叶峰是一名机械工程学博士，家住在青岛。

这年春节过后，叶峰漂洋过海来到了美国洛杉矶，在去一家公司面试的路上，不慎把学历证明遗失了。叶峰不想就此回国，只能一边等着家里把补办的证件寄来，一边想先找份不要求学历的工作。可此时正逢经济萧条，叶峰找了半个月，始终不见希望，随身带的积蓄却快用完了。

这天，叶峰又试着走进了一家咖啡厅，老板听了叶峰的来意，把头摇得像拨浪鼓，连说不要人。叶峰正要退出时，店里一个客人用汉语叫住了他，他乡遇同胞，叶峰精神一振，以为对方要给自己介绍工作，但对方却只让他留下电话号码，说看哪里要人再打给他，并称自己姓杨。叶峰虽有些失望，但还是谢了这位杨先生的好意。

第二天中午，又白跑了半天的叶峰拖着疲惫的身子在马路上徘徊，路过昨天那家咖啡厅，正巧杨先生从咖啡厅里走了出来，他见了叶峰点头一笑，并随口问："吃过了吗？"

叶峰一怔，其实从早上到现在他滴水未进。工作无望，口袋里的钱又越来越少，这段日子他总是勒紧皮带，到了饥肠辘辘时才吃片面包充饥，但他不想让一个萍水相逢的人知道自己的窘境，就忙说："刚吃饱了。"

杨先生上下打量着叶峰，沉吟了一会儿，问："刚从国内来吧？看你的样子像个知识分子，为什么不去试试好点的工作呢？"

叶峰告诉杨先生，自己的学历证件丢了，正在补办。杨先生若有所思地点点头，然后开车离去。

下午，叶峰的手机突然响了，一看，是杨先生打来的。原来杨先生是个珠宝商人，在洛杉矶开了几家店，刚才有家分店的店员向他请了长假，他问叶峰想不想去他店里上班。

叶峰一阵欣喜，赶忙答应下来。他赶到了杨先生店里，只见店铺不大，店里主营的是翡翠，各式各样的翡翠闪烁着晶莹的光泽。

就这样，叶峰在杨先生的店里安顿下来，可是过了几天，叶峰开始担心了：店里顾客寥寥无几，大多数人只是看看，并不出手购买，几天来他连一笔生意也没做成。叶峰还打听到，现在是淡季，附近几家玉石店因生意惨淡入不敷出，都暂时关了门，要等到旺季再开业。叶峰猜想，杨先生是因为自己在这里，才没有关门的。

这天，杨先生来到店里，发觉叶峰闷闷不乐，就问他有什么心事，叶峰把心中的疑惑说了，杨先生听后笑着说："你多虑了，我这店比他们开得早，熟人比较多，淡季也会有生意上门的。"

叶峰听杨先生这么说，放下了一半心，但他还是暗暗打定主意，如果三天之内还做不成生意，一定向杨先生告辞。

第二天，店里来了一个中年女人，乌黑的头发，白皙的皮肤，看衣着服饰，应该家境不俗。女人扫视了店里一眼，对叶峰说道："我想看看这个。"

叶峰一看暗喜，女人指着的是一个翡翠龙摆件，它重约两百克，标价八千美元，叶峰小心翼翼地把翡翠龙搬到女人面前，女人似乎对玉石很在行，她边看边点头："嗯，不错，这条龙用整块缅甸满绿翡翠雕成，雕工也非常精细。"女人品鉴了一会儿，就爽快地掏钱买了。

叶峰喜出望外，中午杨先生来了，叶峰忙兴奋地把卖出翡翠龙的事告诉他，杨先生也很高兴，问了女人的模样，微微一笑，说："那是我的一个熟客，一向对店里很信任。"接着杨先生核算了一下，说，"卖了这块翡翠，足可以抵上店里半个月的开销了。"

听了杨先生的话，叶峰的心情才轻松起来。接下来的日子里，叶峰又卖了几件小型的翡翠，他觉得店里无论如何也不会亏了，才彻底安心。不知不觉间，叶峰来店里快一个月了，这时，他的学历证书也收到了。一天，杨先生对叶峰说："我打听到有家机械厂要招工程师，待遇很好，你快去试试吧。这里我会叫其他分店的店员先来顶一顶。"叶峰心里很感激。

不久后，叶峰顺利地进入了一家大型机械厂，如愿当上了工程师。找到工作后，叶峰的第一个电话就打给了杨先生，他说自己能渡过难关，全靠了杨先生的帮助，想邀请他全家到餐厅吃顿饭，以示谢意。杨先生却说："还是你到我家里来吧，我叫我太太炒几个中国菜。"

这天，叶峰根据地址来到杨先生的家，那是近郊的住宅区，一栋栋木质别墅整齐而漂亮，杨先生的家布置得典雅别致。当杨太太笑吟吟地从厨房里出来时，叶峰一下子呆住了：杨太太就是那个买走翡翠龙的女人！刹那间，叶峰恍然大悟，眼睛不禁湿润起来，他想说几句感谢的话，却觉得喉头哽咽，难以出声。

杨先生感慨地拍拍他，风趣地说："哭什么，现在又不用饿肚子了。"

叶峰闻言，愕然道："你、你怎么知道我那时的窘况？"

杨先生点点头，感叹道："一开始我并不知道，可我们第二次邂逅，我随口问你吃了没有，一般人都会回答'吃了'，而你却回答说'吃饱了'。一个生活安稳的人，只会在意吃得好不好，不会在意吃得饱不饱，你强调吃得饱，正是因为你饥饿的缘故啊！我再看看你的脸色，便不难证实自己的猜想了。”

杨太太也接口道：“其实我们刚来时，也常常三餐不继，那段日子真叫人刻骨铭心……所以，现在我们生活中许多东西都洋化了，唯有这句问候，始终没改变过。”

（佘远香）

（题图：安玉民　梁　丽）

湖里有贼

鄂南湖区有一种很小的渔船，比家用的洗澡盆子大不了多少，渔村的人把它叫做划盆。这种划盆只需一个人操作，在湖里下网起钓，倒也灵便。老韩就是靠这种划盆在湖里打鱼摸虾，维持家庭的基本生活，还供儿子小波读完了高中呢！

你别说，他儿子还真争气，一下考上了国家重点大学。得知小波上了头榜，老韩偏偏乐不起来，他一个劲儿埋怨儿子说："波儿呀，我早就对你说过，随便考所学校算了，你硬要考那么有名的学校干啥？我听人说，学校越好学费越贵，咱念不起啊！"

小波知道家里的难处，自从母亲去世后，家里的担子全压在老爸身上，他安慰老爸说："你别着急，离报到还有好些日子呢，我可以外出打工，一来挣点学费，二来也正好锻炼锻炼自己。"

老韩心痛儿子年少骨头嫩，哪会同意呢！他瞪了儿子一眼，说："你给我老实在家待着，既然考取了，这书就得读啊！老爸我再没能耐，也要给你凑齐这笔学费！"

从此以后，老韩可是没日没夜地泡在湖里啦，打的鱼虽然比以往多了些，人却瘦了不少。

这天晚上，老韩正准备下湖，见儿子小波跟在屁股后面，就问："你跟着干啥？"

小波说："邻家驼子叔说，湖里这些天闹贼，他家网箱养的鱼被人偷过，听说我晚上挺警醒的，就叫我跟他一起守夜，其实，也就是在湖边哨棚里睡睡觉，有啥动静及时叫醒他。"

老韩站住了，说："你别听驼子叔疑神疑鬼的，哪来那么多贼？我天天在湖里打鱼，咋没看见呢？"

小波说："老爸，你别不信，驼子叔是老实人，从不撒谎的，要不是真有这回事，他犯得着每晚多出两块钱吗？"

"他多出两块钱干啥？"

"给我发夜班补助啊！"

"嘿，还真有他的！"老韩顿了顿，不由骂道，"如今这些个贼也真混账，偏拣老实人欺侮，将来肯定不得好死！我要是遇着了，决不轻饶他们！"又对小波说，"你小孩子就别掺和这些事，要是真有贼，你也抓不着，倒不如让我下完了网到驼子叔哨棚里去睡，一来帮他放个哨，二来也好看守自己的渔网。"

小波说："老爸，你别太累了，下完了网你还是回家休息去吧，我答应了帮驼子叔守夜，咋能让你来顶替呢？就算我抓不着贼，帮忙叫一叫，吓唬吓唬小偷也好啊！再说，你不让我外出打工，在家乡做这点事，练练胆子咋不行呢？"

小波到底是"准大学生"，老韩还真辩不过他，便说："你去了也是白去，没听人说'贼去不回头'？哪有那样傻的贼，偷了一次还会再去偷呢？"

果不其然，小波守了几晚，还真的没见到贼的踪影。

老爸嘲笑小波说："咋样，贼毛儿也没见着吧？依我看啦，八成是你驼子叔胆小怕鬼，愣要把你拖去做做伴！没听说有部电影叫《天下无贼》吗？再说，就是有贼，也偷不到咱这穷山穷水的地方来啊！"

小波说："没贼不是更好吗？反正驼子叔愿意出那两块钱，我呢，也落得在那空气新鲜的河边睡个安稳觉。这叫：周瑜打黄盖，一个愿打，一个愿挨。老爸，你就甭操这份心啦！"

老韩想想也是，便懒得管他了。

转眼又过去了好几天。这晚，夜空只有几颗微弱的星星，小波又要去哨棚守夜。临走，老韩特地沏了一大杯姜茶，递给他说："湖边水冷风凉，记着晚上喝几口姜茶，御御寒、暖暖胃。"

小波紧了一下杯盖，他想留到夜深的时候喝几口，让自己提提精神，因为他听驼子叔说，偷鱼贼最喜欢深更半夜出动。

驼子叔见小波带来一大杯姜茶，乐呵呵地一把夺了过去："你小子咋知道我晚上吃多了咸鱼？我正口渴得紧，这下可好，有你这杯姜茶，咱就渴不着了！"说着，不管三七二十一，拧开茶盖，仰起脖子直咕噜，一口气干掉了多半。小波也不好说啥，索性把剩余的姜茶也全留给他了。

过了会儿，驼子叔便呼呼睡去。小波就着半支蜡烛看了一阵书，蜡烛灭了，人却睡不着，眼睁睁地看着灰蒙蒙的湖面。突然，他听到一阵鱼儿拍水的声音，那声音听起来特别响，直觉告诉他：有人偷鱼！

他一激灵，正准备喊叫，又怕惊跑了偷鱼贼。你别说，他还真想亲手抓一回贼呢！可是，仅凭自己的力量行吗？

于是，小波轻轻地推了推躺在身边的驼子叔："驼叔，驼叔，醒醒，快醒醒，有贼呢！"可是叫了半天，驼叔一点反应都没有，鼾声依旧。小波心想：难怪要我来帮他当看守，原来瞌睡这么沉啊！看来再要喊下去，非把贼给惊跑了不可！小波当机立断，决定来个孤身擒贼！

他记得岸边有只备用的小划盆，于是，便蹑手蹑脚蹭过去，朦胧中，果然有个黑影正在网箱里往外捞鱼呢！见此情景，小波心都快蹦出来了，他屏住呼吸，轻轻地坐进划盆里，操起两片划水的桡子，急速划动起来。

黑影听见水边传来了声响，立即停止了动作，掉头便逃。小波打小在水边长大，早就学会了荡划盆的技术，这回正好对着点儿，他随后便追。

看来那贼的划盆技术也不赖，眼瞅着相隔不过几丈远，却怎么也拉不近距离。小波一急，不由高声喊了起来："快来人呀，抓贼啊——"

小波的声音又尖又长，像刀子一样划破了寂静的夜空。昏暗的湖面，顿时亮起了星星点点的渔火，好些网箱养鱼户闻声而动，他们荡起渔船顺着喊声迅速划了过来。不一会儿，四下里喊声一片："抓住强盗，别让贼跑了！"

偷鱼贼眼见众人围拢来了，一慌神，打翻了划盆，只听"扑通"一声，落入了水中。大家围着水面，搜索了好一阵，也没有看见小偷的影子。

正准备散去，小波说："大家等等，让我下水去看看！"说完，竟一个猛子扎进水里，过了好一会儿才露出头来。

大伙儿都笑小波："小子啊，你别逞能了，这贼脑子可没进水，哪有蹲在水下让你去抓活的？人家早潜跑啦！"

小波倚着船帮直喘气儿，说："不、不是我逞能，我、我是怕他不会水，淹死了可不得了！"

不知谁这样说了一句："嘿，你别看戏掉眼泪，替古人担忧了，没有浪里白条的功夫，谁敢在水里做贼？再说，这样的人淹死十个，少了五双，活该！"

大家齐声附和："要真的淹死了，那才叫报应呢！"

大伙儿笑骂着，不让小波再去打捞，硬是把他从水里拽了上来，随后纷纷散去。

小波拗不过众人，也只好怏怏地返回哨棚。一看，驼子叔还在打鼾呢！小波真是哭笑不得，心说：这样的人养鱼，咋不让贼惦记？

直到第二天早上，驼子叔还是睡眼惺忪，当小波告诉他昨晚发生的那一幕，驼子叔死也不肯相信，一个劲儿地说："你小子别编故事蒙我，我才不信呢！"见小波并无玩笑的意思，不由拍拍脑袋说："我咋就睡得这么沉呢，好像喝了蒙汗药似的？”

这次守夜归来，小波破例无心看书，因为明天他就要离家上大学了，也不知老爸给自己筹备的学费够没够？另外，让他不能释怀的还有昨晚那件事，他一直在琢磨：这个小偷会是谁呢？他掉进水里是死是活？还有，就算人可以潜水逃走，那划盆可是木头做的，按理说会浮在水面，咋也没影儿呢？

眼瞅着太阳爬上了屋顶，小波开始准备午餐。这些天来，每天清早，老爸都要上街去卖鱼，中午一点多钟就会回来。可是，这一次老爸却没有如期而归。他问了所有上街卖鱼的乡亲，大家都说没见着他爸。小波这下可慌了，他连忙跑到老爸天天拴划盆的地方，一瞅，啥也没有！顿时，小波犹如冷剑穿心，脊背都凉了！突然，他心里掠过一阵不祥的预感：老爸没了！

此刻，在他脑海里不断出现了这样的疑团：近来老爸打的鱼为啥那么多？他为啥几次阻止自己下河帮人看守网箱？驼子叔饮了那杯姜茶后，为啥沉睡不醒？那可是老爸为自己准备的茶水呀，难道真的掺了安眠药？还有那与人一起沉没的划盆……对，尤其是划盆，全村只有老爸的划盆是铁皮做的，那还是在他读初三的时候，老爸因为买不起木制的划盆，便从废品店里买来旧铁皮，请电焊店的亲戚照木划盆的样子做的，也只有这只铁皮做的划盆才会翻沉水底啊……

小波越想越后怕，再也沉不住气了，他撕心裂肺地大叫一声：“老爸，你不该呀……”

小波冲出家门，一路狂奔到驼子叔的哨棚前，解开他家那只备用的划盆，拼命地划向湖心，一边喊着“爸”，一边不停地扎着水猛子，疯了似的在湖里蹿上跳下……

小波的举动立刻惊动了村里的人，大伙儿不约而同地划着渔船，来到湖心。几位年轻力壮的后生费了好大的劲，终于将小波扯住，人们一个劲儿地劝他说：“小波，昨晚是你最先发现的小偷，追赶的时候又是你离他最近，咋会是你爸呢？”

小波哭着说："当时天黑，我压根儿没看清是谁，只是见着个人影儿才发狠追他。可是，到现在，谁也没见到我爸，而且，我家那只铁皮划盆也不见了……"

虽然小波越说越像，可大家还是不愿相信这是真的，依然安慰他说："小波呀，你别瞎猜，没准是那个贼偷用你家的划盆，你何苦赖你爸？又何苦这样拼命去打捞呢？"

"不，他是我爸，一定是我爸！爸呀，你好糊涂哇……"

正闹得不可开交的时候，驼子叔荡着渔船，和村长一起过来了。村长一把搂住小波的肩膀，说："孩子，你别犯傻，实话告诉你吧，你爸进省城了！昨晚你省城的一个亲戚打来电话，说他弄到一笔无息贷款，帮你解决学费呢！电话是我亲口传的，你爸性急，顾不上跟你说，走的时候还特地叮嘱我，要我明天陪你到省城去，他在大学门口等你呢！"小波这才将信将疑，抽泣着上了岸。

这晚，村长一直陪着他，直到第二天早上，村长才回村委会，和其他几位村干部碰头。大家交给村长一只鼓鼓囊囊的提包，他拎着这只包，和小波一起匆匆踏上了北上的列车。

送走了村长和小波，大伙儿立即荡起船只，直奔前晚出事的地方，几位水性好的后生扎了好些个猛子，终于从湖底捞起了沉没的划盆和死者，他不是别人，正是老韩。

令众人惊讶的是，老韩居然将自己的一只手牢牢地绞在划盆的铁环上，看样子是铁了心要和自己的划盆同归于尽。谁都知道，老韩可是全村有名的水猫子，要不是系在划盆上，想淹死都难啊！

乡亲们啥也没说，只是不住地唏嘘着，将老韩盛殓在他那只铁皮划盆里，埋在湖边的山丘上……

（魏柏林）

（题图：黄全昌）

都是最可爱的人

招来个难缠的

警卫连的“雷锋月”活动开始了，动员大会上，指导员倡导大家要走出营区，给老百姓做好事。这下一班班长郝兵乐了起来，心想自己终于可以到部队外面露一手了。要知道郝兵可是连队里的“小飞刀”，一把剃头刀要得虎虎生风。

星期天一大早，郝兵就提个工具包，带上班里的小苏在部队旁边的小区门口支起了摊子，并且挂起一个牌子——“免费理发”。这下，立刻吸引了一大群居民。一个小伙子摸摸自己的脑袋，走上前来说：“我先试试！”郝兵二话不说，当下打理起来。等给小伙子理完发，大家一瞧都忍不住啧啧称赞，纷纷抢座位让郝兵理发。眨眼就到中午归队的时间了，可还有好几个人在旁边等着。郝兵抱歉地告诉大家，只能等下个周末了。收起摊子，郝兵很开心，这样既提升了解放军的形象，也让自己练了手。

第二个星期天上午，得到"口头表扬"的郝兵又兴冲冲地来到了老地方，他刚支好摊，就见一个跛着脚的老头，拄着拐棍儿走过来，一屁股坐在了椅子上。老头望着郝兵笑眯眯地说："我孙子和你一个样，也是当兵的。"

郝兵心里顿时一热，没想到这个老头竟然还是个军人家属哩，今天可得更加卖力把老人家照顾好了。

郝兵把理发围布给老人系好，正要剪头，老头却说："小伙子，我看你挺年轻的，技术不怎么好吧，一定要慢着点，可别把我的头皮给刮破喽！"

郝兵顿时愣住了，刚才还亮堂堂的心，突然像塞进一团破抹布。他想：你这老头咋说话呢，我上个星期都来过一次了，技术是大家有目共睹的，怎么能这么不信任我呢？不过他脸上还是挂着微笑："大爷，您就放心吧，我会像给婴儿剃发那样小心的。"

老头摆了摆手："小伙子还是要谦虚一点好，咱退一步讲，就算你技术好，可也有失手的时候呀！"

郝兵心里更不舒服了，强忍着火气擦着手里的剃头刀。

老头见郝兵不说话，更加得意了："解放军同志，你咋不说话啦，心虚了？常言道，艺高人胆大，你要是真有几把刷子，就根本不用怕，更不会把我的话当回事儿！唉，算了，我老人家也不吓唬你了。看在你年纪轻的份上，如果你技术差伤着我，我不和你计较就是了！"

此时，在一旁给郝兵当帮手的小苏看不下去了，梗起脖子，走到老头面前大声说："你这人怎么这样，要是怕俺班长的技术差，你到别处去呀，免费给你理发，事儿倒不少……"

小苏还没说完，就被郝兵一把拉了过去，说："你忘了咱穿的这身军装了，注意形象！"

老头可不是好惹的，一听小苏的话，怒火"腾"的一下蹿到脑门，他气得用拐杖使劲敲着地面，嘴唇哆嗦着说："你这孩子怎么这样说话呢，解放军给老百姓做好事就是这个态度啊？"

郝兵一看事情有点严重，马上把小苏批评了一通，并悄悄使眼色暗示他去道歉。好在小苏也是个明白人，为了顾全大局，赶忙向老头赔礼道歉，说自己刚才太冲动了。

老头并没有立即接受小苏的道歉，而是闭着眼养了养神，才睁开眼睛，用教训的口气说："就像古人说的那样，你们理发这一行当可是'操天下头等大事，做人间顶上功夫'，没有真功夫，能做好这'头等大事'吗，再说了，头这玩意儿可不是葫芦！"

郝兵见老爷子气消了点，赶忙赔着笑脸说："老大爷，刚才对不起，小苏是新战士不懂事，您老可别和他一般见识，要不咱这就开始理发，我今天一定拼尽全力，让您满意！"

老头看看郝兵，终于点点头。

碰上个找碴儿的

谁知郝兵刚剪了几下，老头就"啊"的一声大叫："疼死我了，你把我的头发夹疼啦！"

郝兵看了看手中的剪刀，一阵奇怪：剪刀是刚刚磨过的啊，不可能夹头发啊，难道是老人还在生小苏的气？郝兵抹了一把头上的汗，更加小心起来。可过了没多久，老头又叫起来："你当是给猪煺毛啊，下手就不会轻点？"

郝兵赶忙道歉："对不起，对不起！"心想：看来这老头很记仇，已经和自己铆上了。

时间一分一秒地过去了，等着理发的人越来越多了，可这老头就像黏在了椅子上似的，就是不下去，一会儿这边头发长，一会儿那边头发短，反正就是不满意。旁边的人越看越不对劲，这老头哪是来理发哟，分明是找碴儿呀！有个小伙子看不下去了，说："您老占着座位不说，怎么还这样为难人家解放军啊？"

老头却不恼，不紧不慢地说："既然为人民服务，就要服务到家，如果人民这点要求都满足不了，就不要在这里摆摊。”说罢，索性两眼一闭，养起神来。

因为老头总是提意见，郝兵也有些慌了，原本能理好的头，居然也因为紧张，发挥失常了，费了好大功夫才把老头的脑袋整出个样子来。

郝兵松口气说：“理好了！”

老头睁开眼，瞪了郝兵一眼：“什么？这就算理好了呀？”他抬头往镜子里一照，嘴一噘，“不行，你看看，这左边鬓角高，右边的鬓角低，两边不平衡嘛。不行，再修修！”

郝兵把老头的脑袋摆正，左瞧瞧，右瞅瞅也没觉得有什么不平衡，但他没办法，只好按他的要求慢慢修整。

一个多小时过去了，眼看摊子前面的人越聚越多，郝兵心里也越来越急，眼看要到中午归队的时间了，只理了一个人，别人可咋办啊？

又修整了好一会儿，老头总算露出了笑脸，他对着镜子照了半天，点点头说：“小同志，理得还不错。不瞒你说，我这个人有‘剃头癖’，隔几天不剃一次头，这脑袋就痒痒。而且我这个人剃头要求比较高，所以一理就是好几个小时，唉，难伺候着呢！”

郝兵刚才还生气呢，听了老头这一番话后，倒乐了，听说过有这癖那癖的，还没听说谁有“剃头癖”的！

老头起身拍了拍身上的碎发，拍着郝兵的肩膀，重重地说了声“谢谢”，就拄着一把拐杖蹒跚着走了。

一上午郝兵只理了三个人，这让郝兵有点儿失落，唉，怪就怪这个有“剃头癖”的老头耽误的时间太多。

又是一个星期天，郝兵起了个大早，急匆匆地向小区门口赶，可令他郁闷的是那个跛脚的老头手拄拐棍儿，早已站在那里了。郝兵知道，这个老头头上又痒痒了，看来今天又要在他身上花费两三个小时！

老头看了看郝兵阴着的脸，心里明白了几分：“解放军同志，我知道你心里想什么，是嫌我占用时间太多，影响你给别人理发对吧？唉，你不知道，附近那些店也是嫌我理发太占时间，根本不欢迎我去啊，也就是你心眼好，不嫌烦，愿意给我理，要不我也不会来麻烦你呀，谁让我老头子有这种怪癖呢！要不，我给你几块钱作为补偿吧？”

听老头这样说，郝兵心里顿时也软了下来，这个老人虽然脾气怪了点儿，但也蛮可爱的，他回答道：“老大爷，我们是学雷锋做好事，哪能收钱啊。给你理发是麻烦些，可让您老舒服了，不也是做好事吗？”正当郝兵给老人洗头的时候，一只大手突然把老头从座位上拽了起来。

郝兵抬头一看，原来是个七十多岁、身穿旧式军人衬衣的瘦高个儿。瘦高个儿大声地嚷道：“张文才，果真是你在这里给人家解放军同志捣乱！你知不知道，还有很多人等着理发呢，你倒好，吃起独食来了！”

只见张老头满脸惊慌地看着眼前这个微微驼背的瘦高个儿，脸憋得通红：“孙大哥，我这是，这是……”

孙老汉一挥手，瞪着眼吼道：“不要再说了，赶快走，别耽误解放军同志给老百姓理发！”说着拉起张老头迅速离开了。

看到最感动的

当天晚上，郝兵怎么也睡不着，心里一直琢磨，那个孙老汉咋那么霸道呢，那个有“剃头癖”的张大爷看来很怕他，竟然会乖乖地跟他走！

又一个理发日，郝兵理好发收拾东西准备归队，只见张大爷大汗淋漓、一瘸一拐地走了过来。

郝兵想张大爷肯定是来找自己理发的，可是时间已经到了，只好说：“大爷，这样吧，我晚上把您的情况给指导员反映一下，看能不能请个假到您家里单独给您理。”

张大爷轻轻地摇了摇头：“不，我不是来找你理发的，我想让你们跟我去见一个人。”

郝兵惊奇地问：“什么，去见一个人，谁？”

"去了就知道了！"

郝兵想了想，点点头，和小苏两个人跟着张大爷穿街走巷地来到一个小区垃圾场旁边。

张大爷在垃圾场旁边的一个墙角处停了下来，示意他们也都躲起来。郝兵心想，这老爷子神神秘秘的，究竟要干什么？

这时，只见在垃圾堆旁边闪出来一个人，仔细一看，原来是上个星期那个拉走张大爷的孙老汉。

张大爷低声说："你知道吗，他可是在朝鲜战场上打过美国鬼子的老兵啊，他背上还有枪伤哩！"

郝兵没想到这个老人竟然是个老革命，便问："他是战斗英雄，怎么还来捡垃圾呀？"

张大爷舒了口气："是呀，他一个月有一千多块钱的养老金，的确是衣食无忧呀，可他却用这些钱资助着五个贫困大学生哩，国家发他的钱他一分也舍不得花，全都按时邮给了他们，即便是这样，也还不够呀，所以他就开了个小理发店，一个月也能挣个千儿八百的。可是你们这一免费理发，把周末理发的人都引过去了，他没生意可做，心里又惦记着娃儿的学费，就来捡垃圾了……"

郝兵听得目瞪口呆，一时不知道该说什么好。

张大爷又接着说："其实我让你理发，想尽一切办法让你在我身上多花一点时间，为的是给老孙多留几个顾客，我说的什么'剃头癖'，自然也是骗你的。没想到，我的事儿后来还是让他得知了，他那天把我拉回去狠狠批评了我一顿，说我糊涂，不识大体，净给解放军添乱哩！"

从此以后，郝兵再也没有在这个小区摆过理发摊。倒是人们经常看见，孙大爷的理发店里有些穿军装的小伙子进进出出……

（曹景建）

（题图：刘斌昆）

男妇产科大夫

医大毕业了，我被分配到市人民医院。那天，高高兴兴找院长报到，院长看了我的有关材料后，眯着眼睛紧紧看了我好一会儿后，猛然说："小吴，外科早已超员了，你去妇产科吧，那里正缺你这样的高材生。"

我的神情马上变了，气愤地说："院长，我是学外科的，不是学妇产科的，再说我一个男的，怎么好看女的——"

话还未说完，院长就发火了，厉声打断了我，说："什么男的女的，在医生眼里都是病人，男女都一样。你要是不愿意，就另栖高枝吧。"

我一个农村考出来的大学生，刚刚毕业，在这座城市一点社会关系都没有，又能怎么样呢？俗话说胳膊扭不过大腿，我憋着一肚子气，来到了妇产科。

妇产科主任是个挺开明的老太太，快退休了，她愉快地接待了我。见我情绪十分低落，便安慰我说："小吴，你不要有什么偏见，以为男的就不能当妇产科大夫。其实你错了，全国 10 万名妇科大夫中，就有近万名是男的。你是外科专业的高材生，在妇产科不但不会屈你的才，而且正好是你的用武之地。妇科手术往往关系到女性的生理功能，关系到传宗接代和家庭的稳定问题，每一例都事关重大。当然，你进了这里，不能只等着手术做，还要自己学会看各种妇科疾病，我希望你能成为我们这个市第一位优秀的男妇产科大夫。"

妇产科主任这话说得好体贴人，我的心情好受些了，便点了点头。

她又对我说："小吴，妇产科的男性大夫替患者做妇科检查必须要有第三者在场，全国都这样，我把小袁安排给你当助手，有个女同志在旁边，可以帮你免除好多尴尬。疑难病症，多找我商量。"

小袁是个调皮鬼，她眨了眨眼睛，冲着妇产科主任说："主任，你莫封建死脑筋了，现在的男同志，脸皮厚得很，愁的就是没办法接近女人，尴尬个鬼！伤脑筋的是那些女患者，到时只怕见了吴大夫，不吓得掉头就跑才怪呢！"

我根本不是小袁说的那种脸皮厚的男人，她在主任面前这么说，我又羞又恨，什么话都说不出来了，只好用眼光怒视着她，哪知她根本不当回事，冲着脸红成了关公的我继续嬉皮笑脸呢。

妇产科多的是手术，跟外科专业还是对路的，我稍稍准备，第二天便坐到了新设的第二门诊室。可一天下来没看过一个病人，不是没病人上门，而是妇女们进了门，一瞅见我这个男大夫坐诊，转身就跑，像老鼠见了猫一样，没一个不露出慌张狼狈样，还有的患者受惊后发出阵阵尖叫声。小袁说得真是太对了，我在心里服了她了。

这些患者真是可恶至极，她们跑了还不算完，居然纷纷找院长告状去了。有的说："自古以来，男女有别，找男大夫看，我们不习惯。"有的说："女人的身体怎么能随便让男人看呢？我们有心理障碍。"还有的说："你们医院太没规矩了，这纯粹是乱来，是败坏社会风气，我们坚决不答应！"

面对这么多人的抗议，院长坐不住了，他抓耳挠腮了好一阵，才对反映意见的患者说：“你们的意见有对的一面，也有不对的一面。对的一面是的确有个心理障碍或不习惯的问题，不对的一面是你们太偏激了，其实全国好多大医院都有男妇产科大夫。医生和病人之间的关系都是医患关系，他的眼中没有人，只有病……当然啦，一个地方有一个地方的特殊情况，问题既然提出来了，我们还是会好好研究的。这样吧，你们还是先去找女大夫看吧。”

打发完这些告状的患者后，院长立即打电话把我叫了去。我一进院长室就冲着他发脾气，说：“院长大人，你这是成心叫我难堪。你如果不肯让我去外科，我明天就走，南下打工去。”

院长笑了，说：“我知道你心情不好受，才打电话要你过来当面骂我的，你就痛痛快快骂吧，把怨气都骂出来，心里自然就舒服了。”

院长这么说，我一下不好意思了，哪里还作得了声，只好青着脸听他的下文。院长收起笑容，认真地看着我说：“你不骂了？那好，我送你六个字：坚持就是胜利。我这个人，就有这么倔，越是难办的事我就越要把它办好。妇产科除了主任外，没有一个叫得响的大夫，她退休后，真不知道该怎么办。院里的想法就是要把你全力培养成妇科的一把刀。当然，问题比我先前想象的要严重一些，这里太闭塞太落后了。不过万事开头难嘛，开起了头，往后就什么都不成问题了。你不能急，要耐心等候，我就不信这地方一个思想解放的人都没有。反正我又没扣你的工资，你就照常坐你的诊，静待转机吧。”

我不知怎么搞的，听了院长这番话后，不但气顺了许多，而且心里也有点热乎起来。在回妇产科的路上，我脑海里老纠缠着一个问题：院长到底是怎样的一个人啊？看起来那么古怪，可内心深处似乎又很有人情味。

接下来的日子，照样是重复第一天的情况。只是因为院长给我交了底，我心里踏实多了，闲着无事，我就埋头看妇科专业方面的书。

小袁提意见了，说：“吴大夫，我们俩每天就这么干坐，这叫隐性失业，说不定哪天要裁减冗员，第一批下岗的就逃不了你和我。你是活该，我却是受了你的连累，太冤枉了！”

小袁这话说得太滑稽了，我止不住笑了，给她打气道：“不用怕，这都是院长叫我们干坐的。不是有一句歌词这么唱嘛：不要急，不要躁，你要等的人马上就会来到。我们还是耐心等候病人上门吧。”

又闲了几日，终于来了一个四十岁左右的妇女，她先问等候在第一门诊室外的一大群患者：“请问新来的吴大夫在哪个诊室？听说他是医科大学的高材生，厉害着呢。”

人群里哄地爆发出一团笑声，接着听到的就全是叽叽喳喳的声音了，这个说：“他是男的。”那个道：“男的看妇科，太不方便了。”

谁知这个妇女却不以为然地说：“我早知道他是男的，有什么好笑的。找医生看的是病，又不是别的什么，管他是男的女的，只要问医术高明不高明就行了。”

听到这个话，我心里一阵暖流涌过，马上鼓足勇气站起来，走到门口对她说：“大姐，我就是吴大夫。你进来吧。”

她看了看我，说：“哎呀，想不到这么年轻。这年头，越有学问的越年轻。我找你算找对人了。”说出了这句话后，她才走进来，坐在凳上候诊的病人马上都站起来了，挤在门口看稀奇。

我按捺住激动紧张的心情，恭敬地问道：“请问大姐是哪里不舒服？”

她说：“烦死了，我小腹疼了一个多月了，这个月的例假也没按时来，我怀疑是不是小肚子里长了什么东西？”

还不等我说什么，就有病人掩嘴笑起来，还有的脸色绯红，替她感到害臊。

此时，我已经完全进入医生治病的状态，根本不晓得管这些了，便要这位患者躺到床上去，告诉她要检查后才好下结论。这位患者配合得极好，马上按要求躺到里面床上。我把她的小腹仔细按捏了一遍，对她说：“好了，你起来吧。我可以给你下结论了，你小腹里面没长什么东西，一切正常。我看你脸色不对，肯定是精神紧张引起的不适反应，回去注意休息就行了。”

我说得这么肯定，患者不敢相信自己的耳朵，满脸疑惑地问我：“吴大夫，你能肯定我真的没病？”

我定睛望着她，用不容置疑的口气说：“你真的啥病都没有，完全可以放心。”

这位患者的眼睛里一下放出了感激的光芒：“吴大夫，你敢这么肯定，我完全可以放下思想负担了。我们女人啊，你不知道心灵有多脆弱，最怕生病了！”

这位患者走了后，看稀奇的人里面有几位受到了鼓舞，忸忸怩怩地也找我看了病。大多数人还是默默退出去了，我尊重她们的选择，示意小袁一点儿也不要勉强。

我自信有了开端，一切就都会好起来的。果然不出所料，以后找我看病的人渐渐多了起来，过了不久，第一位患者还给我送来了锦旗。后来，找我看病的患者越来越多，我完全找到了一个妇科大夫的成就感。

两年后，妇产科主任退休了，院长在全院干部职工大会上宣布我接任，我的心情十分激动。

中秋节的时候，我买了一盒月饼去住在城郊的院长家里，想表示一下感激之情。敲开门后，院长夫人热情地把我迎进屋里，我越看越觉得她有点眼熟，就在接过她递来的茶杯后，我想起来了，对她说：“嫂子，你好像一个人。”

院长夫人愣了一下，说：“我会跟谁像啊？”

我认真地说：“真像，越看越像，太像我的第一位病人了。”

院长夫人正要说什么，院长冲完了澡，从浴室里出来了，他指着我哈哈大笑说：“小吴，你记忆力不坏，她正是你的第一位病人。慧兰，你也不要再装了。”

我一时呆住了。

院长夫人见状，忙用轻松的口吻说：“吴大夫，你的医术真不简单呢。

你们院长把解决难题的任务交给我后，我想别人都不方便，也只有我自己出来支持你的工作了。当时我装病去请你检查，你诊断得好准啊，硬咬定说没病，还指出我脸色不对，如果有什么不适反应，也是精神紧张引起的。你想想，我一个从未上过舞台的人，却要在生活中不露破绽地演一场戏出来，能不紧张吗？哈哈！”

院长坐到我身边，亲切地拍着我的肩膀，说：“小吴，妇产科五个大夫中，他们几个资历比你高，临床经验比你丰富，但你年轻，有文化，视野开阔，又肯钻研，所以我把主任的担子压到了你的肩上，很多人都怕你扛不住，你可要替我争气啊。”

我抹掉溢出眼眶的泪水，看了看对我寄托着深切希望的院长，又看了看帮了我大忙的院长夫人，坚定地说：“院长，嫂子，你们对我太好了。放心吧，我会好好地干出一番事业来，成为一个优秀的妇产科大夫的。”

（吴　为）

（题图：箭　中）

手拉手上天堂

卡琳娜是个可爱迷人的小姑娘，多才多艺，人们非常喜欢她，都叫她小天使。谁知天有不测风云，卡琳娜被查出患了白血病。

卡琳娜住进医院之后，性情发生了很大变化。原本活泼开朗的她变得郁郁寡欢，每天都阴沉着小脸，还经常对医生和护士发脾气。父母见到这种情况，也只能叹息，偷偷哭泣。

一天，卡琳娜旁边的空床上转来一个新的小男孩。护士来给卡琳娜扎针输液，卡琳娜不愿意，发脾气把自己的枕头扔到地上。这时，旁边那个小男孩把枕头捡起来拍了拍，递给她，一脸真诚地对她说："姐姐，不要怕，你看外面阳光多灿烂啊，多看看阳光心里就快乐了。"

卡琳娜脱口而出："你要像我这样就要死了，还会快乐吗？"

小男孩被她愤怒的语调吓住了，睁大眼睛，说不出话。

护士低声对卡琳娜说："他的病和你一样。"

卡琳娜惊呆了，不禁面带愧色地对小男孩说："对不起。"

小男孩笑着点点头。

卡琳娜终于配合地让护士扎上针。等护士离开后，卡琳娜扭头问小男孩："你叫什么名字？"

小男孩说："我叫乔治，今年6岁。你呢？"

卡琳娜说："我叫卡琳娜，今年8岁。你真勇敢。"

乔治笑了："我是男子汉啊。"

卡琳娜叹了口气，说："为什么上帝对我们这么不公平呢？我不想死。"

乔治摇摇头："不，上帝喜欢我们，所以才会让我们提前去天堂。"

卡琳娜好奇地问乔治："你怎么知道上帝喜欢我们呢？"乔治说："是我爷爷告诉我的。他说，本来人类都住在天堂，过着幸福的生活，可是，有些坏人老是搞破坏，上帝就把他们赶进地狱。为了分辨好人和坏人，上帝造出了人间。每个人出生以后都先来人间接受考验，表现好的，上帝就让他们进天堂；表现不好的，就把他们打入地狱。本来考验的时间是一百年，但我们表现得太好了，所以上帝提前让我们去天堂。"

卡琳娜听到这些话，笑出了泪，自从得病后，她第一次笑得这么开心。乔治还告诉卡琳娜，自己的父母在前年一起去了天堂。可惜那时自己太小，所以没有被父母一起带去。

卡琳娜喜欢上了乔治，乔治也很喜欢她，他经常给卡琳娜讲有趣的故事；卡琳娜唱歌给他听，还给他画了一张像。画面上的乔治长着一双天使的翅膀，飞在空中，不远处是欢迎他的上帝。乔治非常喜欢这张画，他让卡琳娜把自己也画进去。于是，卡琳娜重新画了一张，他们两个都长着天使的翅膀，手拉手地飞向天堂。上帝面带微笑，热情地伸出双手欢迎他们。

他们把画贴在床头，每天起床时都会看着画微笑。当卡琳娜父母了解到画的含义后，都流下了热泪。护士、医生、其他病人看到这幅画后，也都被他们的乐观精神感动了。

卡琳娜不再惧怕死亡，她还常常安慰父母，别为她的离去难过。不过，她发现乔治近来情绪有些低落，就问他怎么回事。乔治说，他很牵挂自己的爷爷，爷爷有个心愿，希望看到他长大结婚，但上帝太喜欢他了，爷爷的心愿无法实现了。

卡琳娜愣住了。是啊，她记得，父母也希望看到她嫁一个好丈夫呢。

卡琳娜做了一个决定，她要嫁给乔治，了却亲人们的心愿，也为自己在天堂找个伴!

乔治听了非常高兴，他让爷爷帮他买了一束鲜艳的玫瑰花，然后，双手举着玫瑰，单腿跪地向卡琳娜求婚了。

在卡琳娜九岁生日那天，护士们在病房里铺上了红地毯，这里要举行一场特殊的婚礼。新娘卡琳娜穿上了洁白的婚纱，新郎乔治穿着一身黑色礼服，并在胸前别上了一朵红玫瑰。给他们主持婚礼的是德高望重的布鲁斯神父。双方的亲友、医院里的病人，还有护士、医生都来为他们祝福。卡琳娜在父亲的陪伴下缓缓走过红地毯，随后，乔治与卡琳娜共同用稚嫩但庄严的声调宣读结婚誓词，并互换了婚戒。在场的所有人，包括神父在内，无一不是泪流满面。

三个月后，卡琳娜和乔治几乎同时离开了人世。临走之前，他们告诉父母和爷爷，他们听到上帝的召唤了，他们会手拉手一起去天堂!

（逝水浪花）

（题图：安玉民　梁　丽）

被通缉的人

1977年冬，美国防癌治癌研究中心派出以美籍华裔医学博士徐琪为首的访华代表团，来我国进行友好访问并进行学术交流。可是徐琪博士在学术报告会上却一再声称，他的研究成果是和他三十年前的一个同学共同提出的，这个同学叫谢仲怀，他早在五十年代就已经回国了。因此，他这次回国，希望能见见老同学，并跟他继续合作，攻克医学上的这一尖端堡垒。

徐琪博士的一番话，使我有关部门大为震动。谢仲怀是谁？为什么此人在国内默默无闻呢？因为事情涉及卫生部门，所以他们立即派一位叫李欣的处长去寻找谢仲怀的下落。

李欣根据徐琪博士提供的线索，来到了谢仲怀的家乡，打听到谢仲怀在市人民医院当医师。李欣立即赶到市人民医院，该院说，谢仲怀五七年已调往区人民医院。李欣又赶到区人民医院，谁知，那儿的负责人说，“文化革命”中，发现谢仲怀历史上有血债，目前还在郊区劳改。

这个情况，使李欣大为惊讶和困惑，经与有关部门联系，终于在劳改农场的问讯室里，找到了谢仲怀。

李欣定睛一看，坐在面前的谢仲怀，五十多岁，非常消瘦，两眼失去了光彩，露出一种近乎麻木的表情。问他的话，他总是电报式地回答得很简单。但当他听说徐琪回来了，他那暗淡的眼神立即迸发出惊喜的光芒，竟激动得不顾一切地仰天长叹："唉！这下好了！徐琪回来了，我的沉冤……"他老泪纵横，喉头哽咽，说不下去了。

李欣注视他好一会儿，低沉地说："你说的沉冤就是指新中国成立前报纸上登的一张'通缉令'吧？"

谢仲怀微微点了一下头。

这究竟是怎么回事呢？在李欣的鼓励下，谢仲怀开始了他的诉述：

在三十几年前的一个盛夏的深夜，上海康乐路上，有一个学生模样的青年在低头徘徊，这个青年就是复光中学高三班学生谢仲怀。两天前，就在他满怀信心地准备参加毕业考试前夕，不料，母亲突然得了急病进了医院。医生一检查，说病情十分严重，必须住院治疗，可他哪有钱给母亲缴住院费呢？经过苦苦哀求，院方才勉强同意在三天内交付全部费用，否则将立即赶病人出院。

这真是祸从天降啊！母亲，是谢仲怀唯一的亲人。他不得不放弃毕业考试，为救母亲而日夜奔跑。他找亲戚，求朋友，结果依然两手空空。今天已经是第二天了，明天，身染重病的母亲就要被赶出医院，她的生命……谢仲怀不敢再想下去。

谢仲怀在康乐路上漫无目的地走着、走着，突然，他发现人行道旁有个东西在闪闪发光。他走过去捡了起来，啊！是块手表！再一细看，还是块金壳手表哩！他心想：啊！这真是天无绝人之路啊！母亲得救了！他兴奋地急忙把金表往口袋里一揣，直朝医院走去。

走着、走着，他猛然停住了脚步。“卑鄙！”“无耻！”的责骂，一声声出现在脑海里。穷也要穷得有骨气啊！说不定失表的人正在痛哭流泪呐！他身不由己地转过身，又回到拾表的地方。他暗暗对自己说：一定要等到失主，把表还给人家……

谢仲怀站在路灯下，足足站了一个多小时，才见从街头走过一个人来。那人身穿白绸短褂，手里拿着电筒，弓着腰在寻找什么。谢仲怀便迎上去，轻轻问道：“先生，您好像是在找什么东西？”

那人朝他瞪了一下眼睛，嘴里喷着酒气，吐出了一句粗鲁话：“呸，老子倒了十八辈子霉，唉，掉了东西哟！”

谢仲怀又试探地问：“是什么值钱的东西，要半夜三更来找？”

那人瞪着眼睛，又朝谢仲怀上下打量了一番，说：“你这人也怪呀！半夜三更站在这儿干什么？”

谢仲怀说：“等人，等一个掉了东西的人！”

穿白绸褂的人瞧瞧这衣衫破旧的青年，鼻子里哼了一声，摇了摇头，仍然往前继续寻找。

谢仲怀见他还不相信自己，又追上去问，不料那穿白绸褂的人却冲着他怒吼起来：“你给我滚，滚！我掉的是手表，你见也没见过的金壳手表，知道吗？”

金壳手表？当真是他掉的哩！谢仲怀掏出手表，在穿白绸褂的眼前晃了晃，说：“是这表吗？”

那人的眼睛立即跟着谢仲怀的手转了一个圈儿，惊喜地说：“我的肺都快急出血来了，上帝保佑，可谢谢你啦！”说着，伸手就要来接。

谢仲怀说：“慢着，请问先生的金表有什么记号？”

那人不假思索地说出了表面和表壳上的两个特点，谢仲怀看了看，果然一点不错，便把表给了他。

穿白绸褂的接过手表，用感激而又惊奇的眼神打量着这个穿着破旧的青年，他简直不相信世界上真有这样的人，说：“青年人，算我认识你了，好样的。我们后会有期，你如果有什么困难，就到三民路二号来找我，我一定尽力帮忙！”说完，高高兴兴地走了。

谢仲怀像完成了一件大事似的，心里感到一阵轻松。可是，当穿白绸褂的人消失在昏暗中，那忧愁、焦急，又重新袭上了心头。钱，救命的钱啊！总不能眼睁睁地看着母亲被赶出医院啊！他苦苦地思索，极力在脑海里寻找救母亲的办法……

天渐渐亮了。突然，谢仲怀的心里也猛地一亮：对，找朱珍去！

朱珍是谢仲怀的同班同学，是个长得漂亮、举止端庄的姑娘。她敬慕谢仲怀真诚淳朴的品德，喜爱他肯于钻研、努力向上的勤奋精神。从初中到高中，朱珍总是不避闲言闲语，主动和谢仲怀接近，久而久之，对他产生了爱恋之情。而谢仲怀呢，一则怕影响学习，二则因自己家穷，所以他把自己的感情埋在心里，并且总是有意地避开她。

此时，谢仲怀已到了走投无路的地步，才想到去找朱珍。他鼓起勇气到了朱珍家门口，可是谢仲怀一踏进朱珍的家门，迎面就碰上了朱珍那个凶悍的后母，结果，钱没借着，反被羞辱了一顿。这一来，最有希望的一条路子也堵死了。

谢仲怀又忧心忡忡地在街上转了几个圈子，眼看到中午十二点了，在面临绝境的情况下，他脑海里突然闪出了一个念头：事到如今，只好找那位穿白绸褂的人碰碰运气了。

谢仲怀来到了三民路二号门前。院门关着，他轻轻地敲了两下，无人答应；静等了一会儿，他又重重敲了两下，还是没有反应。他想贸然闯进去，又怕不太礼貌，还是等等再说吧。便返身坐到对面茶馆里，泡了一壶茶，耐心地等候着。

他足足等了一个小时，可二号院门既无人出，也没人进。挨到五点光景，谢仲怀心里可着急了，他又去敲了敲门，见没人答应，便用力推开门，走了进去。他穿过幽静的庭院，来到一幢洋房楼下，仍没看见一个人影。他走到楼梯口，朝上一望，静悄悄的，没一点声音。谢仲怀救母心切，就不顾一切地“噔噔噔”上了二楼，见有间房门半掩着，伸头一看，不禁“啊”地惊叫了一声，原来里面放的全是珍珠玛瑙、金银首饰。他定神迟疑了一会儿，又到别的房间看了看，房门都是关着的。四周静得出奇，静得可怕。这是什么地方？为什么不见人影呢？这时“救救母亲”的呼声在他脑子里又响了起来，他想：事到如今，不妨先到珠宝房里拿一个小戒指，交了母亲的住院费，再来向主人说明吧！想到这，他一狠心，从珠宝房里选了一个最小的金戒指，正想留一个条子，突然，听到“嗒嗒嗒”的脚步声，他惊慌失措地回头一看，只见一个披头散发、浑身血迹的女人，手里拿了一把沾着血的菜刀，站在楼梯口。谢仲怀吓得魂飞魄散，两条腿竟像灌了铅似的，一步也挪不动。眼看那女人握着菜刀一步步走过来，谢仲怀知道转眼间将会出现什么样的后果，自己死了，母亲也活不成了，绝望中，谢仲怀“扑”地跪在地上，哭着哀求：“太太，你饶了我吧，你可怜可怜我吧！”

“不准哭！”那女人像审问犯人一样，“你到这儿来干什么？”

“我……我……”谢仲怀跪在那里，哆哆嗦嗦地把母亲入院，拾到金表，借贷无门，来到这里，不该拿了金戒指的事从头到尾说了一遍。

那女人听完，突然歇斯底里地大笑起来：“这么说，你倒是一个有良心、有道德的人啊？”

谢仲怀说：“太太，请你相信我，我不是小偷啊！要不，你可以请白绸褂先生来作证，他的金表是我还给他的，是他叫我到这儿来的呀！”

那女人似乎被这年轻人的真诚老实所感动，只见她从地上拾起了那只金戒指，又从血迹斑斑的手上抹下了谢仲怀拾到的那块金表，说：“年轻人，你收下吧！这是非之地不可久留，你快从后花园出去，往市郊逃命吧！”

“不不！”谢仲怀被弄得丈二和尚摸不着头脑，哪里敢接啊！

“拿去！”那女人眼里射出冷冰冰的两道寒光，手指后门，以命令的口气说：“快走！马上就走！”

谢仲怀再也不敢说什么，接了金表和金戒指，转身下楼，连滚带爬地跑到后花园，被树根绊了一跤。就在这时，那女人在楼上突然像发疯似的大叫起来："不好啦！杀人哪！快抓凶手哇！"喊声越来越大，喊声越来越急。刹那间，人声喧哗，吓得谢仲怀赶紧爬了起来，从后门箭一般地冲了出去，一口气跑到了郊区，有气无力地靠在一棵大树上直喘气。

这时，路上走过来一个挑着行李的人，那人一见他，突然惊喜地喊了起来："这不是仲怀吗？"

谢仲怀抬头一看，也喊了一声："徐琪！"便两腿发软，瘫倒在大树下。

徐琪也是谢仲怀的同班同学，正挑着行李回家，没想到在这儿意外地遇见了谢仲怀，便问："你怎么毕业考试也不参加，跑到这儿来啦？"

谢仲怀长长叹了口气，不由声泪俱下，把这几天的遭遇和不幸，向徐琪一五一十倾吐出来，最后绝望地说："只怪我们穷人命苦，连母亲都救不活，又碰到这个倒霉的事情。"徐琪听了心里也很难过，他只得一面劝慰，一面邀他先到自己家里住下再说。

第二天一早，徐琪决定到市里走一趟，一方面打听一下三民路二号出了什么事，另一方面去看看谢仲怀的母亲情况怎么样。

徐琪一进入市区，就看见卖报的在叫喊"特大新闻"，人们在争看当天的报纸，议论纷纷。他凑上去一看，不由得大吃一惊，只见报纸上登着谢仲怀的照片，还有一条醒目的"通缉令"，上面写着："查上海复光中学学生谢仲怀，七月十五日抢劫杀人，现已潜逃，特此通缉。望各界协拿归案。此告。上海侦缉局一九四四年七月十六日。"徐琪感到事态严重了，又急忙赶到三民路二号，见墙上也贴了一张登有通缉令的报纸。

徐琪从茶店老板的嘴里和人们的谈论中，听到的情况跟谢仲怀诉述的经过基本一样，不禁满腔愤恨。他跟谢仲怀同窗多年，深知他的为人，绝不可能干出这种抢劫杀人的事来。如今，朋友遭难，我怎能袖手旁观？想到这里，徐琪急忙离开三民路，奔向医院。他一个病房一个病房地寻找，独独没找到谢仲怀的母亲。他也不敢多问，又奔到谢仲怀家里，一看，也是空屋一间。他茫然失措，就买了一张当天的报纸，迈着沉重的步伐走回家去。

谢仲怀一看报纸，大惊失色，一摸，原来自己奔逃摔倒时，学生证丢了。又听说母亲生死未卜、下落不明，立时痛不欲生。徐琪好说歹说，才把他劝住。

谢仲怀方寸已乱，亏得徐琪再三开导，最后决定，由他陪着谢仲怀，立即逃离上海。

徐琪搀扶着头上裹着布毯的谢仲怀，趁乱挤上了开往南京的火车。车厢内，乘客不多，他们找了个不显眼的地方坐了下来。谁知过了约半个小时左右，在离谢仲怀不远的地方，突然有一位女青年惊叫起来："啊！天哪——"只见她两手蒙着脸，仰靠在坐椅上，一张报纸掉在脚下。

惊叫声惊动了车厢内的旅客，有几个好心人走过去问她："小姐，您怎么啦？"女青年似木头人一般，脸无血色，任凭人们询问劝解，她只是一动不动，闭口不言。

这个女青年一声惊叫，谢仲怀却像触电一般，不由得全身一震，他轻轻地对徐琪说："好像是朱珍！"

徐琪说："我去看看。"他拨开人群，挤过去一看，果然是朱珍，再看看落在地上的报纸，心里全明白了。他走向前，轻轻喊了声："朱珍！"

"是你，徐琪！"朱珍随即指着报纸说，"你看，你看！这怎么可能，怎么可能啊！"

徐琪安慰说："朱珍，我都知道了，你冷静一点。"说着，就在她身边坐下来，过了一会儿，便悄悄地把谢仲怀的遭遇以及他现在正在列车上的情况告诉了她。

朱珍又惊又喜，想了想，便向徐琪咬了一阵耳朵，徐琪连连点头称好。几小时后，他们三人便到了南京。

他们逃到南京，在朱珍父亲的一位好友帮助下，住了下来，不久都考进了南京医学专科学校。经过两年艰辛刻苦的学习，徐琪和谢仲怀又以出类拔萃的成绩，获得了到美国留学的机会。朱珍医专毕业以后，便回到了上海，开设了一个私人医院。

一九四九年，新中国成立了。谢仲怀和徐琪身在异国，高兴得几天几夜没有入睡，为中华人民共和国的美好前景祝福。从这个时候起，他俩开始合作研究一项治癌素 BKD 的试验。

一九五六年，谢仲怀毅然辞别了他最亲密的朋友徐琪，回到了祖国。

朱珍流着喜泪，把谢仲怀迎到自己家里，不久，他俩结婚了。在他们婚后的第一天早晨，突然，从门外走进来两个人，一个是年约四十多岁的妇女，一个是六十开外的老太太。朱珍走上前去正要发问，那中年妇女向她深深鞠了一躬，说："小姐，恭喜你！"

朱珍不解地问："你是……"

中年妇女说："我虽然不认识你，但我早就了解你的丈夫。"

谢仲怀一听，感到愕然，看了看，并不相识，奇怪地问："你认识我？"

中年妇女点了点头，说："是的，先生！你还记得十二年前，在三民路二号发生的事吗？"

"啊！"谢仲怀一听，顿时感到毛骨悚然，当年那个手持菜刀，满身血迹的女人，立时浮现在眼前。再细看站在面前的这个中年妇女，不由得又是一惊，对，是她！

谢仲怀立时又惊又怒，愤愤地说："你还有脸来见我？！就是你，害得我无家可归，你害了我，也害死了我的母亲。"

"不！先生。你的母亲还健在！"中年妇女把那位老太太扶到前面，说，"老太太，不认识啦？这就是你的亲儿子呀！"

谢仲怀定睛一看，果真是自己的母亲啊！这意外的重逢，简直使谢仲怀欣喜若狂，他快步走上去，激动地喊了声："娘！"这时，老太太睁开昏花的眼睛，也认出了自己的儿子，悲酸地喊了声："仲怀！"母子俩抱头痛哭。朱珍和那个中年妇女，也一起流下了眼泪。

谢仲怀把母亲扶在沙发上，朱珍赶紧倒了一杯热茶，递到娘的手里。谢仲怀泪流满面地说："娘，你这十几年是怎么过的呀？"

老大娘抹着眼泪，指着中年妇女说："是她从医院把我接到她家里的。这些年，也多亏她照应我，要不，我这把老骨头都打得响鼓了啊！"

这一说，所有人的视线都集中在中年妇女身上。谢仲怀眼中的敌意渐渐地变成惊奇，这中年妇女为什么要诬陷我是杀人凶手，又为什么十多年来一直赡养我的母亲呢？便问："你究竟是什么人？你的行为实在令人费解。"

中年妇女内疚地说："谢先生，是我有罪，我请求你的宽恕！可是，我是没有办法才这样做的呀！要知道，我一直在暗中打听你的下落。为了赎我的罪过，我为你的母亲总算尽到了做小辈的责任啊！今天，当着众人的面，我就把事情的原委全告诉你吧……"

原来，这女人是个华侨的妻子，名叫王芹。丈夫在南洋做生意，赚了大量的金银财宝，在上海买了幢小洋楼，让年轻的妻子住着，他自己每年回来一次，夫妻倒也恩爱。

可是，到了第三个年头，丈夫却没有回国，而是由管家熊旺之押运一船南洋特产回到了上海。他一见王芹就泣不成声地告诉她，她的丈夫在海上遇到风暴，不幸坠海而死。说着，掏出一块金表，交给王芹说："这是老板托付我交给你的。他在与风浪搏斗时作了最坏的打算，他是为了这一船财产、也是为了你而献出生命的呀！"

王芹一听，犹如晴天霹雳，再看看这只金表，更是肝肠寸断，这是丈夫特意买来送给她作结婚纪念的。丈夫出国时，是她亲自戴在丈夫手上的，如今呢，表在人亡。王芹见物思人，好似钢刀刺心。熊旺之在一旁百般安慰，他表示永远忘不了主人的恩典，一定一如既往，服侍太太。

此后，熊旺之就为这个家操劳起来，里里外外管得有条不紊；对王芹更是百般殷勤，久而久之，便取得了王芹的好感。终于，他们结婚了。

熊旺之一结婚，就把财权抓到手，成了这幢小洋楼的主人，从此一反常态，经常在外寻花问柳，嫖赌吃喝，无所不为。开始，王芹只怪自己命苦，忍了又忍。哪知这熊旺之得寸进尺，甚至把家里的金银珠宝也拿出去送给情妇。这一来，夫妻间就闹翻了。

他们三日两头地吵闹，引起了一个苦力的注意。这个苦力，受过王芹丈夫的恩典，他一直感激在心。这次回国，老板的死因他是清楚的。原来熊旺之对老板的一大笔财产垂涎已久，加上老板又有个年轻美丽的太太，早有霸占财色之心，便在这次回国途中，暗暗杀死了老板，还把尸体剁成几段，抛入大海。熊旺之行凶时，正被这个苦力看见。原先，苦力以为是管家和太太合谋的，所以未敢吭声。如今，他见王芹与熊旺之常常吵架，才知王芹受了骗，于是他便将实情告诉了王芹。王芹一听，禁不住怒火心中烧，她咬牙发誓，此仇不报，誓不为人。从那天起，王芹就暗暗动了杀机。

七月十四日那天晚上，熊旺之偷了王芹的金表，准备送给情妇，不想喝醉了酒，把表丢了。他沿街寻找，后来谢仲怀把金表还给了他，但等他赶到情妇家时，情妇怪他来晚了，好歹就是不开门。他一急之下，又喝了几杯酒，回到家里已是深夜两点，往床上一倒，便像死猪一样。

王芹发现自己的金表被熊旺之偷走，又想起了丈夫的惨死，旧恨新仇一齐涌上心头，她摸了一把菜刀，牙一咬，也不知哪里来的一股力量，对准熊旺之的头上就是一刀、两刀……当即把熊旺之砍死在床上，可是砍完后王芹自己也吓昏过去了。待她醒过来时，正巧遇到谢仲怀来借钱，她突然想了个脱身之计，一方面放谢仲怀逃走，一方面空喊抓人，既不害那个青年，也可洗刷自己。她万万没料到谢仲怀偏偏掉了学生证，成了被通缉的证据。第二天当她看到报上的通缉令时，才发觉自己害了那个无辜的青年，良心上的谴责使她终于下了决心，冒充谢仲怀同学的姐姐，把谢仲怀的母亲从医院接到自己家里，帮她治病，照料她的生活，并打听谢仲怀的下落，以弥补自己的过错……

王芹的叙述，使谢仲怀不由感慨万分。他和朱珍接回了母亲，跟王芹也成了经常来往的朋友。他们本想此事就此了结了，可是，谁又料到以后竟又陡起风云呢？

结婚后不久，谢仲怀因希望领导支持他的治癌素 BKD 的试验，却成了反对政治挂帅的典型，被错划为右派。“文化革命”开始后，从他家里抄出了那张“通缉令”，顿时大祸临头，他便成了欠有“血债的罪犯”，开始了凄苦的监狱生活……

李欣听完了谢仲怀的叙述，心情很不平静，激动得不顾一切地走上去，紧紧握住谢仲怀的双手，说了一声：“谢仲怀先生，你受苦了！”

一星期以后，一架银灰色的飞机向北京飞去。机舱里，李欣处长陪着眼含热泪的谢仲怀和朱珍，去会见他们的老朋友徐琪去了。

（搜集整理：欧阳德　肖士太）

（题图：施大畏）

阳光里的爱

一个阳光明媚的上午，印第安纳州监狱的一名警卫来到了监狱的鞋铺。铺子里有一个囚徒叫吉米，此刻他正在专心致志地做鞋面。那警卫把吉米带到了办公室，监狱长把州长刚签发的赦免书递到了吉米的手里。吉米瞟了瞟手中的赦免书，心情并不愉快：他被判了四年刑，可像他这样朋友众多、神通广大的人被关进监狱，通常最多也就呆三四个月，甚至连头发都不用剃，可他在里面已经关了十个月！

监狱长是个说话幽默而且尖刻的小老头，他一边吸着呛人的雪茄，一边笑嘻嘻地说："吉米，你明天早上就可以出去了，你小子本性还不坏，记着，以后可别再撬保险箱了！"

吉米露出一脸的惊奇："你是在说我吗？我可从没有撬过保险箱啊！"

“反正像你这样‘无辜’的人关进监狱，不是这个原因，就是那个原因。”监狱长又吸了一大口雪茄，笑着嚷道，“克劳宁，把他带回去，让他穿上外出的衣服，明天早上七点把他带到候审室。”

这一个晚上特别漫长。第二天早上七点，吉米准时到了监狱长的办公室，他穿了一套不合体的衣服，鞋子硬邦邦的，走起路来“嘎吱嘎吱”地响，这些都是州政府配发给刑满释放人员穿的。管理员把一张火车票和一张五块钱的纸币递到了吉米的面前，这钱是政府给他的。监狱长把一支雪茄递给了吉米，又和他握了握手，接着，吉米就走出了监狱的大门，这个叫了十个月“9762号”的吉米终于来到了外面的阳光下，在监狱登记本上的记录是“由州长赦免”。

吉米来到了一家饭店，要了一只烤鸡、一瓶白葡萄酒，然后是一支比监狱长给他的高级得多的雪茄，他在这幽雅的饭店里迫不及待地品尝着自由的喜悦。从饭店出来后，他就悠闲地来到了车站，然后就上了火车。三个小时后，吉米来到了铁路边上的一个小镇，他走进一家咖啡店，从店老板那儿要过一把钥匙，脚步轻快地上了楼。他打开了一个小房间的门，这里是吉米的“家”，一切都原封不动。著名侦探本·普莱斯带着警察就是在这里抓获吉米的，当时扭打时吉米被扯下来的领扣，现在仍然留在地板上。吉米从墙角落的隐蔽处推开了一小块面板，从墙里抱出一只积满了灰尘的小箱子，打开箱子，里面是钻头、钉铳、手摇曲柄钻、撬棍、夹钳……这是一套东部地区最好的盗窃工具，全用上好的钢铁打制，而且都是最新设计，另外还有两三样小器件是吉米自己发明的。这一套家伙，是吉米花了将近九百美元，才在一个专门为职业小偷打制工具的地方弄来的。半小时后，吉米下了楼，走出了咖啡店。此刻他的衣着十分得体，而且很有品位，手里提着那只已经擦干净了的工具箱……

就在吉米被释放后的一个星期，印第安纳州窃案四起：先是发生了一起毫无蛛丝马迹的保险箱撬窃案，大约失窃八百美元；接着一个申请过专利的防盗保险箱被轻而易举地打开了，里面的一千五百美元现金一扫而光；

随即一家银行的老式保险柜又出了事，被偷去了五千美元……数起窃案，终于引起了著名侦探本·普莱斯的注意，他来到几处现场，通过侦查，很快发现这几起盗窃案的手法有着惊人的相似之处。他对身边的助手说："这是吉米的手法，我敢肯定，他又重操旧业了。看那个密码盘，轻而易举就被撬了出来，不是他的钳子，做不到这一点；看那个钢栓钻得多利落，吉米从来只需钻一个孔就行了。是的，看来我又该去抓吉米先生了，要不，他还会干下去的。"本·普莱斯对吉米的习惯了如指掌：远途作案、单独行窃、迅速逃离、频繁转移，这些使吉米总能成功地逃脱。

就在人心惶惶之际，警方向外界发布消息，说是本·普莱斯对此案已经有了线索，破案指日可待。这使那些将巨款放在保险箱里的人们感到了几分轻松。事实正是如此，大侦探本·普莱斯此刻正像一头鹰犬那样，瞪着大眼，扬着利爪，搜寻着吉米这个猎物的踪迹。

一天下午，吉米带着那只沉重的箱子在埃尔莫下了火车。埃尔莫是一个小城，离铁路五里地。吉米看上去就像一个回家度假的大学生，他沿着人行道正走着，忽然一个年轻女子从他面前走过……就在这一瞬间，吉米怔住了：呀，天底下竟有这样的漂亮女子！他对这个年轻女子一见钟情，几乎不知道自己是谁了，他傻乎乎地看着那女子走进了"埃尔莫银行"，自己也身不由己地走上了银行的台阶，把在一边闲逛的一个男孩拉了过来，塞给他几个硬币，从他嘴里打听到那女子叫安娜贝尔，这家"埃尔莫银行"就是她爸爸开的……

吉米打听完后，便来到斯特旅馆，用"拉夫"的名字登记了一个房间。和这个陌生女子的偶然相遇，神奇地改变了吉米的生涯，他决定以拉夫的身份留在埃尔莫做一个商人。

经过了解，他知道这城里还没有专门卖鞋的像样的店，鞋子都是由那些杂货店兼卖的。吉米在监狱时学得了制鞋、修鞋的好手艺，于是他便开了一家鞋店，生意竟然十分兴旺。春风得意马蹄疾，吉米在社交圈中也获得了成功，交了不少朋友，其中就有他为之倾倒的安娜贝尔。到了年底，"拉夫"

先生得到了众人的尊敬，鞋店生意依然兴旺。安娜贝尔的父亲是个淳朴的乡村银行家，安娜贝尔还有一个已婚的姐姐，“拉夫”和他们一家相处得很好，好像他早已是这个家庭中的一员了。

一天，吉米给圣路易斯的一个朋友寄了一封信，他在信上说：“一年前我就已经洗手不干了，我现在开了一家很不错的鞋店，过着清白的生活，两星期后我将和世界上最好的姑娘结婚。告诉你，她是个天使，为了她，哪怕是一百万放在我面前，我也不会去动它一个子儿……”吉米在信上约那朋友下周三晚上九点在小石城苏里文家里见面，他要把自己那套花一千美元也别想买到的工具送给那朋友。吉米把信寄出的那天晚上，本·普莱斯坐着一辆租来的马车悄悄来到了埃尔莫……

转眼几天过去，到了和那朋友见面的日子。吉米到小石城去，除了把那套工具交给朋友，他还准备去小石城订结婚礼物，然后给未婚妻安娜贝尔买些东西。早上，吉米和安娜贝尔一家人吃了早饭，安娜贝尔已婚的姐姐和她的两个女儿也在，一个五岁，叫艾格萨，一个九岁，叫梅。吃完早饭，一家人来到了吉米一直住着的旅馆，吉米跑到房间把那箱子提了下来，接着他们一起到了“埃尔莫银行”，因为载吉米去火车站的马车等在那里。一家人穿过高高的橡木围栏，来到了银行的内室，虽然吉米是陌生人，但银行里没有谁阻拦他，因为职员们都知道他的身份。安娜贝尔显得很高兴，她戴上了吉米的帽子，调皮地说：“我像不像一个鼓手？”说着，她又去抢吉米手中的那个箱子，“哇，拉夫，这箱子好沉呀，好像里面装满了金条！”

吉米冷静地回答：“里面有很多铁的鞋拔，我要拿去还给朋友。”

埃尔莫银行的金库安装了新的保险装置，安娜贝尔的父亲、那个老银行家对此十分自豪，他坚持要每个人都见识一下。金库很小，那扇门是获得过专利的，一个手柄就能同时锁上三个钢栓，而且还带有定时锁。老银行家津津有味地解释着金库那扇门的工作原理，吉米很有礼貌地听着，艾格萨和梅这两个孩子，好像对这亮晶晶的东西极有兴趣。他们正在内室说话的时候，大侦探本·普莱斯也走进了银行的大厅，他的两眼不停地望着围栏里面，旁人看来，好像是在等什么人。

突然，银行的内室里响起了女人们的一片尖叫，紧接着里边就乱开了：原来刚才趁大人们不注意的时候，九岁的梅把五岁的艾格萨关到了金库里面，她照着老银行家刚才的样子把门栓扣上，然后拧了密码盘。老银行家扑上前去，抓住手柄用力摇了一会儿，但是金库的门纹丝不动！老银行家痛苦地说道："定时钟和密码还没有设置进去……"这就是说，根本没有办法将门打开，金库很小，漆黑一片，没有多少空气，五岁的女孩在那里坚持不了多久。再说，就是吓也会把她吓昏！从金库里传出艾格萨绝望的惊叫，声声揪心……

安娜贝尔的姐姐哭喊道："她会被吓死的呀！打开门，把它砸开！你们几个男的就不能想想办法吗？"

老银行家的声音在颤抖着："最近也得在小石城才能找到会开锁的人，可那得要等多久呀！上帝啊，我们该怎么办？"安娜贝尔的姐姐拼命用手打着那扇门，这会儿她已经快疯了……

安娜贝尔看着吉米，眼里充满了痛苦：眼前的这个男人是她所崇拜的，对于一个女人来说，她所崇拜的男人应该是无所不能的，但是，面对此刻的悲剧，他能有所为吗？

安娜贝尔知道这种可能性近于零，但她还是轻轻地开了口："拉夫，你有办法吗？试一下，好吗？"

吉米看了看安娜贝尔，嘴角和眼里露出一丝古怪的笑意："安娜贝尔，把你的玫瑰花给我，好吗？"

安娜贝尔不敢相信自己的耳朵，她更不明白这玫瑰花和开金库的门有什么关系，但她还是很快把花从衣服上摘了下来，放到了吉米的手里。吉米把花递到了鼻子下，用力嗅了嗅，他要让安娜贝尔的花香沁人心脾，拴住自己的心，镇住自己的魂：今天重操旧业是为了救那女孩，千万不能因为这而心猿意马……

吉米把花塞到了马甲的口袋里，脱下外衣，卷起了袖管，此刻，拉夫已经不存在了，取而代之的是浪迹江湖、贼名昭彰的吉米！“你们都让开！”吉米发出了简短的命令，随即便把箱子放到桌上，“哗”地打开……从这一刻起，他已经感觉不到别人的存在了，敏捷地把那些锃亮的奇异工具一一摆开，就像以前盗窃时一样，吹起了轻快的口哨，熟练地摆弄了起来……

在场的人都像着了魔一样静静地看着吉米。一分钟以后，吉米那把最为得意的钻头已经开始平稳地钻起了门，十分钟不到，他就把钢栓给松了，紧接着“砰”的一声，金库的门随即打开，这创造了他盗窃史的最高纪录。

艾格萨哭叫着奔出了金库，她晕倒在母亲的怀抱里，安娜贝尔和老银行家他们悬着的心这才平缓了下来，全都感激地望着吉米。

“拉夫先生——”从银行的大厅里传来了熟悉的叫声，吉米一怔，他知道那人是谁，他没有犹豫，穿上了外衣，穿过围栏，向大厅走去。突然，一个身材高大的男人挡住了吉米的去路，他正是大侦探本·普莱斯！

吉米望着他，脸上露着无奈的微笑：“你好，你终于找到我了！好吧，我们走吧……”

刚才银行内室发生的一切，本·普莱斯已经知道，而且经过几天的调查，他知道“拉夫”已经不是吉米了，于是他对吉米说：“我想你是认错人了，拉夫先生……你的马车在等你，是吗？”说完，他转过身，沿着大街走了。

吉米蒙眬的泪眼望着远去的本·普莱斯，大街上一片阳光……

（原作：欧·亨利 改编：熊平辉）

（题图：箭　中）

“黑蝙蝠”越过边境

箭在弦上

1985 年初夏的一个深夜，越南东部离黑云军用机场仅一英里的营区，仍同往日一样显得死一般的宁静。在宿舍楼的 201 室里，102 号飞机的中尉飞行员阮玉山和他的机械师吴达正在举杯小酌。

阮玉山今年 26 岁，相貌平平，毫无惊人之处，只是他的眼睛有一点细微的特征：当他定睛凝视时，那两颗与众不同的栗色瞳仁便会迸发出两道冷光，站在他面前，即使是堂堂正正的英雄好汉，也会感到不寒而栗。他有个密友叫乔明昌，在百里之外的梅奇机场做地勤工作，两人都曾是中国第二航空学校的学员。自从边境战争爆发后，两人对当局甚为不满，于是两人做出了大胆抉择：驾机逃往中国!

准备工作在极端秘密的情况下进行，阮玉山甚至连自己的未婚妻都没有告诉。他的未婚妻叫黄清衡，在边境离青石湖不远的一所医院当医生。如果能顺利驾机出逃的话，阮玉山打算先将直升机停落在青石湖边，然后接了黄清衡一起去中国。

两人商定行动的时间是今晚，但吴达是行动的第一个障碍，这家伙从阮玉山平时的言谈中，已经觉察到他对边境战事的不满，为了邀功请赏，正像密探一样时时盯着阮玉山，所以按照预先的约定，阮玉山应该先将吴达“解决”，然后在营区门口与从百里外梅奇机场赶来的乔明昌碰头，再一起潜到机场，从机场排水道进入停机坪，利用 7 个哨位之间的警戒死角地带，干掉哨兵，然后登机进行极限超低空飞行。

此刻，阮玉山把放了安眠药的香槟酒端到了吴达面前，自己端起了另一杯，站起身来，说：“阿达，今天是周末，来，喝了这一杯！”

吴达毫不戒备，笑逐颜开地把酒杯举到嘴唇边，突然，一阵急促的汽车引擎声自远而近，紧接着，那辆汽车似乎在宿舍楼的门口戛然停住。吴达听到声响，手中的酒杯便条件反射一般猛然放下，他急忙走到窗边，推开窗户，向下边窥视着。

楼梯上响起沉重的脚步声，片刻，门外有人一声喊：“阮玉山在里面吗？”

阮玉山应声开门，闪身进来的是机场上尉参谋阮森。

阮森神色冷漠地打开黑色公文包，抽出一张纸，说：“接上级命令，有一项紧急运输任务由我们机场负责完成。这是团长签发的 102 机起飞命令！”

阮玉山接过命令，只见上面内容是航向北纬 73 度，航程 527 英里，着落地是河内白梅机场，起飞时间是 22 点整。

阮玉山看了一下手腕上的表，已是 21 点 25 分，时间急迫，他必须马上跟阮森去机场！想到乔明昌正眼睁睁地等在营区门口，阮玉山不觉暗暗叫苦。尽管如此，他还是不动声色地把飞行命令递给机械师吴达过目，然后两人穿戴完毕，跟着阮森走下宿舍楼，跨上吉普车，车子随即开动了。

21 点 35 分，吉普车开进机场，停在 102 号飞机前。这是一架美制军用直升机，它有一个神秘的代号，叫“黑蝙蝠”，这种飞机性能好，航速快，驾着它去中国最为适宜。阮玉山硬着头皮下了车，同时下车的阮森看了看表，说："时间未到，你们先准备一下。"

这时，阮玉山突然叫了起来："糟啦，我的航行图忘了带！"

值班参谋皱了皱眉，不满地瞪了阮玉山一眼，挥手叫司机赶快送阮玉山回营区。

这其实是阮玉山万般无奈之下的最后一计，他想乘返回营区时和乔明昌接头。吉普车像发疯一般地开到营区门口，阮玉山连忙叫司机停下："我要方便一下。"他跳下车来，装作寻找解手之处，一双眼睛机敏地搜视着四处，谁知仍旧不见乔明昌的人影，怎么，莫非他出了意外？阮玉山懊恼万分，只得又回到车上，进了营区，登楼入室，然后装出找到了航行图的样子，下楼和司机打了个招呼，随即又登车返回机场。

阮玉山刚跳下车，只见机场塔台方向升起了一颗绿色信号弹，几乎是与此同时，一辆车身上罩着伪装网的军用吉普如离弦之箭，飞到了"黑蝙蝠"旁。车门"啪"地打开，首先下来的是一个胖乎乎的机场当班值日官，随后紧跟着的是两个穿着空降兵服装的越军，他们是越军特工部门的士兵，特别引起阮玉山注意的是：这两个越南士兵挟持着一个身穿中国人民解放军军装，神色疲惫不堪的青年军人，他的手臂被绳索紧紧捆缚着。当班值日官走到阮玉山面前，神色威严地说："中尉，这是一个中国俘虏，你必须以生命担保，把他安全送到河内，明白吗？"

"明白。"

"马上起飞！"

心急火燎的阮玉山到了这时才察觉到空中机械师吴达不在身边，他小声问参谋阮森："机械师呢？"

"他先登机了，大概需要检查一下。"

两个越军特工押着中国俘虏，很快进入飞机座舱，熟练地拉上了舱门。阮玉山跨进飞行员座舱，拉上舱盖后，他的大脑思维在急剧地运转着。如果乔明昌仅仅因为某种原因迟到一会儿，怎么办？如果以后发生了意外，难以出逃怎么办？阮玉山正在盘算，站在飞机旁的当班值日官不耐烦地朝他打着手势，催促他快点起飞。阮玉山暗叹一声，绝望地一咬牙，打开机上电门，发动引擎，“黑蝙蝠”机翼急速旋转，随即缓缓升空。

飞机到达正常飞行高度后，阮玉山猛然感到有点意外：往常他一进座舱，吴达总是守候在他身旁，一直等到飞机平稳飞行时，才回到后面座舱去，可是今天却令人奇怪，从他上机以后，竟还没看见吴达的人影！

正当阮玉山满腹狐疑时，背后突然响起了一个熟悉的声音：“中尉，一切正常！”啊，是乔明昌！他竟像精灵一样不知从哪个角落钻了出来！

其实，乔明昌按照约定，准时在21点赶到营区门口，他潜伏在一旁的荆棘中，等着阮玉山把吴达“处理”后，一起赶往机场。不料阮森参谋突然传达起飞命令，乔明昌见一辆吉普驶出营区，又看到阮玉山的宿舍突然熄了灯，知道情况有变，便抄小路赶到了机场，悄悄躲进了靠近“黑蝙蝠”直升机的杂草丛中。他看到阮森参谋和吴达等候在飞机旁，知道阮玉山有飞行任务，伸头一刀，缩头一刀，还是按原计划行动！一会儿，吴达因为吃了点罐头感到不舒服，摸黑走到草丛里来呕吐，乔明昌手脚利索，拔出匕首结果了他。而就在这时，阮玉山乘的吉普车飞驰而来，乔明昌乘阮森的目光注意着吉普车时，伪装成机上的空中机械师，乘着黑夜，急步跳进了座舱。

这时的阮玉山，像搬走了压在心头的千斤磐石一样，浑身舒坦，他和乔明昌耳语一阵，两人决定按原计划进行，把这两个特工和中国俘虏连同飞机一起送往中国。

乔明昌装作若无其事的样子回到了他的座舱，他抬头一看，见其中一个特工竟打开了一张航空图，手上握着一只指南针。乔明昌不觉暗暗叫苦：莫非这家伙懂飞行？

特工见乔明昌正盯着他，便笑着说：“老兄，不瞒你说，我本来也是空勤人员，可不会拍人家上司的马屁，后来被淘汰了，才转到了特工队。平时一乘飞机，心就热啦，积习难改呀！”说完，他又把头凑到了航行图前。

乔明昌一听，顿时像三九天当头浇下了一桶冰水。这个横里杀出的程咬金，手头不仅有航行图和指南针，而且还懂飞行知识，一旦阮玉山改变航向，飞往中国，必定会被他看出破绽。若说将这两个家伙干掉吧，可阮玉山在前边脱不开身，自己双拳难抵四手，只要自己一动手，很可能会发生意外……乔明昌先是脸不改色地和那两个特工神聊瞎吹，然后偷偷地把情况告诉了阮玉山。

箭在弦上，不能不发，两人密语一番，决定铤而走险。

这时，只见阮玉山紧握驾驶杆，双眼圆瞪，夜空中，“黑蝙蝠”机头突昂，呼啸着直蹿高空，一直到高度表上显示出飞机此时已达到了该机的极限高度时，他把牙关一咬，毅然关闭了发动机，瞬息间，发动机转速表指数骤然下降，阮玉山紧抱驾驶杆，竭力使失去了动力的飞机保持平衡，滑翔而下……眼看一场人为的空难事件就要发生。

兵分两路

后面座舱内的乔明昌猛然感觉到机身一抖，知道一切正按预定计划进行，便佯装大叫一声：“不好！”说着，他飞步奔向飞行员座舱。

那个被机场淘汰的特工闻讯跳起，也急步奔向前去，看到阮玉山正满头大汗地拉着驾驶杆，而转速表上的指数正骤然下降，他脸色霎时灰白，一迭声地叫着：“快，快启用空中电瓶！”

乔明昌一把抓住那特工的肩头，像凶神一般地吼着：“还用你叫吗？早试过了，空中开启失败，发动机不能启动了！”

这时前面的阮玉山大声叫着：“飞行高度不到一千五百米了，快采取应急措施！”

乔明昌答应一声，头也不回地转身奔回他的座舱，那个特工迟疑片刻，两道恐惧的目光瞄一瞄高度表，也跟着跑出去；见他的伙伴正准备跳伞，立刻气急败坏地大叫：“快把那个中国兵的降落伞挂上！”

“你们先下吧，我来给他挂！”乔明昌说着抢上一步，手脚利索地给那中国兵挂上自动伞钩。

飞机仍在急速下滑，两个越军特工都意识到死亡正离他们越来越近，两人跌跌撞撞地奔到座舱门口，再回头看一看已挂上了伞钩的中国兵，横下一条心，“哗”地打开了舱门，两人一先一后，纵身扑向了茫茫夜空。

还没等那中国兵有一点反应，乔明昌早已飞步上前，“哗啦”关闭了舱门，紧接着前舱的阮玉山敏捷地打开了空中电瓶的启用开关，电压电流表的显示随即正常，他又打开了发动机的引擎开关，很快，发动机“隆隆”作响，站在他身后的乔明昌见高度表上的显示已不到100米，不由得紧张起来：“快，拉起来！”

阮玉山神色平静地说：“按照航图表，这里是红河上空区域，没有障碍物……我们成功了！”

到了这时，乔明昌才有空定下神来，打量起眼前这个被俘的中国兵。此人年纪约莫在二十光景，虽然衣衫破烂，神色疲惫，但眉宇之间闪露着一股刚毅之气。乔明昌友好地向中国兵微微一笑，替他解下了自动伞钩，割断了手臂上的绳索，然后用中国话把这次驾机逃往中国的事说了一遍。

那中国兵一边听着，一边蹙眉凝神，默默沉思。他叫侯德贵，是中国边防部队“铁甲”突击队的一个侦察兵。为了反击越军的武装进攻，他和八名战友潜入边境，搜寻敌军指挥机构，可是任务未完成，却在一次意外遭遇中牺牲了五名战友，侯德贵和三名战友在四号区域边打边退，不料途中失散而被俘。被捕后，侯德贵宁死不开口，越军军事情报部门为了从他口中了解中国边境的布防情况，决定将他押往河内。

侯德贵从被捕那时起，就不准备再活着回祖国了，现在听乔明昌说了他们驾机投奔中国的计划，自然是想不到的惊喜，但他没有贸然把所有底细和盘托出，只是告诉乔明昌，他必须到战友遇难的四号区域再去一次！

乔明昌连忙把侯德贵的话告诉了阮玉山，两人一查航空图，青石湖正在四号区域内，他们本来就决定去那里接黄清衡，于是当即商定乔明昌看守飞机，侯德贵和阮玉山分路行动，拂晓前在青石湖会合！

“黑蝙蝠”顺利地在夜空中飞行着，平时白天清晰可见的千山万壑和莽莽丛林，此刻却化成了一团无边的黑色。阮玉山凭着娴熟的驾驶技术和制定得极为周密的航行路线，终于使飞机平安地降落在青石湖附近的一片荒草地上，此刻已是午夜时分。

侯德贵跳出机舱，带着一把匕首和一支手电，瞬息之间便消失在夜色之中。随后，阮玉山把枪留给了乔明昌，也撩开大步，离开了青石湖，在古木参天、荆棘丛生的原始林带中气喘吁吁地走着。远处，空谷的回应声，野兽的嗥叫声，隐隐约约，时断时续；近处，虫鸟的低吟声，松鼠的蹿跳声，真真切切，时远时近。阮玉山无心分辨眼前的一切，此刻他只有一个心思：快些找到阿衡，带她逃出这个魔窟狼窝！

突然，透过树木的空隙，阮玉山看到了点点灯光，他轻松地吐了一口粗气：边防医院到了！这所边防医院坐落在一片原始森林和自水岭山脉的交界处，前有莽莽密林，后是重重叠峦，左边是一条临时修筑的通往后方的公路，医院右旁驻扎着104师的一个特别警卫队，负责对医院的警戒。

阮玉山走出森林，借着暗淡的灯光，机警地向那一排作为宿舍区的板式平房摸去，他慢慢地摸到黄清衡的单人宿舍旁，见房里没有其他声响，便轻轻叩响了门。

“吱呀”，房门开了，开门的正是阮玉山的未婚妻黄清衡。黄清衡今年二十岁，军医学校毕业后分配到了这里。她长得不像一般越南姑娘那样粗眉大眼，而是俏丽娇媚。

黄清衡一见阮玉山，霎时惊愕得变了脸色，她做梦也不会想到未婚夫会突然来到边境，就在她手足无措之际，阮玉山已闪身进了房间，随即又将门紧紧关上。

阮玉山踏进门后，便将房内扫视了一遍，昏暗的灯光下，只见墙角落里搁着一张行军床，床单几乎拖到了地上，四处的板壁上，挂着竹笠、水壶等零星杂物。

阮玉山把黄清衡拉到身边，语气急促地说："阿衡，快跟我走，我是来接你的……"

"接我？上哪儿？"

"到中国去！"

黄清衡吃惊地瞪大了眼，当阮玉山把这次行动情况大致说了一遍后，她语气急迫地说："阿山，中国，你了解吗？"

阮玉山自信地点了点头，正要开口，忽然门外响起了急促的脚步声，紧接着有人不轻不重地敲响了门。黄清衡大惊失色，一看房内别无藏身之地，只得把阮玉山藏到床底下。

黄清衡竭力按捺住怦怦直跳的心，定了定神，然后上前开门。

进来的是一个越南军官，名叫阿彪，是驻守在医院里的特警队队长，他今夜登门，是别有缘故。原来那两个特工降落着地后，很快明白自己受了骗，他们立即电告河内军事情报机关；与此同时，黑云机场的巡逻哨在草丛中发现了102机空中机械师吴达的尸体。军事情报机关根据种种迹象分析，认为阮玉山极有叛逃中国的可能。有关方面当即行动，措施之一，便是电告104师驻边防医院特警队，要他们严密监视阮玉山的未婚妻黄清衡。

特警队队长阿彪是好色之徒，平时早就在垂涎黄清衡的美色，接到电报后，不觉有点心猿意马，于是，便不怀好意地闯到了黄清衡的房里。

"队长，这个时候，到我这儿来，不大方便吧？"

阿彪的脸上露着得意的冷笑，说："黄医生，刚才我得到了河内来的密报，你的那位中尉飞行员在黑云机场开了一架飞机，企图叛逃……"

黄清衡一听，心中一阵紧张，可脸上还装得若无其事："队长，你是在说笑话吧？我和阿山早就一刀两断了，这没良心的看上了机场旁一个开杂货铺的女人，有一次给我撞上了，我当着邻居把那女人撵到了大街上……"

阿彪一双眼睛疑惑地直盯着黄清衡的脸，他沉吟良久，说："黄医生，你的故事很动人，不过，就算我阿彪相信你，我的上司会信你吗？他们会把你当成犯罪嫌疑人关押起来的！听说，河内监狱里都是进口的刑具……"

黄清衡惊呆了，她为自己眼前的处境担心，更为床底下的阿山捏着一把汗。阿彪见黄清衡惶恐不安，就像看见猎物落入自己设下的罗网一样，禁不住一阵狂喜，他靠近黄清衡的身边，嬉笑着说："黄医生，这样吧，我可以帮你脱身……当然，我放你走是有条件的。"

"什么条件？"

阿彪一只手搭住了黄清衡的肩头，轻轻抚摩着："我的美人，你还不明白什么条件？"

不容黄清衡闪开身子，阿彪一把抱住了她，一张满是酒气烟味的嘴像狗熊啃西瓜一样在黄清衡的脸上狂吻。黄清衡虽然拼命挣扎，阿彪浑身蛮力，硬是把黄清衡推倒在床上，死死地压住。正在这时，"当"，他头上重重地挨了一击，随即踉跄倒地……

这一棒，正是从床底下钻出来的阮玉山赏给他的。阮玉山迅速解下阿彪的手枪和弹盒，一边催促黄清衡快些收拾东西，一边持枪在门口警戒。

黄清衡见事到如今，也只有去中国这条路可走了，她打好包裹，转身回头正想离开，猛然看见刚才昏倒在床边的阿彪不知什么时候已经醒了过来，他眼里闪着仇恨的光，手中举起一把匕首，正向阮玉山扎去……

喋血魔窟

黄清衡一声急喊："阿山，闪开！"话音未落，阿彪的匕首已经"嚓"地出手，阮玉山躲避不及，匕首扎中右肩……

阮玉山左手捂住鲜血殷红的肩头，搭在枪机上的右手食指不由自主地一扣，"砰——"子弹出膛，阿彪身子一阵抽搐，倒头身亡。

枪声惊动了哨兵，整个医院立时警笛四起，人声哗然。

黄清衡知道，此刻如果两人一起脱身，不需几分钟，特警队便会追踪而来，她语气急促地说："阿山，你先走，在前边树林里等我！"

"那你——"

“我会对付他们的！”

把心爱的人推到火口刀尖上，阮玉山于心何忍？他固执地喘着粗气，吼了一声：“不！”

“你准备死在这里？”黄清衡猛地一把夺过了枪，连声催促他快离去。阮玉山依然不动。

“你呀你，你给我——滚！”黄清衡用尽全身力气，把阮玉山推出了门，随手将门紧紧关上。

被关在屋外的阮玉山听到警犬的狂吠声、特警队的吆喝声越逼越近，只得绝望地一咬牙，朝那幽暗的小窗户望了一眼，返身向前方森林奔去。

两头凶猛的警犬迅速扑到了黄清衡的屋前，特警队的十多名队员“呼啦”将小屋团团围住。

带头的是一个参谋，他的右臂被中国边防部队的炮火炸断了，所以部下都叫他“独臂参谋”。只见这独臂参谋机敏地窜到门口，对着屋里喊：“黄医生，开门！”

门“哗啦”打开，独臂参谋和特警队员冲进屋去，只见黄清衡头发散乱，衣衫被撕扯得稀烂，连胸罩带都扯断了，她一手倒提着手枪，一手捂住袒露的胸脯，神色漠然地倚靠在墙壁上。

独臂参谋上前下了黄清衡的枪，一个特警队员向他报告：队长阿彪死在床边。独臂参谋阴沉着脸，上前察看了阿彪的尸体，又踱到黄清衡身边，用一种使人毛骨悚然的阴冷语气问：“黄医生，这是怎么回事？”

黄清衡双手掩面，一阵抽泣：“刚才，阿彪队长闯进我的房间，要……要我和他睡觉，我不肯，他就拔出枪来逼我，又死死抱住了我，我挣扎时想夺他的枪，不知怎么枪响了，打着了他……”

独臂参谋静静地听完了黄清衡的话，沉吟片刻，命令部下把黄清衡带到特警队。

这时，两头警犬在门口狂叫不停，独臂参谋打着手电在门边察看了良久，发现了地上淡淡的血迹，他眼珠一转，对身边的特警队员说："带着警犬，在附近搜索！"

黄清衡被押到了特警队驻地后，她还是一口咬定是阿彪要强奸自己。正在这时，一个传令兵走进屋来，把一张电文递给了独臂参谋，独臂参谋一看，神色顿时一变，他怪样地一笑，缓步走到黄清衡身旁说："黄医生，请看！"黄清衡缓缓伸出手接过电文，只见上面写着：

104 师边防医院特警队：

前曾电告空军 375 师 916 团中尉飞行员阮玉山在黑云机场驾驶一架军用直升机，有叛逃中国的可能，并令你队严密监视阮玉山之未婚妻黄清衡。不见回电，何故？着速将情况电告。

内务部第一军事情报局

独臂参谋见黄清衡手捏电文默默无语，嘴角露出一丝冷笑："黄医生，看了这电文，我想对于刚才发生的事，是否可以作出新的解释？"

"怎么解释？"

独臂参谋正要开口，忽听门外一片喧哗，接着哨兵急步进来："报告，阮玉山被我们抓住了！"

独臂参谋一阵惊喜，随着一声"带进来"，肩膀带伤，脚步踉跄的阮玉山被特警队员推了进来。黄清衡一见阮玉山，心里不觉凄苦地呼唤着："阿山呀，你怎么不跑得远远的！"她哪里知道，阮玉山在森林里左等右等，总不见黄清衡的人影，他想走出森林到前边看看，却被暗中搜索的特警队捕获。

此时的独臂参谋，像突然注射了一支海洛因，从头到脚的每一根神经都处在一种强烈的亢奋之中，他知道，阮玉山一旦说出飞机停在何处，只要扣下飞机，那么，他的少尉军衔马上就可换成少校、中校……想到这一切，他奔到阮玉山面前，厉声问道："飞机停在哪里？"

阮玉山鄙夷地瞟了他一眼，不屑一顾地扭过了头。

独臂参谋从阮玉山的神色中知道，动用刑具，诱之以禄都很难使这个动了叛逃之心的军人回心转意，他看了看一旁花容月貌的黄清衡，向一个脸色黝黑的特警队员喝道："黎达，过来！"

名叫黎达的特警队员走到独臂参谋身旁，独臂参谋在他耳边嘀咕了几声，黎达的脸上微微红了红，他迟疑了片刻，走到黄清衡身边，伸出双手，"哗"地撕去了黄清衡的上衣。

在场的都是男人，而且是一群长期在边境部队过着单身生活的男人，刹那间，一双双热辣辣的眼睛直勾勾地盯着黄清衡。

"畜生，你们这帮畜生！"黄清衡和阮玉山叫喊着，挣扎着，但他们分别被特警队员死劲地按着。

独臂参谋笑吟吟地走到阮玉山面前，说："中尉，你只要说出飞机停在哪里，你的美人便可免受耻辱，说吧，嗯？"

"呸，你这杂种，中国炮弹会把你的另一条手臂也炸烂！"

独臂参谋顿时大怒，对着迟疑不前的黎达歇斯底里地狂叫着："蠢猪，再不上去，老子关你禁闭！"

黎达不再犹豫了，他脱下了自己的裤子，两个特警队员生扯死拉地脱去了黄清衡的衣服，把她按倒在地……

一边的阮玉山，此时只觉得一腔热血像要从脑门里喷出来一样，他再也无法控制自己，下意识地叫了起来："放开她，我说！"

逃出地狱

独臂参谋一挥手，黎达提着裤子站了起来。"说吧！"

阮玉山像大病初愈一样昏昏沉沉地喃喃着："飞……飞机，停在……"阮玉山猛地停住了口，霎时觉得浑身冰冷。自己是戴发噙齿的七尺男儿，怎么能屈膝乞求于敌人的淫威之下？

独臂参谋阴沉沉等待着，见阮玉山没说下去，便催道："中尉，说吧！"

阮玉山血红的双眼逼视着独臂参谋，脸上的肌肉在急剧地抽搐着，突然，他狂叫一声："畜生，你拿刀捅了我吧！"

独臂参谋暴跳如雷，连声命令黎达动手，黎达终于再一次向黄清衡扑了上去……

这是人间最凄惨的一幕，地上的黄清衡已经昏厥过去，一边的阮玉山痛苦地转过了脸，他发狠地用牙齿咬着自己的嘴唇，使劲地咬，没命地咬，咬掉了嘴唇上的皮，咬去了嘴唇上的肉。血，顺着下巴淌着……

当黎达气喘吁吁地站起身后，独臂参谋又朝墙边一个特警队员喊道："李维泗，下面是你！"李维泗尴尬地搔了搔后脑勺，吞吞吐吐地说，"报告参谋，我……我不能……"

"怎么，可怜她？"

"不，我身上有毛病，我那个……不……不行……"

四周的士兵听了一起哄笑："阿泗那个好看不中用！"

独臂参谋朝李维泗一瞪眼，随即对门外喊着："外边的都进来，排好队，一个一个上！"门外的一群特警人员，刚才一直贴着玻璃窗在向内窥视，现在一听，立刻蜂拥而入……

"淅淅沥沥"，屋外下起了蒙蒙细雨，就像老天在垂泪啜泣；"呜呜吁吁"，松涛在低咽，像是在发泄心头的怨恨……一群兽兵蹂躏了黄清衡后，便把她和阮玉山押送到特警队的地下室，由李维泗和另一名特警队员看押，准备天亮后继续逼供。

这间地下室本是储放器材杂物的，三十多平方米分成两小间，阮玉山和黄清衡在内间，那个李维泗和另一名特警队员在门口虎视眈眈地戒备着。

此刻，黄清衡已从昏迷中苏醒过来，肉体的剧痛和心头的怨恨，使她不住地掩面而泣。一旁的阮玉山，更是悔恨难当，他甚至后悔不该到这里来，不然，阿衡还不至于遭受这场凌辱。阮玉山烦躁地站起身，思绪随即又转到了停在青石湖旁的飞机上，飞机停的时间长了，时时会发生危险，可眼下自己身陷囹圄，怎么能逃出去呢？

这对，忽听门外重重地响了一声，阮玉山正想伸头探望，却见在门外警戒的李维泗身沾血迹，神色异常地闯了进来，气喘吁吁地说："另一个被我砸死了！”

阮玉山惊愕地看了看门外那个哨兵的尸体，不觉满腹狐疑：“你——救我们？”

“我有一次负了重伤，是黄医生救了我！”

阮玉山恍然大悟：李维泗刚才不肯污辱阿衡，并非身患隐疾，而是因为阿衡曾经救过他。

“你放了我们，那你——”

李维泗以审视的眼光看了看阮玉山，问：“你们确实是到中国去？”

阮玉山迟疑片刻，点了点头。

“我跟你们一起去！”李维泗说着，便把从另一个哨兵手中取来的冲锋枪递给了阮玉山。

阮玉山来不及多想，搀起黄清衡就走。黄清衡蹒跚地走着，走到特警队员尸体旁，她默默地弯下腰去，从尸体身上解下一把伞兵刀……

此时天色渐渐明亮，但是晨雾漫漫，天地间扯起了一道遮人眼目的屏障。李维泗在前边带路，他机警地避开了岗哨，三人顺利地逃出了医院。

走进那片森林后，黄清衡突然停了下来，说：“阿山，不要搀我，我能走了……”阮玉山放开了黄清衡，见她真能颤颤巍巍地走了，便回身紧跟着前边的李维泗。

阮玉山没走几步，忽听背后“扑”地响了一声，随即传来黄清衡痛苦的呻吟声，他急忙回身一看，顿时大惊失色：“啊！”

黄清衡已瘫倒在地，娇小的身躯蜷缩着，翻滚着：她的双手，死命地握着那把伞兵刀的刀柄，那锃亮锋利的刀尖，深深地戳入了她的胸口，满地的青草枯叶，沾满了殷红殷红的血迹……

阮玉山跌跌撞撞地扑到黄清衡的身边：“阿衡，你这是为什么哟！”

“我只能这……这样，为……为了你不……不痛苦……”黄清衡艰难地支撑着身子，断断续续地说，“在这世界上，我们活得真苦啊，真希望你这一去，能过上像人的日子……”渐渐地，她没声音了。

阮玉山抹着一把把泪，用地上的落叶，遮盖了黄清衡的身子，强忍悲痛，含泪上了路。

密林里雾气蒙蒙，满地的枯枝落叶被夜里的雨淋得湿漉漉的，脚踏在地上，发出轻轻的“喳喳”声，林中显得特别宁静，好像天地间的万物都还没有醒过来一样。阮玉山和李维泗默默地走着，一夜的疲倦和黄清衡的自戕，使他们谁都不想说话。

突然，随着一阵拨动荆丛的窸窣声，从灌木丛中跳出三个人来，还没等阮玉山和李维泗举枪抵抗，三支黑洞洞的枪管已经对准了他们，紧接着响起了严厉的命令声：“把枪扔在地上！”

两人扔下了手中的枪，就在这一瞬间，阮玉山心头一阵惊喜：啊，面前这三人，红五星，红领章，是中国侦察兵！阮玉山像见到了亲人，忙用中国话说道：“中国同志，我叫阮玉山，我们是准备驾机投降你们的！”

三人中有一个背报话机的高个子，像是带队的，他听阮玉山这么一说，用中国话告诉阮玉山：“现在，你们只能是俘虏！”

阮玉山二话没说，把身上挂着的子弹，匕首都扔在地上。背报话机的高个子有些将信将疑地问：“那你们的飞机停在哪里？”

“青石湖，就在前边。”

高个子见他说得如此肯定，好像是去了三分戒心：“你带我们去，如果真有飞机，就证明你说的是真的。”

阮玉山喜不自禁：现在多了三个人，三条枪，即使遇上越南巡逻队，也可以开枪抵抗，强行起飞。想到此，他顿时添了三分精神，五分力气，撩开大步，急急赶往青石湖。

大约走了半小时的路，青石湖眼看就要到了，阮玉山回头对高个子说：“长官，飞机就停在前边。”

高个子点了点头，挥手示意阮玉山继续向前，阮玉山伸头探脑想透过树林的空隙寻找那架飞机和乔明昌的踪影，却不料猛然头上“噌”地重重挨了一下，霎时眼前金星飞迸……

密林枪声

就在阮玉山“扑”地倒地之时，他身后的李维泗也同时被击昏在地。

其实这三人并非是中国侦察兵。昨夜阮玉山和乔明昌驾机潜逃后，越南内务部第一军事情报局的庞大情报网立即进入了紧急状态，他们一面利用黄清衡的线索，一面指令104师边防部队派出数支搜索队，在四号区域的密林中严密搜索。刚才这三人，乔装成中国侦察兵，遇见阮玉山和李维泗后，故意不动声色，一直等接近飞机停靠地点后，才将两人击昏捕获。

阮玉山和李维泗苏醒过来后，才发现躺在一个小山坡的草地上，各自的嘴里都堵上了一团带子，手脚捆绑得不能动弹。阮玉山微微侧过身子，朝山坡下面一望，啊，那架“黑蝙蝠”就停在一百米远的一块草地上，自己所在的小山坡和飞机相隔着一条五、六米宽的小河。再定睛一看，不见乔明昌，显然，他躲在哪个角落里警戒着飞机。

此刻，那三个越南兵正隐蔽在山坡上，高个子用报话机在低声和指挥部通话:“09，09，我是椰子9号，已捕获1号目标，2号目标离我们100米，这里是青石湖，这里是青石湖……”

阮玉山听到这低沉的呼叫，心都要碎了。他环顾四处，突然急中生智：眼前地形尚为有利，只要自己能用力朝山坡下滚去，那巨大的声响一定会惊动躲在暗处的乔明昌，他发现敌情，便可马上登机，起飞越境。不过要这样做也并非容易，首先要转移那三个士兵的注意力；其次要在手脚全被捆缚的情况下滚下坡去，这样做有很大的风险：一、不知河水深浅，弄不好会因浑身动弹不得而活活淹死；二、就算水浅，侥幸活着，山坡上那三支冲锋枪的密集子弹，也会把自己浑身打满窟窿……但是，想到“黑蝙蝠”将会重新落到敌人手里，阮玉山什么也顾不得了。

主意打定，阮玉山向一旁的李维泗连连眨眼睛，噘嘴巴，李维泗很快领悟了他的意图。

李维泗开始动作了，他装作肚子痛，在地上翻来滚去，那三个越南兵见此情景，立刻警惕地围了上来，就在这时，阮玉山偷偷运了一口气，看好方向，使劲一咬牙，用力将身体一翻、一滚，“哗啦——”竟真的滚到了山坡边，等那三个越南兵听见响声，回头一齐扑上来想拉他时，阮玉山随即又一滚，滚下了坡，“扑通”掉进了小河。那一连串极大的声响，在宁静的山林中，百米之远是足可以听见的。

就在这时，三个越南兵发现小河边的灌木丛中闪出一个人来，匍匐着爬近小河，想接应阮玉山，于是，两个越南兵迂回爬下山坡，向小河逼近，那个高个子伏在山坡上，用冲锋枪向小河里射击，“哒哒哒……”河面水花飞溅，河边泥土迸裂，想接应阮玉山的乔明昌不得不退回到远处的灌木丛里。

阮玉山真是命大不该死，他刚才滚下河时，恰好掉在岸边半隐半现的一块礁石上，手被捆着，不能动弹，他只得翻转身子，用两只臂膀架住礁石，将身体潜没在水里。也就在这时，阮玉山发现礁石上有一只“弯角”向上翘起，而他嘴里塞着的那团带子有一小圈露在外面，他就小心翼翼地把那圈带子套到了那只“羊角”上，然后用力一拉，嘴里那团带子就被一点一点拉了出来，霎时，阮玉山麻木的舌头松动活络了，他对着前面的灌木丛大声喊着：“阿昌，他们只有三个人，你不要管我，快把飞机开走！”

正在持枪还击的乔明昌听见阮玉山的声音，心头一阵抽搐：阿山啊，你叫我跑，可我怎能忍心扔下你呢？

双方仍在猛烈地交火，时间一分一秒地过去，乔明昌登机起飞的可能性也在一分一秒地减少。

突然，乔明昌的身后又出现了一支越军突击队，共有五人，阮玉山和乔明昌腹背受敌，面前身后八支冲锋枪密集的子弹打得他们连头也抬不起来，在敌人前后夹攻下，他们终于寡不敌众，被敌人生擒。

那支五人突击队是由一个马脸少尉带领的，他见八人中自己军阶最高，便摆起了指挥官的架势，指手画脚地叫手下人将阮玉山、乔明昌、李维泗押到了“黑蝙蝠”飞机旁，然后大大咧咧地问背报话机的高个子：“和指挥部联系过吗？”“联系过了。”“好，原地待命，在指挥部派人来之前，必须严密警戒飞机，看押住俘虏，明白吗？”背报话机的高个子有点不满地朝少尉瞪了一眼，但还是低低地说了声“明白”。马脸少尉派出四个岗哨，自己和三个士兵持枪在阮玉山他们周围警戒着。

这时天虽已大亮，但淡淡的雾气仍像无边的薄纱一样弥漫着。猛地，东北方向负责警戒的哨兵低沉地叫了起来：“有情况！”马脸少尉听到声音立时紧张起来，命令手下人匍匐在地，严密注视着东北方向。

东北方向的丛林中闪出了一支小股部队，一共有七个人，他们在晨雾的掩护下，正在逐渐逼近。

少尉一边传令部下准备战斗，一边向前方喊话：“你们是哪部分的？”

“104 师 3 团 2 营巡逻队，你们是哪部分的？”

“我们是 104 师师部搜索队。”

少尉心头不觉悄悄一松，但他手里仍紧紧握着枪。

那七个人渐渐走近，少尉一看，果然是身穿越军装束的自己人，便轻轻地喘了口气，缓缓站起了身。

七个人中走在前头的是个中尉，他走到马脸少尉面前，口气严厉地问：“这飞机怎么回事？”

马脸少尉把大致情况说了一下，中尉铁青着脸说：“这里是边境，明白吗？快撤！”

马脸少尉一听，不觉恼怒起来：“已经和师部联系过了，我们在这里待命。再说，没有驾驶员，飞机怎么开？”

中尉一怔，无言以对，他沉吟良久，说：“边境地区凶吉莫测，我从前在师部特遣队开过直升机，我来把飞机开到师部去。”

马脸少尉一听，将信将疑地瞟了中尉一眼，他提着手枪走上一步，说：“我们是师部派遣的特别搜索队，有权查问在四号区域的每一个人，中尉，请出示你的证件！”

“混蛋！”中尉扬手“啪”地打了马脸少尉一个耳光，“现在我命令你，带着你的部下，撤，这三个叛国犯由我们带回师部！”说完，他向自己手下的士兵挥了挥手，“快，登机！”

那中尉手下的人行动极为敏捷，四个士兵手持冲锋枪，成扇形和少尉他们八个人对峙，其余两个士兵迅速上前，推推搡搡地将阮玉山、乔明昌和李维泗押上了飞机。少尉觉察到不妙，正想举枪，“砰砰——”站在他对面的中尉先开枪，少尉挣扎了几下倒在污血之中。

他手下的士兵到了这时才明白过来，恐慌地惊叫：“他们是中国兵！”正想持枪抵抗，有三个士兵被一阵乱枪击毙，其余四个惊慌地把枪扔到了地上，举手投降。

这一切发生在几十秒钟里，阮玉山凝神细看，才发现昨晚在这里分手的中国侦察兵侯德贵也在他们中间。

原来，昨天深夜，侯德贵和阮玉山、乔明昌在青石湖边分手后，凭着一支手电，在密林中搜寻了一个多小时，又靠着超乎寻常的记忆力，终于找到了“铁甲”突击队时常出没的那条隐秘山道，山道旁有一棵松树，树上有一个当时和战友相约在紧急情况下安放情报的小洞，侯德贵从树洞中果然找到了一张从笔记本上撕下来的纸，上面写着几行字：“在青石湖西南二公里的一个山谷中，秘密停放着两架直升机，山谷中有一个巨大的地洞，这里极有可能是越军一个秘密指挥机构……”

侯德贵根据战友指点的方向，摸黑去寻找那个神秘的山谷，在半路上，突然被从暗中闪出的几个人拦腰抱住，捆绑起来，但是对方一开口，侯德贵顿时大喜过望，原来他们是前来接应的“铁甲”突击队战士，一共有六个人。人多胆壮，于是七个人一起找到那里，只见山谷中灯光闪闪，警戒森严，山谷的一片平地上，果然停着两架直升机。他们暗暗逼近上去，摸了一个岗哨，从俘虏的嘴里证实，这里果然是越军在边境的一个高级指挥机关，那两架直升机是随时可以转移的空中指挥所。

侯德贵他们详细记下了这个指挥所的位置，然后开始撤离，赶到青石湖，便正好遇上了这场战斗。

此刻阮玉山登上飞机，停立在舱门前，留恋地看着在晨雾之中若隐若现的山山水水，突然，目光落在少尉的尸体上。渐渐地，草地上那具尸体的轮廓模糊了，变成一个披散着长发的美丽的少女头颅，柔软苗条的身躯，一把伞兵刀插在鲜血淋漓的胸口上……那是他的阿衡！

就在这时，从四处的山崖上，密林间，灌木中，小河边，闪出了大批越军，侯德贵一声大喊："有情况！"阮玉山急忙奔到驾驶舱，坐下后，即刻打开电瓶，发动引擎。那四个跪地投降的越军士兵见来了援兵，急忙跳起身，向被扔在远处的冲锋枪扑去，"哒哒哒……"从机舱门里射出的密集子弹，当即把两个越军士兵击毙，另外两个抓到枪后，伏在地上，一边声嘶力竭地向身后叫着："他们要跑啦！"一边端枪向直升机连连射击。

四处的越军不顾一切地发起了强攻，从师部赶来的一个少校气急败坏地叫着："向飞机射击，打，打！"

地面上喊声连天，枪声一片，"黑蝙蝠"一声呼啸，迅即升空……站在舱门口的侯德贵喊了一声"奶奶的"，操着冲锋枪向地面一阵猛射，然后"砰"地关上了舱门。

机舱里，侯德贵和乔明昌、李维泗他们三双大手紧紧握在一起，驾驶着飞机的阮玉山转过身来向侯德贵点头示意……他们都在为各自完成了神圣的使命而狂喜。

5时15分，"黑蝙蝠"终于平安降落在中国境内的一块地瓜田里。阮玉山、乔明昌、李维泗和侯德贵他们的突击队急步走下飞机，只见前方青山绿水，阳光明媚，在那一片金色的霞光里，一队中国边防战士正向他们奔来……

（姚自豪　姚喜观）

（题图：张恩卫）

贪得无厌的欲望如同黑洞一般，一旦陷入，万劫不复。

诱惑·万象篇

y o u h u o   w a n x i a n g p i a n

也是潜规则

小茹大学毕业后，应聘到一家旅游景区做文案。这天，公司经理找到小茹，说要单独带她到南方出差一段时间，说完，似笑非笑地望着小茹。小茹一听，就猜出是怎么回事了，公司里早就传开的“潜规则”今天落到自己头上了。她没好意思直接回绝，而是委婉地说：“出差可以，但是我想带家属一起去，我怕外面有坏人。”

经理脸色变了：“现在的大学生，毕业了还长不大，出趟差还得带保姆。你再考虑考虑，我也再考虑考虑。”

几天后，另一个女孩顶替了小茹的位置，经理带着那个女孩飞了。临走前，经理给小茹来了一个下马威：安排她到后山脚下牵马。那里有一片小草场，游客可以和马儿亲密接触，小茹就负责看管一匹白马。

小茹从小到大都生长在城里，哪接近过马匹？她怯生生地上前拉住了缰绳。谁知这白马也欺生，见一个小女生牵着它，就不听使唤了。小茹想拉着马前进，白马却一个劲地倒退，小茹被马扯得连转了三圈。她低头一看，妈呀，自己的小嫩手都让缰绳勒破了。

小茹急得眼泪直流，对着白马就哭开了："白龙马呀，白龙马！其实我的命运和你是一样一样的，我也有过远大的理想，我也想纵横驰骋，可是好不容易大学毕业，以为熬出了头，可以打工挣钱养活自己了，谁知有个害群之马想占我便宜，要给我潜规则，我也不愿意让人牵着走，结果被发配到这里，可是连你也欺负我……"

小茹正在哭，突然背后有人拍了一下，小茹回头一看，是先前看马匹的那个老头，这匹白马的真正主人。小茹急忙掩饰："大伯，我眼里揉进了沙子。"

老人笑着说："闺女，我都看明白了，马欺负你，是不？你哭没有用，大伯教你个法子，准保好使。"说着，老人捡起鞭子，"啪"的一声抽在马的屁股上，"驾！"马立刻向前走，老人再一甩鞭子："驭——"马当时就停住了。

老人解释说："对付这些牲畜，只能给它鞭子，往后别再哭鼻子了，大伯送你一句话，你要记住了：牲畜不相信眼泪。"

小茹被逗笑了："大伯，是生活不相信眼泪。"

"牲畜也不相信眼泪，你试试就知道了。"

老头把鞭子递给小茹，小茹接过鞭子，试着抽了一下，白马却掉过后蹄要踢她。

老人摆摆手："你不真打吓唬不住，这是我训练过的熟马，你不用害怕。"

小茹咬咬牙，使劲抽了一鞭子，这下白马才算是服帖了。

老人笑着说："闺女，你有文化懂道理，缺的就是这一鞭子的勇气。"

小茹想了想，说："谢谢你，大伯，我明白了，我不在这里干了，我想自己出去创业，你看我能行吗？"

老人说："怎么不行，在你之前，已经有三个丫头到过这里了，她们和你一样，都是不向潜规则低头的好姑娘，现在有开店的，有成为设计师的，还有当律师的。我都品出来了，到这牵过马的，出去创业，十拿九稳都有出息，这也算是个潜规则！”

有些事上不了台面，所以才叫潜规则。职场上真正的赢家绝不是屈从潜规则的人，而是打破潜规则的人。

（翟德军）

（题图：谭海彦）

残酷的诱惑

在法国科西嘉岛腹地有一片叫法尔多·维觉的丛林，那儿草木茂盛，灌木丛生，密得连野羊也别想钻进去。在离丛林约一里路地方，住着一家人家，这家主人叫玛特渥，五十岁不到，长得矮小健壮，皮肤黑得发亮，大大的眼睛令人望而生畏，他是这一带出名的神枪手，就是在伸手不见五指的黑夜射击，也百发百中。

玛特渥家比较富有，为人又仗义疏财，在这一带是个颇有声望、受人尊敬的汉子。他的妻子是个善良勤快的女人，他们前面一连生了三个女儿，直到玛特渥快四十岁时，才有了个儿子，取名杜那多，今年才十岁。儿子是他们一家人的希望，是他们家传宗接代的人。

这年秋季的一天，玛特渥和妻子到丛林中去看他们的羊群，只留下杜那多一个人看家。杜那多躺在家门前的草垛上，晒着暖和的太阳，眼望不远处的座座青山，想着下星期要去叔叔家吃饭的事，心里美滋滋的。

就在杜那多想得入神时，突然"砰"一声枪响，惊得他从草垛上一下跳起来，惊诧地朝传来枪声的方向望去。这时，又听到几声枪响，枪声越来越近，接着一个戴尖帽子的大胡子一瘸一拐地直朝他奔过来。

这个受伤者是一个反政府组织的成员，叫吉亚多，他是去城里买火药时，在途中遭到政府士兵的埋伏受的伤。吉亚多一瘸一拐跑到杜那多面前说："你是玛特渥的儿子吗？我被'黄领子'咬住了，你快把我藏起来吧。"

杜那多说："没得到我爸爸的允许，我不能藏你，等我爸爸回来吧。"

吉亚多急道："快，再过五分钟他们就追来了。我给你钱，你快把我藏起来！"

杜那多见了钱，微微一笑，很快把屋前的干草扒了个洞，让吉亚多钻到里面，用草盖上，还留下个透气的地方。尔后又捉了一只雌猫和几只小猫放在草堆上，谁也不会怀疑草堆里藏了人。他又四处看看，用土把附近的血迹盖上。做了这一切后，他又若无其事地重新躺下晒太阳。

几分钟后，六个穿黄制服的士兵在一个队长的率领下，果然追来了。这个队长叫刚巴，是个机灵人，和玛特渥家还沾点儿亲，他走到杜那多面前，很客气地说："早安，小表弟。你刚才看见一个人走过吗？"

杜那多故意傻乎乎地说："哟，是大表哥。你是问有没有人走过是吗？有的，今天一大早，本堂神甫骑着一匹马，经过我家门口，他还问我爸好呢。"

刚巴猜到杜那多在故意胡扯，不耐烦地大声说："小鬼，别耍花招了。快告诉我，吉亚多躲哪儿了？我肯定是你把他藏起来了。"他见杜那多还在装聋作哑，顿时瞪眼睛、吹胡子地威胁道，"该死的小坏蛋！"尔后一挥手，"兄弟们，来，给我搜！"

杜那多一点也不惊慌，他冷笑道："你知道我爸爸如果知道在他不在家时，有人来搜我们家，他会怎么说？"

刚巴一听，气得吼一声"小坏蛋"，过来拎住杜那多的一只耳朵说："你不说，我就用刀背打你二十下，再不说就抓你去坐牢，给你戴上镣铐，让你睡在干草上。我还可以把你送上断头台！”

谁知刚巴这么大骂威吓，杜那多不但不怕，反而哈哈大笑起来：“你要知道，我爸爸是玛特渥！”

听杜那多一再提他爸爸玛特渥，刚巴不由暗暗犯了嘀咕，他知道玛特渥是个不好惹的角色，和他闹翻了可没自己好果子吃。刚巴意识到用硬的一套对杜那多不起作用时，就决定改变方法。

于是，刚巴脸上堆笑，把头伸到杜那多面前，轻声细语地说：“小表弟，你是个聪明的孩子，将来前途无量。但是，有出息的孩子是不该说谎的，你爸爸也最恨说谎的人，如果你爸爸知道你说了谎，他会怎样对你？”他见杜那多脸上露出了犹豫的神色，就从怀里摸出一只亮闪闪的漂亮的银表，说，“你要是对我说了真话，你爸爸会表扬你，我也会奖赏你。你看，你说了实话，我就把这银表奖给你。”

他见杜那多那双发亮的眼睛盯着表一动不动，就故意拎着表链把银闪闪的表在杜那多眼前晃晃，说：“你想要吗？这表挂在你的脖子上，然后到大街上溜一圈，你就会像那孔雀一样骄傲，人家会问你：‘几点钟啦？’你会骄傲地说：‘看我的表吧！’”

杜那多动摇了，他轻轻叹了口气，又瞟了一眼表，尔后又别过头，他想摆脱表的诱惑，却又摆脱不了这种诱惑，躁得直用舌头舔嘴唇儿。

刚巴见诱惑产生了效果，就把表拎到杜那多眼前晃来晃去，几乎要碰到他的脸。杜那多的胸脯急速地起伏着，最后，他终于经受不住这种诱惑，不由自主地伸出手，手指尖碰到了表，表落在了他的手心里，可表链仍抓在刚巴手里。在阳光下，表闪闪发光，太诱人了。

刚巴满脸堆笑地说：“小表弟，我把链子一放，这表就归你了。”

杜那多憋红了脸，艰难地抬手指指那垛干草堆。

刚巴明白了，他放下表链，敏捷地转过身，一挥手，士兵们一拥而上，翻开草堆，霎时从里面冒出一个浑身血淋淋的人。士兵们猛扑上去，夺了他的匕首，七手八脚把他捆了个结结实实。

被捆得像束柴草似的吉亚多躺在地上，冲着杜那多，用愤怒和轻蔑的口吻骂道：“小兔崽子！”

杜那多羞愧地走过去，把刚才吉亚多给他的银币扔还给他。

就在这时，玛特渥和他的妻子从通往丛林的小路上走过来，玛特渥手里拿了一支枪，另一支枪斜挂在皮带上。他见士兵在他家门前，马上警惕地把枪弹上膛，沿着路边的树慢慢走过来。

这时，刚巴也看到了玛特渥，而且见他的手指放在扳机上，他心里一惊，他了解玛特渥的为人和枪法，自己稍有不慎，就会栽在他手里。

刚巴想了想，独自迎上去，老远就大声招呼道：“喂，老朋友，你好呀，我是刚巴呀！”待走近时，忙和玛特渥紧紧握手，接着说他们是来抓逃犯吉亚多的，幸亏小表弟杜那多帮了他们的忙。

一听是儿子帮了他们的忙，玛特渥顿时双眉紧皱，暗叫一声：“该死！”

这时，被捆绑着躺在担架上的吉亚多，一眼看到玛特渥和刚巴在讲话，突然一声怪笑，朝玛特渥吐了一口唾沫，骂道：“叛徒的家！”

听到“叛徒”二字，玛特渥就觉得心被锋利的匕首突然刺了一下，人像生了重病似的用手抚着额头动也不动，连刚巴向他告辞，他都没一点反应。

刚巴和士兵们抬着受伤的吉亚多走了。玛特渥足足有十分钟没有开口，但他的脸色却变得十分难看。

杜那多见父亲这般模样，不由浑身一颤，神色不安地一会儿看看母亲，一会儿看看父亲。

玛特渥的身子靠在枪上，用愤怒到极点的表情盯着杜那多，好大一会儿，才从嘴里吐出一句：“你干得不坏啊！”这声音听来很平静，但熟悉他的人听出了其中的分量。

杜那多浑身哆嗦着，一步步向父亲走去，嘴里叫着：“爸爸！”

玛特渥猛喝一声：“滚开！”吓得杜那多站在离他几步远的地方停下来，啜泣着，一动也不敢动。

母亲走过来，见儿子手中握着表，便问："这是谁的？"

"是刚巴给我的。"话音刚落，表就被玛特渥一把夺过去，用力朝一块大石头上砸去，只听"砰"的一声，表被砸得粉碎。

玛特渥铁青着脸，对妻子说："这是我们的儿子吗？"

"是的，是我们的儿子。"

"不！他是我们家族的第一个叛徒！"

杜那多吓得直哭。

玛特渥瞪着冒火的眼睛盯着杜那多，猛地用枪托磕了一下地，再把枪背上肩，冲着他吼一声："走！"转身朝通向丛林的路上走去。

他妻子知道将要发生可怕的事了，她惊恐地追上去，一把抓住丈夫的臂膀，声音颤抖地说："他是你的儿子呀！"

"放开！"玛特渥甩开妻子，继续向前走去。大约走了两百来步，他停下来，命令道："杜那多，到大石头那边去！"

杜那多乖乖地走到大石头边，双膝跪下，眼泪汪汪地哀求道："爸爸，爸爸，别杀我！"

"别啰唆！念经。"

杜那多呜咽着，一边念祷文，一边继续哭求着："爸爸，开开恩，饶了我吧，我再也不敢了！我去求卡波叔叔把吉亚多放了。"

可是，玛特渥不顾儿子的哀求，把枪上了膛，一面瞄准，一面说："愿上帝饶恕你！"

杜那多绝望地挣扎着，想站起来去抱父亲的膝盖，但他还没站起来，枪"砰"一声响了，杜那多应声倒地。

玛特渥连看也没看儿子一眼，脸如死灰，脚步踉跄地走了。

他妻子听到枪声，喊着："杜那多，杜那多，我的儿子……"她发疯似的狂奔过去，抱着杜那多的尸体，哭昏了过去……

（原作：普罗斯佩·梅里美 改编：劳 沉）

聪明的人

这天，安德生在离公司不远的一家小餐厅里用午餐，他的同事普菲尔正好也去那里，看到安德生后便端着托盘走过来和他打招呼，并且在他对面坐了下来。

安德生发现普菲尔的神情有点忧郁，就随口问了一句："怎么，你好像不太高兴？"

普菲尔犹豫了一下，凑近安德生小声道："朋友，我有麻烦了……公司里就数你聪明，你快帮我想个办法吧。今天上午，我听到老板布雷克在对会计师说，后天公司要查账。天哪，我该怎么办？"

安德生非常惊讶："你怕查账，为什么？等等，难道你……"

此时，普菲尔的额头上已经渗出了细细的汗珠，他皱着眉头对安德生说："上个星期，我从公司保险柜里弄了一笔钱，没想现在布雷克会突然查账。唉，这事儿如果被他发现，我就死定了。"

安德生一听，便安慰说："那你悄悄把钱放回去不就得了？"

“来不及了，”普菲尔的声音里明显带着哭腔，“我已经把那笔钱花得差不多了，更何况拿钱的时候因为心慌，我搞不清楚自己到底拿了多少，一万三还是一万五。唉，你有没有办法帮我逃过这一关？”

安德生注视着普菲尔，心底却涌起一阵快感。为啥？公司里最近正在考虑提拔一批员工，而普菲尔正是安德生升职的强劲对手，现在普菲尔出了这样的事，对安德生来说当然是个机会。

安德生想了想，便对普菲尔说：“听着，朋友！你知道，本州是以法律严明而闻名全国的，你假如真的因为这个原因被抓，那就全完了，所以你只能选择逃跑，离开这个地方，更何况你是单身，连房子也是租的，他们又不能把房子查封掉。”

普菲尔一听，立刻站起身来说：“谢谢你，安德生，这个主意倒不错！”他一边说，一边从口袋里摸出一盒上好的古巴雪茄，放到安德生面前，然后就匆匆走出了餐厅。

下午上班的时候，普菲尔办公桌前的座位已经空了，据说他请了事假。安德生在肚子里直笑：这家伙真的跑了！

当晚，安德生躺在床上一直在想普菲尔的事，而且心里还生着闷气。原来下班回家途中，安德生去加油站给车加油，一个打扮入时的女郎居然朝他撇嘴偷笑，安德生猜想人家准是在耻笑他开的那辆破车。要是我也能从哪儿弄点钱来，不就能把车给换了？

等等！安德生的脑子里这时候突然跳出普菲尔说过的话来：“拿钱的时候因为心慌，我搞不清楚自己到底拿了多少，一万三还是一万五。”嘿，这个傻子！如果我再从保险柜里拿走两千美元，到时候这笔账不也可以一起算到普菲尔头上？哈哈哈哈！

于是，到了第二天下班的时候，安德生的腰包里就多了两千美元，他立刻去二手车交易市场，如愿以偿地买了一辆八成新的蓝鸟轿车，接着又驾车去俱乐部，吃可口佳肴，品香醇美酒，心里惬意极了。

第三天，安德生照例去公司上班，刚走进大门，老板布雷克的女秘书就让安德生赶紧去布雷克办公室。安德生到那里一看，眼睛瞪直了：办公室里除了布雷克，还有两个人，一个是普菲尔，另一个是警察。

安德生心想：是不是布雷克报警把普菲尔抓回来了？可还没有开始查账呢；要不就是普菲尔主动回公司投案自首了，这个胆小的白痴！

这时，只见布雷克板着脸对安德生说："你知道吗，公司里发生了一件不愉快的事。"

"真遗憾，"安德生同情地瞟了普菲尔一眼，又转过头去，故作不知地问，"布雷克先生，发生什么事了？可以告诉我吗？"

布雷克冷冷地朝安德生"哼"了一声，并不吱声。

这时候，站在一旁的普菲尔开口了："安德生，你应该清楚这件事，我认为你是能够处理好的……"说到这里，普菲尔竟掩面抽泣起来。

布雷克走上去，轻轻拍了拍普菲尔的肩，安慰他说："别哭了，这件事你帮不了他。"

随即，布雷克又转过脸来，冷冷地对安德生说："或许你是一时糊涂才干下了傻事，如果你肯把钱如数交出来，我就不追究了。不过，我的公司是不能再留你了，这一点我想你能明白。"

安德生一听，立刻意识到一定是自己拿钱的事败露了，顿时只觉得嗓子发干，他张张嘴，却说不出一句话来。

"怎么，你打算什么时候还钱？"布雷克把一张单据递到安德生手里，"一万五千美元，我给你三天时间。"

安德生懵了："什……什么？一万五千？布雷克先生，您弄错了，我只拿了二千，其余都是普菲尔拿的，我发誓。"

可是站在一边的警察直摇头："安德生先生，昨晚普菲尔和他同事离开公司的时候，正好看见您从财务科慌慌张张出来，出于对公司负责，他向布雷克先生和会计师报告了这件事。后来经过查账核实，保险柜里果然少了一万五千美元，而且我们通过技术手段，确实在保险柜上发现了您的指纹。"

布雷克厌恶地瞪着安德生，说："你太过分了，明明偷了钱，不但百般抵赖，竟还咬到普菲尔头上。哼，我真为我们公司里有你这样的人感到羞耻！"

而此时，普菲尔脸上的表情显得十分悲戚，眼圈也有点红，他抹抹眼角，似乎是要把渗出来的眼泪擦回去。只见他走到布雷克跟前，恳求说："布雷克先生，请您给安德生一次机会吧，或许他真有说不出的难处才这么干的。"

直到这时，安德生才明白自己落入了普菲尔设下的圈套。

"你这个阴险的家伙！"安德生愤怒地朝普菲尔扑了上去，可是站在旁边的警察却眼疾手快地一把抓住他，把他的两只手铐了起来。

安德生朝警察大叫："放开我，你这头蠢猪！"他又转向普菲尔，"明明是你偷的钱，却要陷害我，哼，我要杀了你这个该死的！"他一边叫一边拼命挣扎，但很快就被警察押走了……

安德生说的这一切，谁会相信呢？

（原作：菲立普·夏普 改编：龚 昊）

（题图：佐 夫）

会做媒的自行车

青年工人小赵，平时省吃俭用，积攒了两百元钱，买了一辆凤凰牌自行车，又到车辆登记处打上了硬印号码——04321。他办妥了一切手续，把发票、执照和剩下的三十多元钱往衣袋里一塞，翻身跨上车子，双脚一蹬，“丁零……”上了大街，穿过闹市，来到了郊区公路上。他两脚一用劲，自行车发出了“呲……”的响声，在柏油路上飞跑起来。

不一会儿，小赵来到动物园门口，看看手表，时间还早，心里高兴，就想到动物园玩一会儿。于是他跳下车来，将车子在草坪上架好，锁上，买了门票，笑眯眯地哼着歌，进了动物园。

小赵在动物园里逛了个把钟头，又笑眯眯地哼着歌走出来。他摸出钥匙，去推车子，可是一看，自己的车子不翼而飞了。小赵想：谁给我挪了地方了？

他将那里停着的车子一辆辆仔细看了一遍，还是没有自己 04321 的车子。莫非被人偷去了？小赵顿时感到浑身肌肉紧缩，从心里痛到肺里：贼呀贼，你偷车的时候，为啥不替买车的人想一想呢？我买这辆车多不容易呵！

突然，小赵眼睛一亮，他看到前面那辆崭新的凤凰牌，很像他的车。连忙跑过去，一看号码，是：01234。唉，人家的车！他失望地摇摇头，正要走开，却突然发现，这辆车子没上锁。他脑子里忽然跳出一个念头：既然人家可以偷我的，我为什么就不能偷人家的？马背上跌跤，牛背上翻梢，管他！不过这念头一上来，他就觉得自己的血压立刻"啪啪啪"往上升，心"怦怦怦"乱跳，两只手也发起抖来。他偷偷朝四周一瞟，没有人，就一咬牙，伸腿一踢，推出车子，纵身一跳，双脚使劲儿蹬，头也不敢抬，飞一样跑掉了。

小赵一口气踏出去好几里路，踏得气喘吁吁，浑身简直要瘫了一样，没有一点力气，他只得停下来，大口大口地喘气。他摸摸这辆新车子，敲敲自己的脑袋，在心里问自己：我怎么竟会做出这种缺德的事情来？人家偷了我的车子，我心痛；我偷了人家的车子，人家就不心痛吗？嗨，小赵呀小赵，你年纪轻轻，就做下这种见不得人的事，今后你不是要背一世的包袱了吗？不行，应当马上送回去。想到这里，他突然觉得自己浑身添了力气，连忙调转车头，跨上车子，朝动物园骑去。

小赵回到动物园门口，看见那里围着一堆人，一问，有个姑娘的自行车丢了，正哭得伤心。周围人有的劝她再仔细找找，有的建议她快去公安局报案，也有的在替她打抱不平："这是哪个坏蛋干的？要是抓住他，非狠狠揍一顿不可！"

小赵吓得心惊肉跳：她要找的车，说不定就是我现在手里的这辆。可是我现在送上去，会不会被他们打一顿啊？他犹豫不决，想想还是算了吧，把车子放在这里，悄悄一走了之，但转念一想：不对，我走了，要是又来个人将车子偷跑了，岂不是我的罪过吗？

小赵从来没有感到这样为难过，想了好一会儿，他给自己下了命令：谁叫你做坏事呢？走，把车子交到她手里，勇敢点！于是就推着车子来到姑娘面前，说："同志，你别哭啦，车子我给你送回来啦。喏，是这一辆吗？号码是01234。"

姑娘顿时停住了哭泣，睁大眼睛一看，果然是自己的车子，她一边擦眼泪，一边连忙说："谢谢你，你从哪里给我找回来的？真谢谢你！"

小赵红着脸说："不、不、不用谢，用、用不着……嘿嘿，谢……"他吊着个舌头，连话都讲不清楚了。

周围群众一看，都表扬小赵："这个小伙子不错，有助人为乐的雷锋精神，值得表扬！"有的还建议姑娘，马上写封表扬信送到报社去。大家七嘴八舌，羞得小赵脸红到脖子根，结结巴巴地说："不、不、不要这样说……"因为丢失的车子回来了，姑娘也笑了，于是人们也就陆陆续续地散了。

等人们都走完了之后，小赵咬咬牙，红着脸，把自己自行车如何被偷、又怎样起歪念头偷走这辆车的前后经过，老老实实对姑娘说了一遍。

最后，小赵说："唉，同志，真对不起你，害你无故受惊，请你批评我吧！"

那姑娘一听，原来自己的车是这么回来的，怔住了。不过，她丝毫没有看不起小赵的意思，反而十分赞赏他的坦诚和勇敢，两人谈得很投缘，最后还互相留了名字和地址。

姑娘回到家，忍不住一五一十把自行车失而复得的经过告诉了父亲。她父亲啧啧赞道："这小青年能够知错就改，将来一定有出息！"他想了想，又对女儿说，"后天你结婚，给他送点糖去，借此再次表表我们的谢意。这样的朋友，以后值得交往啊！"

于是第二天，姑娘就包了两斤糖，还附了一封信，送到小赵家。小赵接到礼物又看了信，心里很激动，他想：车丢人情在，索性再花点吧。于是就上街去买了礼物，第二天下班后，送到姑娘家。正好这天就是姑娘的结婚日，姑娘全家人热情挽留，于是小赵便留下来参加姑娘的婚礼。

客人陆陆续续来齐了。客厅里亲朋满座，谈笑风生，可这些宾客小赵都不认识，他闲得无聊，于是就踱出客厅，来到院子里。他抬头一看，只见院子里整整齐齐停着一长溜各种牌号的自行车，触景生情，这勾起了他对自己那辆车的怀念：唉，车呀车，你如今在哪里呢？他忍不住走到一长溜自行车旁，这辆摸摸，那辆看看。突然，他发现其中有一辆凤凰牌，和自己被偷走的那辆一模一样，连忙走过去看。不对，这辆车没挂牌照，而且锁也不一样，他直摇头：唉，真是想车想入迷了。可他还是仔细地看了看车头上的硬印号码，不禁愣住了：04321！啊？真是自己那辆车呀？他的心"怦怦怦"猛跳起来。

他悄悄把这一发现告诉了姑娘，姑娘又告诉了她父亲。她父亲问小赵："你没弄错？"

小赵肯定地点点头："不会弄错的，这号码我倒背也背得出。"

姑娘急得朝她父亲叫起来："真糟糕，贼骨头都混到我们家里来了，一定要抓住他，送公安局！"

她父亲想了想，说："你别声张，我自有办法。"

说完，他来到客厅，对众位宾客说："诸位，我家房子小，今天天气又热，屋里很闷，外面风凉，我想把酒席移到院子里去，大家看怎么样？"

"好！"全场一致赞成。姑娘父亲又说："那么麻烦诸位，今天骑自行车来的，请把自己的车挪一下，放到后面弄堂里去。"

人们一听，"哗"一下都跑到院子里去，各人找各人的车行动起来。

小赵站在屋檐下，两眼盯着自己的自行车，他要看看这个偷车贼究竟是怎样一个人。眼看车子一辆接一辆被推走了，可是他的那辆车却还孤零零地停在院子当中。小赵急了：难道这个偷车贼已经知道姑娘父亲这么做的用意了？

这时，只听院子里有人问："这辆车是谁的？"

有人说："会不会是新郎官的？刚才我看见他骑车来的。"

姑娘隐隐约约觉得事情有点儿不对，急得连忙"噔噔噔"转身往楼上跑。

此时，新郎官正躺在床上闭目养神，姑娘一步冲进房间，心急火燎地将他拖起来问："你骑自行车来的吗？"

新郎官一惊："怎么啦？"

姑娘已经要哭出来了，说："爸爸讲啦，酒席放到院子里，人家的车子都推走了，就你的还在那里！"

新郎官嘘了口气："大惊小怪，我还以为出了什么事呢？"他说着，伸伸懒腰，朝楼下走去，姑娘紧紧跟在后面。

新郎官来到院子里，小赵、姑娘和姑娘的父亲，三个人六只眼睛，都盯着这位仪表堂堂的新郎官。只见新郎官走到这辆自行车旁，"啪"地开了锁，大模大样地将车子推起就走。这"啪"的一声，就好像一鞭子抽在姑娘身上，她浑身一震，转身冲上楼去，抱住她娘就忍不住哭出声来："姆妈呀，我瞎了眼睛，看错人啦！"

西洋镜一戳穿，小赵倒感到为难了：扭住这个偷车贼吧，人家是新郎官，在这么多客人面前，后果会怎么样呢？他紧锁双眉想了想，对姑娘的父亲说："伯伯，这件事你们还是慢慢找他谈吧，不要声张出去，只要他改了就好。我先走了，改天再来看你们！"

小赵说完就要走，姑娘父亲一把拉住他，说："哎，事情还没弄好，你怎么能走呀？"

姑娘的父亲追到新郎官面前，问他："这车子是你自己的？"

新郎官一愣，随后点点头，说："是的，爸爸，是我自己的，我买了没几天呐。"

"哪里买的？"

"五金交电公司呗。"

"有发票和行驶执照吗？"

"有。"

"给我看看。"

"我放在家里呢。爸爸，这是怎么啦？"

姑娘的父亲很恼火，说："我想看看你的发票和行驶执照，你打电话叫人送来也好，自己去拿也好，不过车子暂时不能动！"

新郎官一看苗头不对，连忙说："好，我去拿来。"说完，拔脚就走。

明明是偷来的车，这个新郎官到哪里去拿发票和执照？所以他在街上兜来转去，绞尽脑汁也想不出一个办法来，只得硬着头皮又重新来到姑娘家，偷偷从后门爬到楼上，钻进姑娘房间。他见姑娘趴在桌子上，就走上去推推她，装模作样地说："真糟糕，我买自行车的发票和行驶执照明明放在家里的柜子里，不知被谁弄丢了，现在一时找不到，你帮我去跟爸爸说说，以后我一定拿给他看。"

姑娘抬起头来，看着眼前这张自己曾经是那么熟悉、而现在却又变得那么陌生的脸，一字一句地开口道："你说老实话，这辆车到底是哪里来的？买的，还是偷的？"

"你说什么？偷的？你开什么玩笑！"

"没有人给你开玩笑，你现在老实承认还来得及！"

"承认？你要我承认是偷来的？哼，我告诉你，买的就是买的，一百个买的。你们不要听信流言蜚语，告诉我，是谁讲我偷的？我找他算账去！我要对他不客气！我……"

新郎官越说嗓门越响，说到后来，简直是歇斯底里在狂叫。姑娘火冒三丈，忍无可忍，没等他把话说完，就"啪"地站起来，大声喝道："你这个不要脸的东西，算我瞎了眼，没看出你这个贼胚！你给我滚，滚！"姑娘用力把他推出门去，这个新郎官就再也做不成新郎官了，只好灰溜溜地离开了姑娘家。

从此以后，姑娘和小赵反倒成了越谈越有话谈的好朋友，人们经常在电影院旁边，或图书馆门前，看到并排放着的两辆凤凰牌自行车，一辆号码是 01234，一辆是 04321。

（吴文昶　包朝赞）

（题图：弘　达）

流浪汉的烟斗

不久前，朗格博物馆发生了一起重大失窃案——古希腊恺撒大帝的烟斗被盗。这消息通过电台、报纸，立刻传遍了各地。

欧洲西部有一座风光秀丽的小城，叫库仑市，这天上午，在市中心的一家咖啡馆里，男男女女三个一堆，两个一伙，谈论着烟斗失窃的新闻；这时，有一个衣着讲究、举止文雅的中年人，坐在一旁倾听着人们的谈论。这个人，就是这个城里赫赫有名的古董鉴赏家彼得留夫先生。突然，一阵吵骂声引起了他的注意，他抬头一看，是一个青年流浪汉，喝了一瓶“威士忌”，不付钱就想走，被老板约翰抓住了。约翰一边“穷鬼”“无赖”地骂着，一边要把他往警察局送。

流浪汉高声叫着：“谁说我没有钱？拿出来给你们看看！”他一边说，一边往裤兜里掏，掏了半天，连一个子儿也没掏出来，引起了店里顾客们的一阵哄笑。突然，“啪嗒”一声，一样东西掉在地上。

约翰见了，讥笑地骂道：“穷鬼，只有一段烂木头。”

流浪汉面红耳赤，弯腰捡起那东西，正想往外溜，彼得留夫却走过去伸手拦住了他，说：“先生，慢走，我替你付账。”

说着又回头吩咐约翰：“再拿一瓶‘威士忌’，一份三明治，送到里屋，好好招待这位先生。”

在里屋的餐桌上，约翰看着流浪汉狼吞虎咽地吃着，心里感到十分奇怪，他虽说和彼得留夫是多年知交，可猜不透今天老朋友葫芦里装的是什么药，几次问他，彼得留夫只是狡黠地一笑，等到流浪汉酒足饭饱，用袖口擦嘴的时候，彼得留夫终于开口了：“先生，请你把刚才掉在地上的那件东西给我看一下。”

流浪汉把那东西拿了出来。原来，这是一个用黄杨木树根雕的烟斗，形状古里古怪，咬口早已泛黄，烟斗身上还有一条深深的裂痕。彼得留夫拿在手里，仔细地看了半天，突然对流浪汉说：“恭喜你，先生，发大财了。”

流浪汉说：“我是个穷光蛋，哪有什么财可发！”

彼得留夫举起那只烟斗，说：“这是恺撒大帝的烟斗，价值几百万美元！”

流浪汉哈哈大笑：“别开玩笑了，先生，这是我自己捡了一段烂树根雕的。”

彼得留夫听了，却依然一本正经地说：“从现在起，它就是具有重大考古价值的文物了。”说着，他把约翰和流浪汉拉过来，说出了他的打算。

原来，彼得留夫有个好朋友叫戴维斯，是个有几百万美元家产的古董商。这个年已古稀的独眼老头，却娶了个年轻妖媚的太太娜丽莎。七八年前，娜丽莎就和彼得留夫勾搭上了。彼得留夫一直想占有戴维斯的家产，娜丽莎也多次催促他想办法弄到一笔钱，以便双双远走高飞，刚才，当他一看到流浪汉掉在地上的烟斗时，突然想出了一个将戴维斯的家产骗到手的主意。

彼得留夫说了自己的主意，又拍拍流浪汉的肩膀说：“事成之后，你得三成，我俩拿七成。”流浪汉惊喜地一口答应，并准备照计行事。

流浪汉走后，彼得留夫就给古董商戴维斯挂了电话。不一会儿，戴维斯就带着年轻貌美的太太娜丽莎驱车来了。他们在小客厅坐定，彼得留夫拿过一张报纸，指着朗格博物馆失窃的消息问戴维斯:“这个，你看过了吗？”

戴维斯说他早已知道了。彼得留夫神秘地说：“我有一个朋友，他是个亿万富翁，酷爱收藏古董。他知道朗格博物馆失窃了古希腊烟斗，就托我留意，并提出，要是有人能帮他弄到这只烟斗，愿意不惜一切代价把它买下来，并且付五万美元的酬金。老朋友，你的古董店是全城最有威望的，我想，只要盗窃者在本城将烟斗脱手，一定会到你这儿来的。到那时，你就可以自得五万美元的酬金啦！”

戴维斯听了说：“只要烟斗到我这儿，一定请你来鉴定，至于那五万元酬金嘛，反正咱们是老朋友了，一定会让你满意的。”说完，两个人就在“哈哈”的笑声中讲妥了。

接着，彼得留夫又热情地把戴维斯夫妇送上车，而且还偷偷地把一封信交给了娜丽莎。

当天晚上七点钟，一辆奶白色的“雪佛莱”轿车开到戴维斯的古董店前停下来，车门打开，下来的是一个二十多岁的小伙子。只见他穿着一套笔挺的西装，鼻梁上架着副眼镜，英俊潇洒，风度翩翩。他就是那个流浪汉，这时，他已变成一位富家阔少了。

流浪汉走进店堂，大大咧咧地问：“谁是这里的经理？”

一个伙计说：“你有什么事就跟我谈吧。”

流浪汉轻蔑地瞟了伙计一眼，说：“找你没有用！”

这时，娜丽莎闻声从里屋出来，笑嘻嘻地迎上来说：“我是经理太太，跟我谈，行吗？”

流浪汉从上到下打量了一番娜丽莎，说：“呵！你们经理福气不小，有你这么一位漂亮的太太，可是，为什么没有福气发大财呢？既然你们经理没有诚意，那么我就告辞了。”

娜丽莎忙说：“慢，请你等一等！”她马上到里屋告诉戴维斯。戴维斯感到这个不速之客求见，其中必有奥妙，便同意请他到里屋会见。

娜丽莎领流浪汉进了里屋。戴维斯很有礼貌地问："请问先生，您一定要见我，总有什么事吧？"

流浪汉瞟了娜丽莎一眼说："我只想对你一个人谈。"娜丽莎立刻心领神会地走开了。

流浪汉呷了一口咖啡，对戴维斯说，他是为这几天报纸上的重大新闻的事来的。戴维斯听了又惊又喜，心想：难道真被彼得留夫说中了？他迫不及待地问："莫非是烟斗到了您的手里？"

流浪汉说："你真不愧是个做买卖的行家，算你说对了。"

戴维斯欣喜若狂："快，快，快拿出来看看！"

可是流浪汉却说："干我们这一行，有个规矩，就是先谈价钱后看货。"

戴维斯一听：什么？他干了几十年古董商，这样新鲜的规矩倒还是第一次听说，这怎么行呢？他提出一分价钱一分货，东西没看到，无法定价钱！流浪汉见他定要先看货，立即站起身，说："看来，你是没有诚意做这笔买卖了，好吧，那我只好另找主顾了。"

戴维斯见流浪汉要走，着急了：到嘴的肥肉怎能轻易放掉？戴维斯终于让步了，他请流浪汉开价，流浪汉让他定。戴维斯说十万，流浪汉摇摇头；戴维斯说五十万，流浪汉仍然摇摇头；戴维斯咬了咬牙，说一百万，流浪汉还是摇摇头；戴维斯慌了，他问流浪汉到底要多少，流浪汉回答："二百万美元。"戴维斯大吃一惊，他从来没有经手过这么大的买卖。但他想到彼得留夫讲过要不惜一切代价，也就答应了。

于是，流浪汉让戴维斯立了契约，签好字后，便不慌不忙地从衣兜里掏出烟斗，往茶几上一放，说："请看吧。"

"什么？就是它？"戴维斯简直不敢相信自己的眼睛，难道这个破烟斗，就是朗格博物馆失窃的稀世珍宝？他翻来覆去地看了半天，凭自己多年来的眼力，怎么也不敢相信。

流浪汉见戴维斯疑惑不定，便哈哈大笑起来："亏你开了几十年的古董店，到底是你不识货，还是拿不出这二百万？"

任凭流浪汉讥笑奚落，戴维斯仍然表示这件事关系重大，他提出要请个有名的古董鉴赏家来鉴定后再说。

戴维斯刚要拿起电话听筒，“啪”的一声，流浪汉突然一只手按住了电话，一只手掏出手枪，顶住戴维斯的胸膛说：“要是你敢报告警察局，我马上要你的命！”

戴维斯吓得面如土色，连连说：“我不是报告警察局，是找我的好朋友古董鉴赏家来，他会替我们保密的。”

流浪汉说他不愿见第三者，过一个钟头再来。临走，他又警告戴维斯：“假如你愿意以自己和你太太的性命作儿戏，那么尽可以去报告警察局。请记住，我可不是一个人！”

流浪汉刚走出店门，彼得留夫就赶到了。他一眼看见了那只烟斗，立即神色严肃地反复端详起来，他看了一会儿，又掏出放大镜细细察看了一遍，嘴里不由发出“啧啧”声：“呵，真正的古希腊烟斗！哪来的？”

戴维斯毕竟是个老资格的古董商，尽管彼得留夫斩钉截铁地认定这就是失窃的古希腊烟斗，他仍然疑惑地问：“不会是假的吧？”

彼得留夫把放大镜往戴维斯手里一塞，说：“你看看，这不规则的纹路里，有着许多古希腊字母，写的是关于恺撒大帝的一首诗；这一条深深的裂痕，则是恺撒大帝在一次发火时摔坏的。”彼得留夫有根有据的一席话，说得戴维斯疑云顿消。

彼得留夫问起价钱，戴维斯说，来人起先要四百万，经他一再压价，才压到两百万。彼得留夫一听，眉开眼笑地说：“两百万，不贵，就是五百万也值得。这样吧，我身边只带了一万美元，先留下作为定金。两小时内，我来取货，给你两百零四万，其中四万加上这一万是酬金。但是，如果在两小时之内你将烟斗卖给了别人，那么。就要倒过来给我两百零五万。”

戴维斯说：“一言为定。”

彼得留夫提出口说无凭，立据为证，于是他们写下一式两份的契约，戴维斯又一次在上面签了名。

彼得留夫刚走，流浪汉就回来了。戴维斯立即取出二百万美元交给流浪汉。

流浪汉一下子得到这么多钱，他心动了：我为什么要这么傻，再把钱分给他们呢？我一个人有了这么多钱，就可以娶个漂亮的老婆，买座舒适的别墅，再到全世界去玩玩！他跨出古董店门口，看到有一辆出租汽车正好停在那儿，他喜出望外地拉开车门，一头钻了进去，吩咐司机说："去飞机场。"

司机回过头来，流浪汉一看呆住了，原来这司机是约翰扮的。

约翰冷笑着说："嘿嘿，早就料到你有这一手了。"说完，把垂头丧气的流浪汉送到了彼得留夫的住所，自己就走开了。

开始分赃了，流浪汉突然提出："烟斗是我的，事情是我冒了风险去办的，我理所当然该拿七成。"

彼得留夫说："如果没有我出主意，没有我去给他鉴定，你那个破烟斗一文不值。"

双方你一句、我一句，争吵起来。彼得留夫指着流浪汉的鼻子骂道："你这个小骗子，别忘了你今天上午还是个流浪汉，没有我帮你的忙，永远是个穷光蛋！"

流浪汉也毫不退让地点着彼得留夫的脑袋骂："你才是真正的骗子，这骗局戳穿了，我也不怕，反正我本来就是个一无所有的流浪汉，进了监狱还能混口饭吃；可你呢，名誉、地位、金钱、女人就一切都完了。"

争到最后，彼得留夫终于被流浪汉要挟住了，只得无可奈何地同意让流浪汉得七成。

他们正要分钱，突然听得大喝一声："不许动！"

两人抬头一看，一个警察正拿着手枪对着他们，他俩乖乖地举起手。彼得留夫惊恐地问："先生，这是为什么？"

"你们盗窃了古希腊烟斗，古董商戴维斯已经告发了。"

彼得留夫慌忙说："先生，别误会，别误会，这是没有的事。"

警察严厉地命令说："少啰唆，把钱收起来，跟我走一趟！"

流浪汉突然一拳把警察打倒在地，从桌上抓起一把钱，拔腿就跑。警察躺在地上大叫："抓住他，抓住他！"等到流浪汉跑得无影无踪了，他便从地上爬起来，脱去帽子，摘下胡子，搂住彼得留夫，齐声"哈哈"大笑起来。原来，这又是彼得留夫指使约翰演的一出戏。

这时，已是晚上十点钟了。彼得留夫和戴维斯讲定在两小时内去取烟斗的期限马上就要到了，但是对他们俩来说，眼下要紧的是赶快离开这个城市，迟了戴维斯就会找上门来。他俩匆匆收拾行装，准备出发。约翰问彼得留夫："你怎么不把多年的老相好、美人儿娜丽莎一起带走？"

彼得留夫奸诈地说："你以为我真爱她吗？有了这笔钱，到哪儿找不到比她更好的女人！"

他俩刚刚拎起箱子，房门"砰"的一下被推开了，娜丽莎走了进来。她一看这情景，马上明白是怎么回事了，立即冲到彼得留夫的面前，一把抓住他的衣领，哭骂着说："你这个骗子，原来想抛下我溜走啊！还让我九点钟在飞机场等呢！你这骗子，大骗子！"她一边说着，一边用脑袋直往彼得留夫的身上撞。

彼得留夫正设法摆脱这个女人的纠缠，外边又有人来敲门了。约翰把门一开，戴维斯一边气喘吁吁地闯了进来，一边大声责备彼得留夫为什么已经过了两小时还不来取货。当他走到里面，想不到自己的太太也在，顿时气得双手发抖，一把拖出娜丽莎，吼叫着："啊，你说到你母亲那儿去，原来在这里幽会。好啊，我供你吃，供你穿，你却和别人私通。"

娜丽莎见事情已经败露，加上彼得留夫又抛弃了自己，她一边哭着，一边将事情的原委一五一十地讲了出来。

戴维斯听了，肺都气炸了，他指着彼得留夫大骂："你这个衣冠禽兽、骗子、大流氓，你勾引我的老婆，还要弄得我倾家荡产！我要到法院去控告你！"

戴维斯又冲着娜丽莎叫道："还有你，臭婊子，从今以后，滚出我的家！"

本来，娜丽莎还想求求戴维斯重归于好，现在看来已经无法挽回，她愣了半天，突然指着戴维斯歇斯底里地大叫："你也是个大骗子！你给的那二百万美元统统都是假的。”

听说钱是假的，彼得留夫和约翰慌忙打开提包，拿出钞票在放大镜下仔细辨认，果然都是伪造的。

大家都发疯了，“哈哈，骗子，统统是骗子！”在一片狂笑和怒骂声中，互相抓起假钞票往对方的脸上扔去。顿时花纸片满屋子飞舞……

（陈达民　陶文进　冯正治）

（题图：张　恢）

金花圈

这天，有个四十来岁的男子，急匆匆地走进了西区人民法院。他刚跨进接待室，就从衣袋里掏出几张发黄的纸头，走到一位年轻的接待人员面前，郑重其事地说自己是来起诉的，边说边把这几张发黄的纸头递了上去。

接待员接过一看，不由皱起了眉头。这是一份起诉书，可不光墨迹陈旧，连个签名都没有，末尾只留了一个日期：一九六一年。

接待员觉得十分奇怪，便抬起头打量眼前的这位男子，只见他哭哭啼啼，十分哀切地说："同志，我今天是来自己告自己状的。我这状子是在二十多年前写的，我的罪也是在二十多年前犯的，由于我的过错，致使两个人丧失了生命。这件事当时轰动了全区，害得芦家妈妈痛苦了半世……"

年轻的接待员听了，既感到新奇，又感到惊讶，就让这位前来自首的中年男子详详细细地叙述了二十二年前发生的事情。

那是一九六一年冬天，正是国家经济最困难的时期。一天，上海城西虹桥路上一家米店门前排着长长的队伍，人们在凭证买米。芦家妈妈的独生儿子真真，领了粮票，买了十五斤籼米，把购粮证往袋里一塞，背起米袋就乐悠悠地小跑着回家。谁知他这一跑，购粮证从口袋里颠落到地上，小真真一点也没发觉。这时，正巧有个十八九岁的小青年从后面走过来，他前后看看没有人，就顺手捡起购粮证，塞进了自己的口袋。待转到一个没人的地方，这小青年翻开购粮证一看，里面虽说只有几角钱，可竟夹了二十斤粮票！小青年开心啊！别小看这二十斤粮票，少了它，在当时可是饿肚皮的事。他想到自己昨天不小心把准备买饭票的二十斤粮票丢掉了，今天真是天赐良机啊！他高高兴兴地把粮票往袋里一放，随手把那本购粮证扔到了路边垃圾箱里。

再说，真真背着十五斤米回到家里，正好做早班的爸爸回来了。老芦见儿子买米回来，不放心地追问一句："粮票领到了吗？购粮证拿来给我看看。"

真真说："粮票领了，喏，图章。"可是，他摸遍了所有衣袋，也没有找到购粮证。于是，他又打开米袋翻起来，翻来翻去也不见影子。老芦一看购粮证被小真真弄丢了，瞪出眼珠子对着孩子就是两巴掌："叫你当心当心，这是命根子呀！"

说完，老芦慌慌张张地往米店奔去。不多一会儿，他铁青着脸回来，冲到真真面前，发疯一样地对着孩子拳打脚踢。

真真知道自己闯下了大祸，开始还哭喊着，求饶着，可是不多一会儿便没有声息了，他嘴角流血，身子发软，倒了下去。老芦还不肯罢休，又拎起真真的头发，继续拳打脚踢。等到他清醒过来，赶紧停手，可已经迟了，真真瘫了下去，再也起不来了。老芦自知失手打死了儿子，他懊悔得捶胸顿足，号啕大哭起来。

芦家妈妈下班回来，看到家里门紧闭着，窗帘拉得严严实实，觉得奇怪，掏出钥匙开门，里面保险保牢推不开。她急得举起双拳敲打门，大声喊叫，屋里仍没有动静。邻里们都闻讯来了，在邻居的帮助下，门终于被撬开了。屋里很暗，芦家妈妈隐隐约约看到老芦悬在半空中，真真倒在血泊里。

芦家妈妈怎能相信眼前这一切？顿时晕倒在地。

正在这时候，米店经理拿了购粮证找上门来了。原来，老芦到米店打听购粮证的下落，米店里也非常着急。后来，有人从垃圾箱里拾到购粮证，交到了米店，米店经理按照购粮证上的地址立刻送来了。可惜来迟了一步，想不到竟闹出了两条人命。这个贼太可恨啦！

芦家妈妈明白了事情缘由，直哭得天昏地黑。可是人死已不能复生，当两具尸体被送进太平间时，芦家妈妈终因刺激太深，精神分裂了！

神经错乱了的芦家妈妈，径直从太平间边上的小门出来，摇摇摆摆上了马路，不辨方向，乱走乱荡。走着走着，眼看就要和迎面飞驶而来的一部大卡车相撞，说时迟，那时快，人行道上突然冲出一个人，一把推开了她，卡车正好贴身刹住。这人对芦家妈妈说："芦家妈妈，你、你迷失方向了，我跟你是一个里委的，我送你回去。"芦家妈妈用失神的目光看了看这个陌生人，摇了摇头，又摇晃着走了。

这个跟芦家妈妈住在一个里委的陌生人，名叫德三。这天他一听到这件凄惨的事情，就赶到了医院，当人们都走尽的时候，他生怕芦家妈妈再出什么乱子，就悄悄留了下来，暗中盯着。现在，不幸的芦家妈妈被他从车轮下救出，他一不受谢，二不图报，又追上芦家妈妈，拿出工作证说："我是无线电厂学徒工，不会骗你，送你回去好好休息。"芦家妈妈在德三的一再劝说下，才点点头，跟着他慢慢回到了家。这时，芦家大门敞开着，灯火通明，里弄干部和好些邻居都在家里等着，见芦家妈妈回来了，大家才安下心来。

幸亏芦家妈妈属于清楚型病人，第二天就被里委干部护送着送到了精神病医院，一连治了三个月，病情基本上得到了控制。这天，芦家妈妈要出院了，里委吴阿姨正想弄辆车子去接，这时只听一声铃响，德三骑来了一辆黄鱼车，车上还用厚厚的棉被铺了一层。德三说："吴阿姨，今天是芦家妈妈出院的日子，我刚好休息，我们一起去好吗？"吴阿姨连声说好。于是，吴阿姨上了黄鱼车，德三蹬起直奔精神病院。

芦家妈妈终于出院了。虽说她现在养得白白胖胖，毕竟精神受过刺激，好了以后人也显得有点迟钝，回到家里，总是不停地来回踱步兜圈子，冲着单位来人和里委吴阿姨苦苦哀求："不要走，不要走，陪陪我，我怕。"这可怎么办哪？芦家妈妈如今孤寡一人，谁陪她呢？

这一切德三都看在眼里，急在心里，他想了想，鼓起勇气叫住了吴阿姨，说："照顾芦家妈妈的事交给我吧，白天我上班，由邻居照顾照顾；早晚我来，我把被子搬到她家。"吴阿姨见他说得情恳意切，考虑了一会儿，点点头说："好吧，我去征求征求芦家妈妈的意见。"

不用说，芦家妈妈当然同意，德三就这样搬了过来。他自己没有娘，真拿芦家妈妈当亲娘看待了。他除了夜里陪伴，早晚还帮着做家务。夜里，芦家妈妈特别怕，睡觉从来不熄灯。半夜里还常常惊醒过来，流着眼泪叫德三。每逢这时候，德三总是端起茶水送到她面前，亲热地安慰她一番。芦家妈妈看看德三，喝口热茶，才又心情安稳一点地睡了。

天天这样，夜夜如此，一晃就是二十多年过去了。芦家妈妈已成了"芦老太太"，她的精神分裂症从没复发过。后来，在芦老太太的要求下，德三就把户口迁过来，正式当了她的义子，使她得到了莫大的精神安慰。

这里还有更使人感到奇怪和感动的事：自从芦老太太出院以后的二十多年来，每隔一段时候，总会收到一只包裹，寄包裹的人用的是化名，寄来的都是人参。人参是治精神分裂症的珍贵良药。每次收到包裹，芦老太太总是激动得流眼泪。最近一次收到一包人参时，芦老太太又对德三说："德三啊，这辈子我碰着两个好人，一个是你，一个是一直给我寄人参的人。这次你一定要帮我查查清楚，我得好好谢谢他啊！"

德三说："妈妈，寄来了，你就定定心心吃，这份人情以后我会来还的。"

芦老太太看看义子，又开口说："德三，这桩事我就依你了，不过还有一桩事我可不能依你，你早就应该找对象啦！我拖了你整整二十二年，对不起你啊！"

德三连连摇手说："妈妈，你不要这样想，我对象不愁找不到，不急，不急。”

就这样，二十多年来，芦老太太在德三的精心照料下，同样享受到了天伦之乐。直到寿终正寝的这天，她头脑还很清醒，拉着德三，断断续续地说:“儿啊，妈妈连累了你，妈妈已经跟里委讲过了，房子留给你……还有，找到给我寄人参的那个好人，替我谢、谢谢……”

德三流着眼泪连连点头。芦老太太声音越说越轻，德三俯下身，用耳朵贴近她嘴边，只听她吃力地说：“儿啊，还有一桩事，你、你一定要给我把那个、那个小偷抓出来，不捉牢他，我……死……不……闭……眼……”

芦老太太说到这里，长长地吐了口气，可德三的面色突然变了，他掉过头，连忙立起来奔了出去……

以上，就是这位中年男子向接待员叙述的事情经过。只见他低着头，含着泪，说：“我就是芦老太太的义子德三，也是拾了芦家购粮证，拿去里面粮票的那个小偷！”年轻的接待员听了德三的这番叙述，觉得这桩案子非同一般，便立刻打电话通知里委，并请里委干部来谈谈当时的情况。一刻钟以后，里委干部赶来了，不是别人，正是吴阿姨。吴阿姨走进接待室，一看是德三，顿时愣住了，吃惊地叫道：“德三，怎么是你？”

德三揩着眼泪，对接待员和吴阿姨说：“当时摆在我面前有两条路，一条是立即讲出来，受到人们的谴责，永远避开芦家妈妈；另一条是我自己忍受着良心上的谴责，好好照顾受了精神刺激的芦家妈妈，让她安度晚年。我选择了后一条路。我化名给她寄人参，我做了她的义子，尽心尽力照顾她，想用这来补偿她失去的一切。现在她要去世了，她对我说的最后一个要求，就是‘不抓出小偷，死不闭眼’。我良心上实在受不了啦！所以我来请你们法院同志快点去，当着受害者的面狠狠处分我。因为芦老太太活在世上的时间不多了。”

接待员请示了领导，决定立即随德三去看望芦老太太。

三人乘了法院的摩托车，飞快地向芦老太太家驶去。到了门口，邻居见德三来了，含着泪对他说:“德三呀，偏偏你不在身边，你妈妈刚刚咽气！”

德三“啊”一声冲进房里，放声大哭起来：“妈妈，我来迟了！妈妈，我就是害得你家破人亡的那个人啊！”

大家一听德三就是当年拾购粮证粮票的人，都惊呆了。这时，那个法院的接待员把那份陈旧的起诉书还给德三，说：“德三同志，知过能改，是能得到人们的谅解的，但过失的后果，往往会无法弥补，希望你永远记住这个教训！”

料理了芦老太太的后事，德三捧着骨灰盒回到了自己原先住的那间小屋。德三把芦老太太留给他结婚用的房产卖了，用这笔钞票买了几只金戒指，央求金银店里的老师傅打了一只小巧玲珑的金花圈。他把当年那二十斤粮票粘在金花圈上，放在芦老太太的骨灰盒前。

（航　宇）

（题图：佐　夫）

老戏新编

李侃在珠海出差，办完公事，离上飞机还有三四个小时，于是便提着包上街转悠。记者嘛，职业习惯就是对什么都感兴趣！

正走着，忽然有人拍李侃的肩膀，一回头，一个小个子中年男人神秘地凑近他问："先生，你的包包是不是掉了？""小个子"这么一问，还真把李侃给吓了一跳，因为李侃的包里不但有几千元差旅费，而且还有一架进口相机和一只大哥大呢！

不过，李侃略一打愣后就放宽了心，因为他低头一看，此刻包包不正拎在自己手里嘛！他坦然一笑："没掉，没掉！"

只见那小个子把手里一个手绢包递到李侃面前，说："我说的是这只包包，我看见你刚刚走过去的时候，它就在你脚边啦！"

李侃下意识地摸摸裤兜，急忙摇头："这包不是我的……"

"喂喂喂！"小个子急忙制止李侃，"你轻点儿声音嘛！唉，既然你看到了，见者有份。咱们看看里边是什么好东西！”他边说边拉李侃的衣袖，“走，咱们到那边角上去，不要被别人看到。”

李侃这时才明白这小个子原来是个骗子。你想，既然说得出“见者有份”的话，又何必要问李侃有没有丢包呢？一直听说外面骗子不少，今天居然碰上了，李侃心里觉得好笑，有心当场戳穿他的把戏，又一转念：反正闲着也是闲着，不如跟这个低智商的骗子周旋一番。

李侃正这么想着，忽然从身后摊位上传来一阵喧哗，原来一个姑娘正在向摊主哭诉，说她刚才在这里买东西时不小心掉了一个手绢包，里面有今天刚买的一块女式金表和一点零钱，问摊主是否拾到。姑娘哭得伤心，摊主却莫名其妙。李侃心中顿时明镜似的，他断定那姑娘百分之百和自己面前这小个子是一伙的。

果然，小个子兴奋地拉住李侃说：“咱们捡的肯定就是她的包包，快，咱看看到底里面是什么金表。”说着，他把李侃拉到一僻静处。

李侃心中暗笑，却故意装出一副贪婪的样子，说：“哎，咱可说好了，见了分一半，反悔可不行。”

“对对对，分一半，分一半，保证不反悔！”小个子听说李侃要和他分赃，高兴得眉开眼笑。

手绢包一打开，果然里面有块女式金表，而且居然还有一张商场发票，标明金表的售价是 2688 元。此外，包里还有 12 元零钱。这是多么精心安排的逼真细节啊，它给人的感觉是，姑娘买表时付了 2700 元整，商场找回 12 元，她顺手就包在了手绢里。

小个子故作惊讶道：“哇，价钱好贵呀！”

李侃也故意盯着金表咽了口唾沫：“这又不可以切开，怎么分啊？”

小个子两手一摊：“可惜今天我没带够钱。只好这样啦，你给我 1200 元，金表归你，我吃点亏算啦！”

听听，这样的慷慨，真让人感动。李侃当然也得谦让：“别别别，反正东西是你捡的，你不叫我，我连看都看不到。咱们论功行赏，手表归你，这12元零钱，我买包烟抽就算了。”李侃边说边就伸手把那12元钱拿了去。

小个子顿时猴急得涨红了脸，他本能地伸手要去抢那12元钱，可突然又像想起了什么，把手缩了回去，干笑道：“那不好吧，说好了一人一半的嘛！”

李侃连忙摆手：“我看这就挺好，你也别客气了。”

这一来，小个子眼睛死盯着李侃手里那12元钱，一时竟不知下面的戏该怎么演了。“吭哧”了好一会儿，他才像突然来了灵感似的，一本正经地给李侃出起主意来：“先生啦，相逢就是缘嘛！我今天实在是没有带钱，没法和你拆账。这样好啦，你再少出一点，1000元，表归你，怎么样？”

到了这个时候，李侃冷笑一声，觉得戏也该收场了，于是便晃晃手里那12元钱，说：“我实话跟你说吧，让我拿钱，我一分没有，要分东西，我就要这12元！”

小个子仍不死心，咬着牙再次降价：“交个朋友啦，800元！”

李侃一笑：“老哥，你买这块表最多花30元吧？加上这12元现钱，你全部的道具不过百八十元，敢张口蒙我800元？”

“啊呀，先生，你说的什么啦，这表是我们一起捡的嘛，你这么说，好像我在给你设圈套啦！”小个子脸上一阵红、一阵白，却死活不肯认账。

李侃看他嘴还挺硬，讥讽道：“这样吧，我来教教你。第一，下次再干这种事，尽量想得周到些，比如这表吧，这么多钱买的，居然连个包装都没有？这是细节失真，容易露馅；第二，以后别人再对你说‘见物分一半’的时候，你不能表现得那么高兴，这显然不合逻辑；第三，今后再遇到像本人这样誓死不掏钱、也不想占便宜的人，你就趁早收场算了，何必费那么多口舌呢？”

李侃说到这里，正眼瞧小个子一眼，一边把手里的12元钱递给他，一边说：“做人要走正道。你看，只要不起贪念，再高明的骗术，对我来说也是瞎子点灯——白费蜡！”

（吴金良）

（题图：张恩卫）

“金连锁”传奇

孟大发，名字起得蛮响，可是整整叫了五十年，到现在仍旧是十个钱家当，九个钱身上，拿着铁锅当钟敲，穷得叮当响。为啥？只怪他头脑糊涂，办事窝囊，人懒嘴馋，有钱吃光用光。

孟大发人穷，可脑中时时刻刻记着爹妈给他取的“大发”这个名字，真是端起饭碗想发财，靠上枕头梦发财，就连走在路上都仰着头，盼望天上掉下个金元宝来。在街坊邻居中，他是一个出了名的“梦财迷”。

这一天，孟大发意外地收到一封没具名的信，拆开一看，见上面用复写纸工工整整地复写着：

这封信名叫“金连锁”，是国外一个叫克里朗姆的教授写出来的，已经周游了四十多个国家。每个接续者如果能在四十八小时内，复写二十封分发给自己的亲戚朋友，那么幸运马上就会降临到他的头上。

这绝不是儿戏，也不是迷信，而是最新的科学发现。伦敦有个大学校长照此做了，他一夜之间获得了九十万英镑；罗马有个工人照此做了，他走在路上捡到了十五万里拉。但是雅典有个孩童看不懂随手扔了，几天后使出现了不幸。为了您的幸福，千万不能弄断“金连锁”。

信封里还夹着一张小纸条，上面写道：

根据科学的推算，您是一个幸运者。您只要按要求复写二十封信，寄出之后的第七天，您在上衣口袋里放一百元现钱，悄悄地乘一趟二十路电车，到时就会在车厢地板上捡到一只绿色皮夹。这是上帝赐给您的礼物，您马上能成为一个全球闻名的大财主。

此事不可告人，否则不但分文全无，还会危及性命，切切。

孟大发天天盼发财，现在见这封信写得有板有眼，活灵活现，哪能不心动？这事我得去试试！俗话说得好：信则灵，不信则泯。当个接续者，不就花费二十张邮票嘛？即便是假的，也不过块把钱的事；万一是真的，那该多美！我这下半辈子，可就舒坦啦！再也不用为开病假单去劳神操心了。孟大发主意打定，马上复写了二十封信，寄给自己熟悉的朋友。

信发出后，孟大发心猿意马，度日如年，整天像小狗割掉尾巴——团团乱转。好不容易熬到第七天，孟大发请了个病假，将七拼八凑弄来的一百元钱朝上衣口袋一放，像旋风似的冲出门去，差点把隔壁那个叫阿三的小青年撞个大跟斗。

这时正是人们上班高峰时间，孟大发拼命挤上二十路电车，低着头，弯着腰，一双眼睛睁得像田螺，只往车厢地板上来回搜索。汽车开出一站，没有动静；开出两站，没有动静；汽车一连开出七八站，仍然没有奇迹出现。孟大发已被折腾得腰酸眼花，脑门上汗珠“滴滴答答”掉下来。他绝望了，心里不由暗暗骂了起来：骗人的把戏，害得老子白贴了二十张邮票，真……

刚骂到这，他突然眼前一亮，激动得嘴唇抽搐，浑身发抖，原来孟大发清清楚楚地看见了一只鼓囊囊的绿色皮夹，就在自己脚下。

这一喜，差点把孟大发喜昏过去。孟大发极力稳住慌乱的情绪，眼睛朝四下瞄了瞄，见没人注意，便俯身装着系鞋带，顺手牵羊，将皮夹摸到手，放进了口袋。

孟大发的手还没从袋里抽出来，就觉得肩上被人轻轻拍了一下，回头一瞧，见一个身穿白衬衣的小青年，正冲着自己使眼色。这时候孟大发心里凉啊！

那个小青年轻轻说："老伯伯，那皮夹是我的，还给我吧。"

听小青年口气这么软，孟大发心里倒镇定下来了：皮夹若真是他丢的，能不大喊大叫？他一定是看我捡了皮夹，想来个黑吃黑，哼，一只小螃蜞想吃我这只老蟹？想得倒美！所以他越发装腔作势地说："小青年，你说什么外国话？我怎么听不懂？"

小青年急了："老伯伯，我是看你这么大年纪，才没叫喊，你不要给脸不要脸。你还不还？不还我要喊了！"

孟大发怕多啰唆会惊动其他乘客，他嘴里打着哈哈，两只脚慢慢朝车门口移去。

小青年气坏了，他突然大喝一声："站住，你这个小偷！"随即纵身一蹿，一把揪住了孟大发。乘客们听见有人喊"抓小偷"，"呼啦"一声全围了过来。

孟大发这才慌了神，说："谁，谁是小偷？乱诬赖人是要犯法的。"

小青年仍然揪住不放，说："你还想赖，我那绿色皮夹就在你口袋里。"

孟大发一跳八丈高："你诈骗，这皮夹明明是我的。"

小青年说："咱们别争，皮夹里有我的工作证。我叫王财，求新机床厂工人，拿出来看看，真假就明白了。"

"这，这……"孟大发顿时软下来，双手不由自主地捂住了口袋。旁边几个小青年已轧出苗头来了，他们拥上前一搜，从孟大发袋里搜出了那只绿色皮夹，再一看里面的工作证，确确实实是王财的。

这一下，乘客们哄了起来:“当小偷，嘴还硬，揍他！”一声“揍”字出口，也不容孟大发张口申辩，旁边有人挥起一拳，正好砸在他的鼻梁上，顿时车厢里大乱起来。

王财一见大家动了手，倒发急了，他双手拦住众人喊道:“别打了，别打了，他这么大年纪，别打出人命来！饶了他吧。”听他这么一说，那群小青年才住了手。

这时孟大发满脸是血，衣服被撕破了，帽子也飞了，嘴巴大张着，活像一只透不过气来的蛤蟆。他见人们住了手，这才擦擦嘴边的血，理理撕破了的衣裳。突然，他像遇见鬼似的大声哭叫起来:“我的钱，一百元钱，啊呀，钱没有了！”

刚才一阵哄闹，售票员对这个偷皮夹的老头就有气，现在又听他叫喊，更火了:“喂！你这人刚才摸人家皮夹，现在又叫喊丢了钱，这不是制造社会混乱吗？再闹，就送你上派出所去！”

王财说:“算了，算了，刚才一顿教训已经够他受的了，何必要让他蹲监狱呢？”

售票员一点也不含糊:“不行，对坏人坏事一定要抓到底。大家都别下车，到派出所做个证人！”

一进派出所，孟大发眼泪汪汪，连声喊“冤枉”。可是乘客们刚才目睹了车厢里发生的事情，都气愤地叫了起来:“死顽固，进了派出所还不老实，把他关起来，判他刑！”

派出所的刘所长听了众人反映的情况，感到事情有些蹊跷，便把孟大发单独叫到一间屋子里，耐心地问:“孟大发，你说‘冤枉’，那么人家的皮夹怎么会落到你的口袋里呢？”

孟大发苦着脸，嗫嚅着说:“我，我是捡的。”

“拾物交公，这是三岁孩子都明白的道理，你这么大年纪，怎么会干那种不光彩的事呢？”孟大发脸红得像关公，事到如今，他也顾不得“金连锁”上写的那些话，从怀里掏出那封信，吞吞吐吐地把事情的经过说了一遍。

刘所长听着听着，渐渐对整个案情有了一个大概的了解。这类案子在社会上时有发生，受骗的大多是那些财迷心窍、头脑糊涂的人。看来一定是有一个了解他情况的人设下了这个圈套。

刘所长不露声色地继续问："你上车后，发现身旁有什么可疑情况吗？"

孟大发说："我只顾盯着地板，没注意旁边的情况。"

刘所长暗暗叹了口气，俗话说得好：苍蝇不叮无缝的蛋。像他这样满脑子想得到不义之财的人，怎会不受骗上当呢？刘所长想了一下，说："金连锁，给你带来了什么幸运？挨了打，丢了钱，这个教训多么深刻呀！今后该怎么做人，你先好好想想吧。"

接着，刘所长便讯问作为证人被留在派出所的王财。刘所长仔细地打量了他一番，说："王财，请你把丢皮夹的经过再讲一遍。"

王财气愤地拿出皮夹，说："我上车后，那老头就紧贴着我。车到中途，突然觉得裤袋一动，我一摸，皮夹没了，就顺手一把抓住了他。也算为人民除了一害吧，嘻嘻！"

刘所长接过皮夹翻了一遍，问："这皮夹是你的吗？"

王财点点头。

"那你一定知道这皮夹买时的价钱喽？"

王财像被人使了一个定身法，突然呆住了，憋了半天才说："这皮夹是朋友送的。"

刘所长紧追不放："哪一位朋友？"

王财更加慌乱了："嗯，张明，噢，可能是丁友强。啊呀，时间长了，记不大清楚了。"

刘所长突然说："王财，请你把丢皮夹的那只裤袋翻出来。"

"啊"王财倒抽一口冷气，"这个、这个，裤袋有啥好看的？"

"请你把裤袋翻出来！"刘所长声音不高，但就好像小锤子猛击在王财的心窝里，吓得他乖乖地把裤袋翻了出来。

裤袋空空，但袋底已经破了一个大口子。王财一拍脑门，忽然想到什么：

“啊呀，袋底穿了，皮夹是从裤脚里漏出去的，我错怪了老头。不过他捡到皮夹，放进自己口袋，也不应该呀。”

刘所长一拍桌子，大声说道：“王财，别再演戏了，你们这套把戏只能欺骗那些没有头脑的人。说吧，你的同伙是谁？‘金连锁’信是谁写的？孟大发的一百元钱在谁的手里？”

刘所长一连串的追问，把王财问得心惊肉跳：“这、这是怎么回事呀？没有证据怎么好随便怀疑人呢？”

刘所长冷冷一笑，说：“要证据吗，你的裤袋就是证据。王财，起码的常识你该懂吧，袋底如果是磨破的，裂口处应该是毛边的，而现在你的裂口处是整齐的，显然是自己用剪刀剪破的。你为什么要剪破自己的裤袋，这里的秘密，难道还要我帮你说吗？”

王财终于耷下脑袋，只好交代了他们作案的经过。

原来，王财这伙人是社会上的一个流氓团伙，孟大发隔壁邻居阿三就是其中一个。他们掌握了孟大发的为人，就用“金连锁”作为诱饵，合伙设下了这个骗局。可怜这财迷心窍的孟大发，竟轻而易举地钻进了圈套。在车上，王财故意把皮夹掉在孟大发脚下，孟大发一中计，他们便贼喊抓贼，混乱中窃去了他的一百元钱。原想这件事做得神不知鬼不觉，却想不到瞒天瞒地难瞒公安机关。

为了教育孟大发，刘所长把王财的交代录音向他放了一遍。

孟大发如梦初醒，羞愧地说：“刘所长，这哄小孩也不信的把戏，我怎么会深信不疑呢？唉，我真是老糊涂了。”

刘所长语重心长地说：“孟师傅，不是你老了，一个人钱迷心窍，就会分不清东南西北，丧失应有的警惕。财富是靠脚踏实地干出来的，像你这样整天胡思乱想，可一辈子也发不起来呀！”

（吴　伦）

（题图：张少俊）

抢劫六百亿

跛足叫花子

1949年6月29日上午10时许,从上海外滩一座灰色大厦里走出五个人,他们的身材高矮胖瘦不一,他们的举止也似乎有些与众不同。他们边走边谈,脸上露出了兴奋的光彩。

这五个人是谁?他们为啥开心?

他们就是旧上海银行警卫大队“五猴”押运班的五兄弟。

提起五猴班,在旧上海可算得上是大脚上绑铜锣——走到哪响到哪。班里这五兄弟,都来自武术之乡——沧州城,人人都有一身了不得的武功,而且他们五人都是属猴的,当年二十九岁,所以人称“沧州五猴”班。他们按各自出生的月份、时辰为序，结拜为“红黄蓝白黑”五兄弟。他们为啥要以五种颜色作次序排列呢？说来真巧，原来，他们五兄弟中的老大姓洪，老二姓王，老三姓蓝，老四姓白，老五姓郝。这个“郝”字，上海人读时与“黑”同音，便成了“红黄蓝白黑”。他们押车时，喜欢在车头左侧插一面红黄蓝白黑的五色旗，这面旗便成了他们五兄弟的标记。

五兄弟中要数老五武功最好，他是押运班的班长，又是驾驶员，绰号人称“小猢狲”老五。老五能一手开车，一手飞镖，凡从他手中飞出去的钢镖，可以说是百发百中。他讲义气，守信用，你托他办事，只要他点头，哪怕刀山火海掉脑袋，也要替你办妥。加上他还是上海大流氓黄金荣的投帖门生，在旧上海的黑社会里，不管哪帮哪派，一提到小猢狲，都竖起大拇指；一看到汽车上的五色旗，都让他三分。因此，他押车，好像手里捧了十百千——万无一失。他是上海滩上响当当的人物。

今天上午，人民解放军驻银行系统军代表老陈，到宿舍把小猢狲请到办公室，对他说，随军进驻刚解放的崇明岛的银行同志，昨天给华东银行军管会打了个紧急报告，说上海解放时有一批国民党官僚和达官贵人来不及外逃，留在岛上，这些人利用身边携带的金条、银元，在岛上哄抬物价，扰乱金融。因此要求迅速运送人民币，以回收黄金银元，稳定市场。华东银行接到报告，立即请示军管会，决定由上海立即拨运六百亿（旧币）去崇明。并决定分段运送。陈代表告诉小猢狲，这由市内到吴淞的押运重任，就交给他们五猴班，要他们作好准备，下午再向他们交代押运的具体时间和路线。

小猢狲领了任务，回到宿舍向几位兄长一说，大家都很开心，也很激动。为啥？俗话说：一朝天子一朝臣。之前他们吃得开、兜得转，可眼下解放了，共产党还信任不信任他们呢？今天，军代表把这么重要的任务交给他们，无疑是最大的信任，你说他们能不开心不激动吗？常言道：人逢喜事精神爽。五兄弟一高兴，就想去喝它几盅，于是出了宿舍，就往莫有财厨房走去。

他们边走边谈，有说有笑。忽然小猢狲对大家说：“我想想也有点儿奇怪。这样重要的任务，共产党有的是解放军，为啥不武装押运，而让我们这些留用人员押运？”

一听这话，蓝老三笑道：“老五，我看这叫‘强龙不压地头蛇’。我们牌子硬、情况熟，我们五兄弟的能耐共产党会不知道？”

洪老大说：“我听说共产党有个什么统战政策，大概是为了团结我们留用人员吧？”

小猢狲说:“老大、老三说的都在理。人家相信我们，我们绝不能含糊。这次一定要尽心尽力，就是掉脑袋也不能出洋相。否则，我们就甭想在上海滩混了！”说着话,不觉已到了“莫有财”。五个人径直来到最里面的一间，撩开门帘，里面只有一张八仙桌，兄弟五人就坐了下来。人刚坐定，跑堂就送上酒菜。

五兄弟各自斟满一杯酒，举起杯子，正要碰杯，突然，门帘被撩起，走进一个满脸大汗的包车夫。他顾不得擦汗，战战兢兢地朝大家扫了一眼，然后哈着腰问道：“请问，哪位是五爷？”

小猢狲说：“我就是。你是哪个宝号的？找我有何贵干？”

包车夫来到小猢狲面前，双手递上一张名片。小猢狲接过一看，只见名片上印着：大昶诚典当，经理杨鸿兆。小猢狲想：这个名字好陌生呀，我与他素昧平生，他为啥派人来找我？包车夫见小猢狲沉思不语，压低了声音说：“五爷，敝号店主杨老板有批黄货要运回乡里，久闻五爷大名，特意求五爷帮忙，故而差小人前来请五爷赴宴。万望五爷赏光。”

原来是送上门的一笔外快生意。旧上海，私营钱庄多如牛毛，大多数没有专门押运的队伍，凡遇到现金、单据或贵重物品转运，就慕名求五猴班帮忙，五兄弟也就赚些外快，这已司空见惯。可今天，小猢狲一想到要押运六百亿人民币的任务，便把名片还给包车夫，说：“请你转告杨老板，近来，我们五兄弟公务繁忙，分身不开。所托之事，实在力不从心，日后有机会，一定效力。”

不料包车夫不接名片，两只眼睛呆呆地望着小猢狲，鼻子一阵抽搐，从眼眶里滚出两颗泪珠，可怜巴巴地说："五爷，近来因典当生意清淡，杨老板火气特别大。五爷如不肯赏脸，杨老板一定以为我办事不力，他一生气，就一定要叫我卷铺盖！五爷，小人上有老母，下有妻小，全靠小人挣钱维持一家生计。求五爷开恩，只要您老跟小人去见一见杨老板的面，让小人有个交代，小人的饭碗就能保住了。小人给五爷磕头，望五爷慈悲……"他边说边"扑通"一声跪了下来。

小猢狲等五兄弟万万没料到包车夫会来这一手，尽管他们是押镖玩枪的人，此时也动了感情。几个兄弟便一齐劝道："老五，既然财神菩萨上门，你就跑一趟吧，先把生意接下来。怎么办，等你回来，我们再商量，别让这位兄弟为难了。"小猢狲听了众位兄弟的话，觉得也有道理，就起身跟着包车夫出了饭店，坐上包车夫的黄包车，不一会儿就到了宁波路石路口的大昶诚典当行。

这家典当行坐北朝南，墙上一个巨大的"當"字十分醒目。可惜"當"字虽大，近来的生意却清淡得很。典当行里的朝奉先生们，一个个伏在柜台上，有的观赏街景，有的闭目养神。

包车夫把小猢狲拉到典当行门口，就见一位身穿长衫的中年人抢先几步，来到门口，满面笑容，双手抱拳，说："鄙人杨鸿兆，恭候五爷多时。五爷光临敝号，真是三生有幸。请——"

杨老板像迎上宾似的把小猢狲让进账台后面一间小会客室内，那里早已摆好一桌丰盛的酒席。杨老板把小猢狲让到上首席位上坐下，然后坐在一旁，提起酒壶，为小猢狲敬酒。

小猢狲端起酒杯，举了一举，又把酒杯放下，因为在市面上闯荡的人都懂得，凡是不相识的人请酒，这第一杯酒是不能随便喝的。这杯酒叫"结交酒"，喝了第一杯酒，陌生人就变成了朋友。彼此既成了朋友，朋友托你办事，你就不好再推托。眼下小猢狲不明对方的底细，又不知他要押运什么货，运往何处，怎么好随便喝呢？因此，他只把酒杯举了一举，权作还礼。他放下酒杯，说："你我素昧平生，杨老板如此厚爱，实不敢当。常言道：

无功不受禄。在下是个粗人，喜欢直来直去。杨老板既然看得起小弟，若要我出力，尽可直言。”

“啊哟哟，五爷真是个爽快人！既然五爷如此直爽，那我就——”杨老板好像怕人听见似的把头凑近小猢狲的耳边，轻声说，“五爷，我这典当行乃祖传产业，哪料到我手中，竟会如此衰败。眼下解放了，我想把典当行关了，把平生积蓄的财产运回家乡，图个清闲，所以求五爷……”

“你有多少东西？”

“四箱黄货。”

“请问，杨老板祖籍？”

“本地人。四箱黄货只要送到吴淞镇就行。”

一听“吴淞镇”三个字，小猢狲马上联想到六百亿人民币也要押到吴淞上船的事来。他看了一下手表，又抬眼细细打量了一下杨老板，只见他，四十出头，圆脸扁鼻，一副商人相；再辨一辨他的口音，倒有本地人味道。小猢狲想了想，开口说道：“杨老板，咱们先小人后君子，你要我们押运的东西，请让我先验一验。”

“当然，当然，请上楼——”杨老板陪着小猢狲来到他的卧室，从床底下拖出四只固本肥皂箱。打开箱子，小猢狲弯腰把四只箱子全翻验一遍，果然都是货真价实的金条。这下，小猢狲放心了，他当即要杨老板取过封条，当面封好，两人都在封条的封口上做了记号，然后下楼，回到酒席上。小猢狲不客气地举起酒杯，一饮而尽。酒过三巡，小猢狲心里惦着六百亿的事，不敢贪杯，便放杯吃饭。

杨老板也不硬劝，他捧出一百枚银元，分十叠放在小猢狲面前，另外又拿来两块“小黄鱼”给小猢狲，说：“五爷，区区薄礼，不成敬意，望五爷笑纳。事成之后，另当厚报……”

杨老板话音未落，只见从典当行外面走进一个蓬头垢面、衣衫褴褛的跛足叫花子。他手中捧了一个黄布包，一进门就高声嚷道：“喂，当一百块大头。”

朝奉先生见来了大生意，马上笑脸相迎，说："请坐，请坐，本典当行有个规矩，看货论价。请先生先把货打开看看。"那跛足叫花子走近柜台，把手中的黄布包"咚"扔到柜台上。

朝奉先生接过黄布包，小心解开，往里一看，顿时吓得"啊"一声连退三步！原来里面是两颗冷冰冰的手榴弹！

杨老板见状，顿时脸上变了色："又是地痞泼皮来敲竹杠了！"他说着叹了一口气，随手从柜里拿起两块袁大头走出去，赔着笑脸对跛足叫花子说："鄙行如有得罪先生之处，还请见谅。"说着，将手榴弹重新包好，连同两块袁大头，一起塞给跛足叫花子，"请买杯水酒喝喝，这是我的一点心意。"

跛足叫花子一声冷笑，随手把两块银元"咣啷"丢进柜台里，重新抖开黄布包，右手举起手榴弹，冲着杨老板说："怎么！把老子当要饭的？用这点钱就想打发我？老实告诉你，老子今天是等米下锅，就缺一百块！你把手榴弹收去，今后咱们黄牛角、水牛角各归各；不然的话，我反正活不下去，就来个'轰隆隆'一道死。"说着，他用右手的小拇指勾进手榴弹后屁股的小环环。杨老板一见，吓得赶紧一边连连摇手，一边又转身从账台上抓起一把银元，他从小猢狲面前走过时，轻轻说一声："五爷帮帮忙！"边说边迅速转身出来，把手里的银元一五一十数给跛足叫花子，总共二十四枚。跛足叫花子看着二十四枚银元，仍竖眉毛、弹眼珠地说："怎么，就这个数？今天我说定了，一百块缺只角，我叫你典当行上天！"说着，又扬扬手中的手榴弹。

杨老板没办法，只得一边说："请手下留情，我、我再去取……"

跛足叫花子见镇住了杨老板，脸上露出得意的微笑。他把二十四枚银元排好队，在左手掌里掂了掂，正打算把钱往破短衫袋袋里放，突然手掌被什么猛地往上一托，只见手掌里的二十四枚银元好似一条白龙腾"空"而起，"哗"一声全落到账台上。跛足叫花子一看，有个人站在身后。他"哇哇"怒吼一声，挥拳朝那人打来。那人不慌不忙将身子一晃，闪到他的背后，举起右掌，往他右肩窝一劈。这一劈，跛足叫花子举在半空中的拳头顿时垂了下来，活像自鸣钟的钟摆，荡过来、摆过去，痛得他牙齿咬得咯咯响，脸也扭歪了，眼珠却越睁越大，直盯着对方。

此人正是小猢狲，他见这跛足叫花子实在太蛮横无理，已十分气恼，刚才杨老板求他帮忙，便决定趁机露一手给杨老板看看。现在，见跛足叫花子盯住自己看，便一把抓住对方的胸襟，指着自己脸说："认认清爽，把老子的眉毛也数一数，免得日后找错了人！你要找我，到银行警卫大队来，本人就是沧州五猴班的班长——"说着，用力一搡，把跛足叫花子推倒在墙角里。然后，走进柜台，取了那一百枚袁大头和两锭小黄鱼，对杨老板说："恭敬不如从命，定洋我带走了。那东西，我们有空就来取。"

杨老板问："五爷，什么时候来取？"

小猢狲说："什么时候来取，要看我们是否有空。可能明天，可能后天，也可能过一会儿就来。反正你做好准备，不要耽搁了我们的时间就是了！"说完，他大步流星地出了门。

小猢狲前脚出了典当行，跛足叫花子后脚就跟出来。他哀声喊道："五爷，五爷，我实在不知您老在此，冒犯了您。我的脚已经瘸了，您再把我手臂拍脱臼，叫我以后如何过日子呀？请五爷开恩，再拍我一下吧！我向您老保证，今后再不敲人家的竹杠了。"

小猢狲见他苦苦哀求，便伸手捏住他的肩头，"嗨"在他穴位上用力一拍。跛足叫花子痛得"哎呀"一声叫，手臂顿时不荡了。

小猢狲随手摸出五块袁大头，对他说："交个朋友，日后要用钞票，可以到银行警卫大队来找我，切不可再干这种缺德事了。"

跛足叫花子头点得像鸡啄米，双手却不接钱，"五爷，我们好几个兄弟都穷途潦倒，您给我五块大头，实在是杯水车薪……"

小猢狲见他嫌少，便问："你要多少？"

"六百亿！"

小猢狲一听六百亿，浑身一震。那么跛足叫花子到底是何许人？他怎么知道六百亿人民币这件事的呢？

坟包里笑声

小猢狲想：从军代表布置任务到眼下，也不过是一两个小时的事，他怎么竟知道了呢？看来眼前这叫花子定有来头！跛足叫花子见小猢狲发愣，便眯起眼睛，皮笑肉不笑地显出一副得意样子，说："五爷，在家靠父母，出门靠朋友，您要发大财，兄弟为您欢喜，不过也得分一点给我们穷兄弟们做做嘛……"

小猢狲感到事关重大，便决定要摸清跛足叫花子的来头，就顺水推舟说："既然想做生意，总要找个地方谈谈，开个价！"

跛足叫花子朝四下扫一眼，往前一指："五爷，我们就到前面'一乐天'茶楼去坐坐。"

两个人一前一后，踏进一乐天，登上二楼，在临街靠窗的座位上坐下。跛足叫花子一坐下，就脱下那件破短衫，朝窗台上一搭。此时，走来一位长脚茶博士，一边用抹布抹抹茶桌，一边笑嘻嘻地对小猢狲说："老客，今天吃红茶还是淡茶？"

小猢狲说："两壶红茶。"

"是，马上来。"茶博士转个身，就送上来两壶上等祁红。

等茶博士一走，小猢狲单刀直入问："朋友，既然看中了六百亿，就打开天窗明说了吧，你们打算怎样？"

跛足叫花子谄笑着说："五爷，我们听说今晚是您押运这六百亿人民币。碍您五爷的面子，我们怎敢轻举妄动？"

"既然如此，又何必啰唆！"

"五爷，您饱汉不知饿汉饥，我们几个穷兄弟已是饿急了的猫儿，闻到了鱼腥气，哪能不嘴馋？我们只求您五爷开恩，行个方便。待我们劫得六百亿人民币后，五爷拿大头，我们众兄弟分个小头，解解馋……"

小猢狲终于明白他们打算劫车。看来，今晚押车凶多吉少，六百亿人民币万一有个闪失，五猴班砸了牌子不说，也对不起共产党对自己的信任呀！他暗自权衡了一番利害后，决定先把这伙人的底摸摸清爽，再想对策，于是说道："老弟，你们要劫车，我可以让开。可是，银行已被军管，押运这六百亿人民币由解放军督办，你们想过吗？而且，你们要与我合作，你们是哪帮哪派哪道山门，我还不知道。你们的老板是谁？总得让我明白了才能拍板啊！"

"可以，要见见我们老板，跟我走。"跛足叫花子说着，收起窗台上那件破短衫，朝肩胛上一甩，指指窗外，说，"五爷，那辆汽车是我们的包车，您要见我们老板，可以坐我们的汽车去。"

小猢狲朝窗外一望，只见先施公司的转角上，停了一辆黑色福特小汽车，车门两旁站着两个彪形大汉，好像哼哈二将。小猢狲又是一惊：原来，自己早已在他们的监视之中。但他转而一想：不入虎穴，焉得虎子，为了六百亿，不妨闯一下"鬼门关"！小猢狲想到这儿，朝跛足叫花子一挥手，说："请——"

两人出了一乐天，来到汽车旁，跛足叫花子赶在小猢狲的前面，将车门一开："请——" 小猢狲弓起身子，就往车厢里钻。当他身体钻进车厢，两只脚还在车厢外面时，跛足叫花子突然闪电般地上前抱起小猢狲的两只脚，小猢狲两脚一离地，人失去了重心，朝前扑倒下去。他忙伸出右手，在车厢座椅的靠背上用力一撑。谁知，车门对面早有一个人抢先钻进了车厢，他趁小猢狲扑倒之际，用事先准备好的绳索套住了他的右手，小猢狲一跌倒，一个鲤鱼打挺人站了起来，不料右手却被绳索套住了。小猢狲立即转过身来，谁知那根套在右手上的绳索随着他的身体一转，正好在他身上绕了一圈，两只手被团团捆住，哼哈两将便一边一个把小猢狲夹在当中，坐在车厢后排位置上。这时，跛足叫花子也钻进了车厢，他在司机身旁坐下，回头对小猢狲说了声："五爷，得罪了！" 便给小猢狲蒙上了一块黑布。汽车随即启动了。

小猢狲被困在车厢里，动不了，又看不见，不知这伙歹徒要把自己押往何处。汽车开了一阵，逐渐颠簸起来，他凭经验判断，汽车已开出了市区。

开了大约不到半个小时，车子停下了。小猢狲被夹住双臂带下了车，东拐西拐走了五六分钟，蒙住眼睛的黑布才被取下来。小猢狲朝四周一看，“啊？”四周全是坟头，自己站在一座杂草丛生的荒坟面前，荒坟上竖着一块高六尺的黑亮光滑的墓碑。

跛足叫花子这时哈哈大笑说：“想不到吧？我们的老板就在坟包下面，想见见他吗？”

小猢狲正要开口，突然，那块墓碑动了起来，慢慢地朝他身上压下来，小猢狲急忙跳向一旁。只见墓碑“通”倒下后，墓碑下面露出一个黑乎乎的洞口，接着从洞中伸出一把紫竹小梯。

跛足叫花子对小猢狲说：“五爷，老板就在下面，请下吧！”说着，伸手朝小猢狲肩胛上用力一推。小猢狲被推得朝前冲出几步，一脚踏在紫竹小梯子上，顺着梯子滑到了洞里。

洞里一片漆黑。突然，从洞深处传来“哈哈哈哈……”一阵叫人毛骨悚然的狂笑声。那狂笑声一落，又传来一个低沉的声音：“放肆，五爷驾到，还不上前迎接！”接着就出来一群人，围着小猢狲“五爷、五爷”地叫个不停。此时，有个人来到小猢狲身旁，给他松了绑，说：“五爷，请您到此，无非想共商发财大计，怕您大驾难请，才出此下策，望五爷恕罪。”

这时，小猢狲才看清楚这是一间四四方方的洞厅，四周洞壁角上，点着四支白色蜡烛，当中八仙桌上放着酒菜。给他松绑的是个个儿不高的黑汉子。这工夫，跛足叫花子也进了洞厅，来到那个黑汉子身旁，说：“二哥，我把五爷请来了，下面就由你跟他谈了。”

黑汉子嘴里说着：“五爷，请上座。”双手扶中带拉地把小猢狲请到八仙桌居中位置上坐下，然后黑汉子在左，跛足叫花子在右，坐了下来。待大家坐定，黑汉子举起酒壶，给小猢狲斟上满满一杯酒，说：“五爷，小弟等出于无奈，冒犯虎威，现在特备薄酒谢罪，请五爷赏脸，干了此杯！我们再议发财大计。”

小猢狲听他说出要议发财大计，心想：这一定是商量劫车行动计划，这也是自己冒险深入虎穴的目的。因此他爽快地举起酒杯。谁知就在他们三只酒杯碰在一起时，突然，在小猢狲正前方洞壁里“唰——”闪出一道白光，直刺小猢狲的眼睛。小猢狲反应极快，几乎在白光闪亮的同时，他手中的酒杯犹如一支钢镖飞了过去，只听“当啷”一声，酒杯砸在墙上，摔得粉碎。再定睛一看，那洞壁上有一个小洞口，白光是从那洞中射出来的。

这时，黑汉子和跛足叫花子同声大笑起来。黑汉子说：“五爷，不必惊慌，你初来乍到，这里的规矩，给你照了相，留个纪念。”

这时，跛足叫花子又取来一只酒杯，斟满第二杯酒，捧到小猢狲面前。现在小猢狲一心想尽快知道他们的劫车计划，因此他举起酒杯，一饮而尽。他刚放下酒杯，黑汉子又给他斟满了第三杯。

黑汉子斟好酒，突然“扑通”一声跪倒在地，接着在场几个弟兄也跟着“扑通、扑通”跪了下来，一时倒把小猢狲弄得丈二和尚摸不着头脑：“你们这是干什么？有话好说，何必如此呢？”

黑汉子简直像个演员，他竟吸吸鼻子，抛出两行热泪，说：“五爷，天有不测风云，人有旦夕祸福。三天前，我家大哥遇难，你看我们这洞厅里点上白蜡烛，就是为了悼念大哥！”黑汉子用手擦擦眼睛，继续说，“常言道，蛇无头而不行。自从大哥遇难以后，我们弟兄好像屋脊断、栋梁坍，成了一群无头苍蝇。今天特请五爷到此，受我弟兄一拜，我们请五爷为我等大哥，借五爷威名，东山再起。望五爷勿辞。”说着，一群人跟着黑汉子都“五体投地”地伏在地上。

小猢狲万万没料到，这伙人只字不提劫车计划，却演了一出拉他入伙、尊他为首的戏来。他略一思索，开口问道：“请问，贵当家大哥尊姓大名？”

“陈锡锠。”

一听“陈锡锠”三个字，小猢狲猛然想起，这不是三天前被枪毙的薄刀党头子吗？噢，原来这伙人就是薄刀党！这薄刀党可是上海滩流氓当中名声最坏、无恶不作的匪徒！真没想到，这批臭不可闻的家伙，竟设下圈套拉自己入伙！简直是做梦！小猢狲心里气恼，嘴上却推说：“小弟无德无能，岂敢当此重任，望诸位另选高贤。”

黑汉子说："五爷不必客气，想你是赫赫有名的黄金荣先生的投帖门生，我们虽不同宗同派，但在共产党的眼里，我们都是套在一只鞋子里的臭袜子。今天我们尊五爷为首，望五爷领着我们众兄弟，夺下六百亿人民币！"

小猢狲站立起来，说："你们请我来，是商量六百亿这件大事，做买卖讲信用，又何必强求小弟进山门呢？诚心谈生意，咱们就爽快点谈，否则，就请高抬贵手，放小弟回去，就当没这回事！"

黑汉子见小猢狲不肯上"船"，便站了起来，沉下脸，往椅子上坐定，朝一个小兄弟挥挥手。那小兄弟转身取来一张湿漉漉的照片，黑汉子吩咐说："让五爷欣赏一下他的尊容。"

小猢狲接过照片一看，气得差点昏过去。只见照片顶端印了一行小字：小猢狲接任薄刀党魁首受贺志喜留念。照片上就是他们三人碰杯的情景。小猢狲心想：过去听说薄刀党专干这种坑害好人的勾当，想不到今朝竟用到我的头上来了！这张"受贺"情景的照片，谁见了谁都会相信。唉！假如照片传到了军代表的手里，那就有口难辩了！

黑汉子见小猢狲闷声不响，就说："五爷，我们要做的这笔买卖，不是三文两文，而是六百亿的巨款，如果我们不在一条船上，一遇风浪各自分开，岂不容易翻船吗？只有你当了我们的大哥，我们生同生、死同死，患难与共在一条船上，彼此才会同心协力，把六百亿劫到手。否则，我们无法商议劫车的计划……"

好狡猾的家伙，他们想逼我下水，把我与他们拴在一起。这事哪能好随便答应？好在对这伙人的目的和底牌已经摸到，眼下三十六计，走为上计，让我先用大昶诚典当那四箱黄货吊一吊他们的胃口，只要他们上钩，自己就好脱身了。至于杨老板那儿，只要等到破获了薄刀党，这四箱黄货也就可以"完璧归赵"了。

于是小猢狲说："诸位，轧朋友先轧心。同船人，'窝里翻'的事有的是。只要你们听我一句话，要想弄到六百亿人民币就像三个手指捏田螺——稳拿的！"

黑汉子等一听这话，忙问："请教五爷有何高招？"

小猢狲说："今晚我押运六百亿人民币，乃是共产党的库银。共产党虽然把押运任务交给我们五兄弟，但发车时间、路线事先都不告诉我们，而且说不定在发车时还会临时增派解放军跟车，我们毕竟是留用人员啊。你们要动手劫车，碰上解放军，就难免要动刀动枪，弄不好，钞票没抢到，还要损兵折将掉脑袋。所以说，这是没有把握的赔本生意。但我现在另外还有笔生意，你们真的头寸紧缺，我可另外给你们六百亿……"

"另外还有六百亿？"

"你们要的话，现在就用小弟的名义，到大昶诚典当，找他们老板杨鸿兆，他会给你们四箱黄货，这四箱黄货，远远不止六百亿呢……"

谁知小猢狲话没说完，黑汉子、跛足叫花子和一群弟兄们突然"哈哈哈"狂笑起来。笑声未绝，猛地只见八仙桌"哗啦啦"倒了下来，从下面伸出一颗脑袋来。小猢狲一见，顿时惊得目瞪口呆。

谁是送药人

你道此人是谁？他竟是大昶诚典当的老板杨鸿兆。

原来，杨鸿兆名义上是大昶诚典当的老板，实际上是潜伏特务头子，国民党驻敌后行动小组上校组长。当军代表向小猢狲布置了押运六百亿人民币的任务后，只隔了十五分钟，他就收到银行系统三号情报员送来的情报。他想：新中国成立前夕，想炸金库没炸成，眼下，如能把六百亿人民币抢过来，或连车带钞票炸毁，就是对共产党的沉重打击。怎么干？他仔细盘算了之后认为，共产党定然根据守卫兵力就近运送，于是决定由被他收买的薄刀党出面干，并立即导演了一出请小猢狲押黄货的把戏，把小猢狲引入他的网里，再由跛足叫花子和黑汉子逼小猢狲上贼船。他本不想此刻把自己的身份暴露给小猢狲，谁知小猢狲软硬不吃，非但不上贼船，还把他托他运的四箱黄货抛了出来，气得他七窍生烟，从地底下冒出来，指着小猢狲的鼻子骂开了："我出重金聘用你押车，现在镖物未动，你倒先把我的东西出卖了，天底下有你这种无情无义的押镖人？"

小猢狲见杨鸿兆从地底下冒出来，一切全明白了。他忍住一肚子怒火，冷笑一声，说："杨老板，我这么做，叫做'以其人之道还治其人之身'！你先不仁，我才不义！"

杨鸿兆看看手表，已经是下午一点多钟了。他觉得把小猢狲扣留的时间过长，会引起共产党的怀疑，如万一不让他押车，就竹篮打水一场空了。所以，他不再与小猢狲斗嘴，拿起那张"受贺"照片，说："今天的事我们都已挑明了。你要走出这个坟包，只有两条路：一条，与我们合作，抢下六百亿；还有一条，等我们把这张照片在全上海发一发，帮你扬了名之后你再出去。到那时，你可以到共产党那儿告发我们，不过我们就说，这六百亿消息是你提供的。怎么样？"

小猢狲听了这话，暗骂了一句：好个心狠手辣的家伙！他觉得今天不答应和他们合作，就难活着出去！与其不明不白死在这坟包里，倒不如到外面再去抖一抖。于是，小猢狲语气软下来，无可奈何地问："你们到底要我做什么？说实话，押运这六百亿人民币的车什么时候开，走哪条路线，都由军管会决定，我确实不知道。你们逼煞我，我又不能瞎编一套！"

杨鸿兆见小猢狲软了下来，便说："共产党规定你的行车路线后，你只要在出发前通个消息，我们也给你一条行车路线。方向盘在你手里，只要开往我们指定的地点，你就算大功告成。当然，以后的事，我们会妥善安排的。"

"那你们谁来与我联系？"

杨鸿兆举手朝后招招手，那个去请小猢狲的包车夫，提一只带盖的六角形竹篮，放在小猢狲的左脚边。

杨鸿兆对小猢狲说："把衣服脱了！"

小猢狲不知他要干什么，只得顺从地脱下衣裤。

杨鸿兆见他脱得只剩下一条衬裤，便说："打开竹篮。"

小猢狲又顺从地伸手去掀篮盖。哪料到，篮盖一掀，突然“呼”一声，从竹篮里蹿出一条全身碧绿的小蛇。小猢狲避让不及，左大腿被毒蛇咬了一口。包车夫立即上前，手脚敏捷地把蛇捉回竹篮里，盖紧篮盖。

这时小猢狲的大腿像馒头发酵，立刻肿成碗口粗。他只觉得一阵钻心疼痛，胸口发闷，头脑发昏，人顿时摇晃起来。

杨鸿兆嘴边掠过一丝奸笑，从袋里取出一粒三分来长的圆柱形蛇药，一掰两半，半粒浸在烧酒里，待化成浆状，给小猢狲敷在伤口周围，然后把剩下的半粒递给小猢狲，说：“把它吞下去。”小猢狲吞下药后，感到胸口松了些，头也不昏了，但左腿伤口还在胀痛。

杨鸿兆得意地说：“这是条七步蛇，要治这毒蛇的蛇伤，只有靠我这特效蛇药，一粒药能维持十二小时。现在是下午两点，半夜两点前总能出车了吧？到时，我会派人找你联系，联系人就是送药人。你把行车路线告诉他，他也会把我们规定的行车路线交给你。你吞下他交给你的蛇药，把车子开到我们指定的地点，他会安排你的去向。如果你要出卖我们，蛇毒在你的身上，过了午夜两点，不用我们动手，你自己就会去叩响阎罗殿的大门！现在，请回吧！”

小猢狲急叫道：“你们把我扣到现在，万一军代表另外派人押车，我不是白送命吗？”

杨鸿兆嘿嘿一笑说：“这你放心，离开时间长一些，我们会有人帮你说话的。好了，别啰唆了。送客！”

杨鸿兆说完，一挥手，跛足叫花子和几个歹徒上前又用黑布给小猢狲蒙上眼睛，一边一个架着，走出坟场，送上汽车，把他送回先施公司的转角上，给他取下黑布眼罩，推下汽车，等小猢狲睁开眼睛，汽车早已没了影子。这时，小猢狲只觉得左大腿又胀又痛，迈不开步子。他想：不照杨鸿兆的话去做，自己性命难保；照他们的话去做吧，又对不起共产党！可自己……他陷入了极度痛苦的矛盾之中。

正在这时，有一个人向他走来。谁？一乐天的长脚茶博士。因为小猢猻是一乐天的老茶客，天长日久，竟和茶博士成了无话不说的好朋友。茶博士对小猢狲说："你刚才遭绑架的事我已看见了，既然受人之托，就要忠人之事啊！"接着便附着小猢狲的耳朵，悄悄说了几句，又紧紧握了握他的手，向他报以神秘的一笑，走了。小猢狲一听，顿时怔住了。

正在这时，突然又有一个人朝他飞奔过来。

故事说到这儿，还得把朝小猢狲奔来的人是谁搁一搁，回头先说说军管会主任老徐。下午两点，军管会主任老徐吩咐秘书找沧州五猴班到他办公室来具体商量晚上押车的事，谁知秘书只找来四兄弟，独独缺了班长。徐主任问大家："老五呢？"四兄弟见问，你看我、我望你，不敢把老五接外快生意的事说出来，但肚子里也在犯疑：平时老五做事总是快刀斩乱麻快去快回，今天怎么会像"鹞子断线"一去不回呢？洪老大怕再不回话，会引起徐主任的怀疑，万一今晚不让他们押车，岂不是砸了五猴班的招牌了吗？他一急，连忙说："徐主任，老五刚才还和我们一起吃中饭的。他有个习惯，欢喜饭后散散步，说不定他又一个人荡马路散步去了。"

徐主任看看表，说："快两点了，你们快去找找老五，他一回来，就到我这儿来。"

四兄弟回到宿舍，洪老大抓起电话打到大昶诚典当，那里人说五爷早走了。洪老大一听，急得立即叫众兄弟分头去找。

蓝老三从外滩沿着大马路朝西找，当他快找到先施公司转角处时，远远看到老五倚在路边的墙上，蓝老三又惊又喜，急忙朝他奔来。

蓝老三奔到小猢狲面前，见他脸色苍白，满头冷汗，身子摇晃着不能走路，他急得弯下身子，背起老五，一溜小跑，直往宿舍奔去。

这时其他几个兄弟，都因没找到老五，急得在宿舍里直打转，突然门"砰"地被撞开，只见大汗淋淋的蓝老三背着小猢狲闯进来，大家惊得团团围上去，问道："老五，你到底出了什么事，怎么弄成这样？"

这叫小猢狲怎么说呢？他不能把坟洞里的事和盘托出。他有口难言，只得含糊其词地说："被毒蛇咬了一口。"边说边吃力地拉起左脚裤脚管，果然，他的左腿肿得像个熟透的红柿子。

洪老大见了，又心疼又担心，他忧心忡忡地轻声说："老五，刚才军管会徐主任来找我们，他见你不在，脸色很难看。你怎会被蛇咬伤的？"

这时，蓝老三朝小猢狲脚上的伤口地方仔细看看，焦急地说："不把毒汁挤了，要出事，老五你忍着点！"说完，他从身边摸出一把水果刀，在蛇的牙痕处划了两刀，然后双手在伤口周围用力挤压，一股已经发黑的血水立刻从伤口处流出来。接着，蓝老三又俯下身子，把嘴凑到伤口上吸了吐、吐了吸，痛得小猢狲冷汗直流，他紧咬牙关，一声不哼。看得出，他被老三这种兄弟之情感动得流下泪来。正在折腾时，突然门"砰"被推开了，大家转脸一看，不由一阵发慌。

进来的是军代表老陈，见小猢狲瘫坐在地上，蓝老三趴着在吮吸血水，不禁一怔，忙问："怎么受的伤？"

几位兄弟见陈代表突然闯进来，一时慌了神，他们也说不出小猢狲是在哪儿受的伤，只是眨巴着眼睛看着小猢狲。小猢狲一见陈代表，就挣扎着站起来。陈代表让他坐下，他自己蹲下来，一边查看小猢狲的伤口，一边平静地问："刚才徐主任找你，你到哪儿去了？"

小猢狲努努嘴，叫把房门关上，然后吃力地说："陈代表，'受人之托，忠人之事'，我小猢狲做人就讲个信用。今天承蒙陈代表看得起我，把押运六百亿人民币的大事交给我们，为了保证运途中的安全，刚才我到通往吴淞的路上跑了一圈，实地看了一下地形。"

陈代表听了"喔"了一声，接着，他饶有兴趣地问："你跑了一趟，发现什么情况吗？"

小猢狲叫蓝老三拿来纸笔，摊在地上，边画边说："陈代表，我们去吴淞有两条路可走，一条由大柏树经江湾镇到达吴淞，另一条由张庙经张华浜到吴淞。看来张华浜是今晚去吴淞的必经之路，如果有人要劫车，很可能在那儿打我们的伏击。为此，我要求解放军在这一带派驻重兵保护我们过去。我刚才从大柏树经江湾到何家湾车站，那儿是火车交会的地方，停了好多装货的空车皮。我想万一有人在空车皮里埋伏，趁我们汽车沿着铁路经过时，打我们个措手不及，就糟了，因此我就走到空车皮里去看。不料，被铁轨旁边草丛中的毒蛇咬了一口。刚才老三帮我吸出了毒血,现在好多了。"

小猢狲临时编了这个故事，倒把陈代表感动了。他关心地说："老五，你好好休息，晚上押车的事，我再和徐主任商量商量……"

小猢狲没等陈代表把话说完，猛地站了起来，咬咬牙，把左腿在地上蹬两蹬，说："请军代表放心，我能挺得住，今晚仍由我来开车。"

"好，我去叫医生来，给你上点药。"陈代表说着转身出了宿舍，不一会儿就领了一位军医走进来。那医生给小猢狲打了针，敷了药，还特地给他注射了当时十分贵重的盘尼西林，可是，仍然控制不住蛇毒的蔓延，伤口还是在恶化。吃过晚饭，众兄弟出去了，小猢狲一个人在宿舍里，双手捂着又肿胀起来的伤口，心情恼恨而又矛盾，他恨那个送药人，又巴望他早点把药送来，解除痛苦!

这时，门被轻轻推开，小猢狲一看，又是陈代表。陈代表见只有小猢狲一个人，就随手把门关好，然后轻声说："把裤管卷起来。"说着，摸出一粒三分长的圆柱形蛇药。

小猢狲一见蛇药，不禁一怔。他惊愕地瞪着双眼，看着陈代表笑眯眯地把蛇药一掰为二，半粒交到他手上，要他吞服。接着他把剩下的半粒，用烧酒溶成浆状，涂敷在小猢狲的伤口上。小猢狲好似木了一样，看着陈代表拨弄蛇药的一招一式，似乎与杨鸿兆没啥两样。他蒙了：难道陈代表是送药人？惊诧间，他猛想起，杨鸿兆曾经说过："你离开时间长一些，我们会有人帮你说话的。"但他仍不敢相信这会是真的。他想起杨鸿兆曾说过，送药人也是联系人，于是问道："陈代表，今晚走哪条路线定了吗？"

陈代表说："行车图在我这里，你的伤口怎么样，敷了药感觉好些吗？"

"好些了。"

陈代表这才从口袋里摸出一张行车图，交给小猢狲说："你把行车图仔细看一遍，要记牢。图看好仍还我！"

小猢狲接过行车图，暗暗惊呼：想不到杨鸿兆有这么大的神通，军管会里竟有他们的人！

这六百亿人民币还能保住吗？

夜闹大柏树

小猢狲正在暗暗惊呼，陈代表已从他手中把行车图拿了过去，收藏好，然后严肃地通知他：“把五猴班集合起来，准备出发！”

小猢狲嘴里应了一声“是”，双眼木呆呆地看着陈代表的身影消失在门口。他心绪乱极了：刚才好朋友长脚茶博士叫自己要恪守“受人之托，忠人之事”的准则，放胆去干，还向我投来神秘的一笑，眼下军代表老陈又成了送药人！自己简直像陷入了迷魂阵。他苦苦思索了一阵，最后一咬牙，出去把众兄弟叫到车库面前的停车场。

停车场上停着一辆经过改装的美式吉姆西十轮卡，车后装了一只像四面不通风的巨型“饼干箱”，显然是准备装运六百亿人民币的。陈代表要他们把十轮卡开到造币厂去装货。出车前，小猢狲拿起一面五色旗，插在车头左侧，然后又拿来一根小铁棒，忍着伤痛，检查车胎。当小猢狲弯腰时，两条腿却直打哆嗦，人蹲不下来。蓝老三在一旁看着他那吃力的模样，几步跨上前，夺过小铁棒，说：“我来检查。”说着，钻到了车肚底下，一会儿，钻出来，说了声：“没事。”于是五兄弟上了车。小猢狲启动汽车，朝造币厂开去。

这天，造币厂戒备森严，除开大铁门两侧的警卫外，又加派了全副武装的解放军巡查队。汽车驶进厂里，在库房前一停下，只见旧银行的库房主任已奉命办好了领款记账等手续，在那儿专等小猢狲他们到来。这时汽车停下，便立即装车，车上的饼干箱顶部朝天打开，电动葫芦迅速地把一箱箱钞票吊进饼干箱里，只花了一刻钟时间，六百亿就全部装完，饼干箱的顶部又重新合上。

在大家装货时，小猢狲坐在驾驶室里没下车。但他的脑子里却一直在思索着，接下来将会发生怎样的斗争。他正想着，蓝老三爬进驾驶室，关心地问："老五，马上要出发了，你的腿……"

没等他把话说完，又见陈代表来到车门前，说："老五，下来！今晚很辛苦，军管会特地备了一些家常菜，让大家吃饱了再行动。你把班里的几个兄弟全请到楼上账房间吃饭。记住，别漏了人！"

小猢狲见陈代表老在汽车前后转来兜去，现在又通知他们上楼吃饭，一时猜不透他葫芦里卖的啥药，他多了个心眼，下车时在座垫上划了个暗记，然后在蓝老三的扶持下，出了驾驶室。蓝老三一跳下车，就对小猢狲说："老五，货已上车，责任完全在我们了，我们人离开了，账房间离这儿又有一段路，要不要在饼干箱上加一把铁锁？"

小猢狲一听，心中暗道：老三果然是个有心机的人，好像看出了自己的心思，处处在提醒自己。他连忙点点头，说工具箱里有把大铁锁，叫蓝老三去拿来。蓝老三拿了大铁锁，爬上车子，在饼干箱两扇腰门的耳环上用锁锁好。两人这才放心地往账房间走去。

账房间里放了四张八仙桌，五猴班占了一桌，桌上菜肴十分丰富，却没有酒。等大家坐下来，陈代表向大家打招呼说："请大家稍候片刻，今晚徐主任要向大家讲话送行，马上就要来。"

这时，库房主任来到五猴班桌旁，笑着和大家打招呼，又掏出烟盒，给五兄弟每人敬上一支美丽牌香烟。蓝老三见库房主任敬烟不敬火，便掏出打火机，给众兄弟逐个点上火。趁库房主任与大家闲聊，他叼着烟出了账房间，过了一会儿，又笑嘻嘻地回到餐桌上。

这时，军管会徐主任来了，他与每个人一一握手，然后以汽水当酒向大家"敬酒"，边吃边谈，这顿饭足足吃了一个小时。然后，他亲自把"五猴"班五兄弟送到汽车旁边，再三叮嘱："一路小心，等候你们好消息。"

五兄弟到了汽车边，小猢狲向四位兄长一挥手："上车！"五兄弟立即有条不紊地各就各位。洪老大是个左撇子，善用左手打枪，是有名的"左将军”。王老二是“右将军”，他与洪老大一左一右，警戒汽车的两侧。老四外号叫“滚地猴”，他身轻如燕，守护在汽车后挡板，一有情况，他就能神不知、鬼不觉地顺着后挡板滚到车肚底下打冷枪。蓝老三他的眼力特别好，人称“甩眼蓝老三”，善使双枪，是小猢狲的助手，坐在驾驶室里，两眼左顾右盼，车子开起来，哪怕是一只蝴蝶掠过，也别想逃过他的眼睛。

小猢狲走到车前，先用目光往饼干箱一扫，就看清那把大铁锁原封未动。他刚要上车，蓝老三已抢先跳上驾驶室，扭亮车灯，然后伸手把小猢狲拉上车。小猢狲一看座垫上暗记还在，说明车子没被调换过，便当即吩咐蓝老三准备发车。

蓝老三伸出头问后面洪老大："都准备好了吗？"

"好了！"

小猢狲刚启动发动机，军代表老陈又来到车前，拔下车头左侧的五色旗，对小猢狲说："今晚这面旗子就不要用了，隐蔽一些好。祝你们顺利而去，尽快凯旋！"小猢狲见陈代表拔去五色旗，心里一怔，他见徐主任没吭声，只得点点头，脸上没一丝笑容，脚一蹬，汽车慢吞吞地驶出了造币厂。

汽车出了厂，一拐弯，就是造币厂桥，下了桥堍，过了铁路，就上了一条直通大柏树的大路。当汽车来到路口，朝东拐弯时，小猢狲突然发现从转角上一家酒店里，走出一个跷脚来。他猛地一惊：这不是那个跛足叫花子吗？他刚要用脚蹬刹车，坐在他身旁的蓝老三，摸出烟盒，对他说："老五，车莫停，今晚听我的！"说着把烟盒递到小猢狲面前。

小猢狲朝烟盒一看，烟盒里有一颗三分来长圆柱形的蛇药："老三，你？"

"想不到吧？老五，干好今晚的事，我和你都离开银行。有我三哥在，保你老五升官发财！"

陈代表的谜还没解开，万万没想到自己结拜兄弟中又出了个薄刀党！小猢狲一时弄不清陈代表和蓝老三谁真谁假，还是一伙。他试探地问："老三，你什么时候加入薄刀党的？"

"薄刀党？我怎么会和他们为伍？老五啊，凭本事你比我强，只要你肯和我们合作，我介绍你参加我们敌后行动小组，保你当个中尉组员。今晚你听我的，就沿着这条路，一直朝东，我叫你转弯，你再转弯。”

蓝老三虽说没参加薄刀党，可他已为杨鸿兆收买，成了他的三号情报员。今天押运六百亿人民币的事，是他报告给杨鸿兆，才有薄刀党绑架小猢狲的事。刚才他见库房主任敬美丽烟，这是他们的联络暗号：“美丽”，说明干得漂亮。他见库房主任是同伙，六百亿人民币是他经手的，更放心了。他叼着烟躲进厕所，扒开烟卷一看，里面有一张小纸条，上写：大柏树劫车。

现在，小猢狲以每小时四十公里的速度朝前开着。当车子驶到共和路口，小猢狲放慢车速，故意问道：“老三，一直开，还是转弯？”

蓝老三说：“一直开。”

这时，小猢狲从反光镜里看到后面有一辆车子尾随在后，便说：“老三，后面有情况。”

蓝老三凭着他那双野猫似的眼睛，早已看清了后面跟踪的汽车车头左侧，插了一面五色旗子，这是他送给杨鸿兆作记号的，因此他心定地说：“你只管朝前开。”

小猢狲几次探不出蓝老三的底，只得往前开，很快就接近市郊。一过大连路，路两边全是田野，显得黑暗而荒僻。汽车一到大柏树，小猢狲将车子停了下来，想看看蓝老三如何反应。

谁知蓝老三见他停下车，没有指挥他拐弯往吴淞开，而是手抓车门，探出身子，向四下张望。就在这时，跟在后面的小汽车“呼”一声超到前面，转弯上了逸仙路。蓝老三当即命令小猢狲跟上。小猢狲启动大卡车刚上了逸仙路，突然迎面飞来一辆大卡车，直冲过来。好个小猢狲，沉着镇静，几乎在两车轰然相撞的一瞬间，猛然一扳方向盘，车子一个九十度拐弯，横在马路当中。对方汽车也来个紧急打横，两部大卡车正好头靠头，肩并肩，排在一起。

小猢狲跳下车，打算教训对方几句。哪知这时对方驾驶室里也跳下一个人，小猢狲借着路灯光，看清了那人正是杨鸿兆。杨鸿兆跳下车，将手一挥，薄刀党黑汉子也跳下车，接着又从车上跳下二十来个薄刀党歹徒，好似饿疯了的狼群，一齐朝吉姆西大卡车涌来。

守在大卡车上的五猴班三兄弟，一见这么多人拥上来，知道遇上了劫车匪徒。洪老大和王老二眼明手快，同时举枪撂倒两个匪徒。随着枪声，他们跳下车子，伏在路边隐蔽处伺机射击，白老四已顺着后挡板钻进了车肚底下。

杨鸿兆见还没挨着六百亿的边儿，就报销了两个兄弟，气急败坏地冲着蓝老三和小猢狲吼道："你们搞什么鬼？怎么把我们的人打死了？"

蓝老三转身朝路边大声喊："老大、老二，别开枪，今晚这车人民币，老五已经卖给人家了。大家都是自己人，别伤了和气。"

洪老大和王老二听到这话怔住了，他们枪一停下，薄刀党黑汉子已带着几个匪徒上了"吉姆西"。黑汉子跳上驾驶室发动车子，准备逃走。这时伏在车底下的白老四见车子已经发动，他就地滚到路边，举枪朝驾驶室里打了一枪，只听"哎呀"一声，正好击中黑汉子的左臂。

蓝老三见白老四不听他的话，顿时急红了眼，掏出双枪，转身对着白老四就要开枪。只听"啊哟"一声惨叫，蓝老三双枪落地，两手鲜血直冒。

原来就在蓝老三要向白老四开枪时，被站在一边的小猢狲看见了，为救白老四，他迅速摸出双镖，双手一抬，"嗖嗖"两枚钢镖不偏不倚扎在蓝老三左右两手的脉门上。

蓝老三痛得龇牙咧嘴，冲着小猢狲弹出了眼珠："你、你扎的镖？"说着一咬牙，拔下左手腕上的钢镖。钢镖一拔，手腕上的鲜血直淌，痛得他蹲在地上，再也没有勇气拔下右手腕上的钢镖了。

小猢狲救了白老四后，见那左臂受伤的黑汉子已发动车子要逃，他感到要堵已来不及，急忙拔出第三支钢镖，"嗖"一声，只见一道白光不偏不倚飞到吉姆西的油箱上，只听"噌"一声，油箱打穿了，汽油顿时"哗哗"流出来。

黑汉子一见油箱被打穿，急忙从驾驶室里探出头来，他这一探头，正好被伏在路边红黄白老大、老二、老四三个兄弟瞧见了，三人同时举枪，只听“砰砰砰”三声响,黑汉子脑袋上顿时添了三个窟窿,脑浆流出,一命呜呼。在行动中的吉姆西失去控制，就像吃醉酒的醉汉，歪歪斜斜撞在路边电线杆上不动了。

蓝老三见车子已动弹不了，赶紧就地滚到车肚底下，打算拉响他刚才挂在那儿的手雷，谁知一看，手雷没了影，只有两只烂草鞋。

杨鸿兆发觉形势不妙，赶紧奔到停在逸仙路上的小汽车前，钻进车厢，举枪瞄准小猢狲。就在他要扣动扳机时，突然身后伸过一只手来，把他手中的枪摘下了。他回头一看，是两个陌生人。再看看跛足叫花子，身子被绑在汽车座位上呢！

这两个陌生人是谁？一个是一乐天茶楼的长脚茶博士，一个是军管会的陈代表。原来，跛足叫花子从造币厂转角酒店里出来时，就被解放军抓获了，并且利用他的汽车跟在吉姆西后面到了大柏树，停在那儿，等鱼入网。从匪徒劫车到现在，战斗只进行了十几分钟。杨鸿兆被捉，黑汉子毙命，蓝老三负伤，跛足叫花子就擒，余下的二十来个小匪徒，也被包抄过来的解放军一网打尽。

战斗结束了，陈代表和长脚茶博士从小汽车里出来，走到小猢狲面前，和他紧紧握手。五猴班洪老大、王老二和白老四三兄弟也围了上来，问小猢狲：“老五，我们没有完成押车任务，怎么办？”

陈代表笑嘻嘻地说：“不，你们的任务完成得很漂亮，你们今天表现得也很出色！”陈代表见他们莫名其妙地愣着，又接着说，“过去我们在暗处，敌人在明处；现在解放了，我们在明处，敌人派特务潜伏下来了，他们在暗处。敌人炸金库没有得逞，就打算抢劫六百亿人民币。我们在请示上级后，决定来个将计就计、引蛇出洞，因此就决定让你们五猴班担当押运任务。五猴班名气响，易于吸引敌人。今天这事，还多亏我们这位长脚茶博士帮了大忙，由于他及时报告了薄刀党绑架老五的情况，才使今天的计划进行得这么顺利。不过，老五可吃了大苦啦！”

洪老大急着问："那车上的六百亿人民币怎么办？"

陈代表幽默地说："历史上有这么一个故事，叫做'明修栈道，暗渡陈仓'。当大家在造币厂进晚餐时，军管会的同志早把车上的饼干箱来了个'狸猫换太子'。当然，蓝老三加的那把大锁，也锁不住我们手脚的。现在那六百亿人民币已经从浏河上船，到达崇明了。"

小猢狲心情沉重地对三个兄弟说："真没想到，我们五猴班里，也被敌人插下一枚暗钉子……"

陈代表却安慰大家说："这是好事啊！以后，你们五猴班虽然少了一个猴，但更纯洁了，人民就更信任你们了！"

（黄宣林）

（题图：裴向春）

一个真实的灵魂，你越是对他诽谤，他越是不会受损。

真情·灵魂篇

zhenqing linghunpian

旅游途中

一辆豪华旅游客车在山区蜿蜒曲折的公路上行驶，突然，前排又说又唱的杨女士渐渐地没了声息，脸色灰暗，眉头紧皱。咋回事？只见她着急地拉住导游刘小姐的衣襟，附着耳朵悄声说：“快停车，我要方便。”

刘小姐看看弯来曲去的盘山公路，前无村后无店，好一会儿，望见前面山沟之间有个小村庄，忙叫司机停车。车门一开，杨女士百米冲刺般地往村边简陋的茅厕奔去。

大家猜想杨女士一定是拉肚子，急去急回，用不了多少时间，所以旅游客车停在公路边，司机连火也没熄，“嗡嗡嗡”的马达转动声，暗示着游客一会儿就开车。可谁知马达声响个不停，却不见杨女士从茅厕里出来。“嘟嘟”，司机按了两声喇叭，还不见动静；“嘟嘟嘟”，司机耐不住了，喇叭按了一下又一下，可仍然不见杨女士的影子。

司机熄了火，一车子的游客都紧张起来。坏了，杨女士一定是掉进茅坑里了，可是 怎么一点呼救声都没有?

“快去看看。”导游刘小姐急叫着，跳下车，挥动导游旗子，不少游客紧跟着，就像一支冲锋陷阵的队伍。

刘小姐第一个进了茅厕，一看，杨女士站在茅坑边团团打转。刘小姐皱皱眉，弄不懂杨女士是疯是病，问：“你怎么啦？”

杨女士哭不像哭，笑不像笑，指指茅坑说：“我的身份证放在裤袋里不小心掉进茅坑里了。”

刘小姐掩着鼻子往茅坑里一看，果然，杨女士的身份证还有一小半露着，可是茅坑很深，弯腰伸手也捞不到。这事儿可麻烦了，别看小小一张身份证，出外旅游、住宿、坐飞机都少不了它，出了这种事，该如何是好？游客们你望望我，我望望你，人人西装笔挺，皮鞋锃亮，谁愿意下茅坑去捞？有的人便开始埋怨杨女士，好端端的，出了这种臭气冲天的事，坏了大家的游兴。

正在这时候，山沟小路上，一个十来岁的孩子背了一捆山柴，正往这里走来。刘小姐灵机一动，又挥旗子又招手。那孩子走近了，刘小姐迎上去说：“小朋友，帮我们做件事好吗？”

孩子放下山柴，撩起衣襟揩着汗，眨巴着眼睛望着大家。

杨女士似盼到了救星，说：“我的身份证掉进粪坑里了，你帮我捞起来，我给你吃糖。”说着，她摸出几支口香糖，往孩子手里塞。

谁知孩子一把推开，说：“你们这么多人不捞，叫我捞？”说着，转身背起山柴要走。

杨女士急了，拦住孩子说：“小朋友，那我给你钱。”

孩子站住了，目不转睛地盯着杨女士，问：“给多少？”

“一元。”

孩子瞪一眼杨女士，转身就走。

杨女士想：山沟里的孩子见识少，一元钱准能办事，谁知根本不顶用。她马上加码：“十元。”

没想到这孩子挺厉害，开价就是一百元。

乳臭未干的孩子也会借机敲诈？这实在出乎杨女士意料，她还想讨价还价，可是游客们都催着赶路，刘小姐只得动员杨女士：“你就答应了吧。”

杨女士无可奈何地点点头，说：“好吧，给你一百元。”

孩子动手了，只见他从自己背的一捆山柴中抽出两根长长的树枝，走到粪坑边，只轻轻一夹，连腰也没弯，就把身份证夹起来了，又到沟边的溪水里冲洗干净，随后拿在手里，跑到杨女士面前，等着一手拿钱，一手交货。

杨女士看这孩子捞身份证，简直形同拿筷子夹菜，手上半点臭气都没沾上，她觉得这一百元钱花得有点冤枉。再看看眼前的孩子，黑黑瘦瘦，穿了件掉了纽扣的衣服，人还没有她肩胛高。她脑子一转：嘿，别看他只知道要钱，还不一定识钱呢，尤其这一百元的票面和十元的差不多，市面上还经常有人搞错哩！这么一想，她便摸出一张十元的票子，给了孩子。

旁边的游客，谁都不吱声。眼看着这事情就可以了结了，谁知这孩子却不接钱。

杨女士说：“给你钱，不要？”

孩子盯住她问：“这是一百元？”

杨女士点点头：“说好了的，还能有假？”

孩子“呼”地一下推开杨女士的手，跑到茅厕里，用力一丢，又把身份证丢进了茅坑。

所有的游客都呆住了，有骂孩子的，有骂杨女士的，叽叽喳喳，沸沸扬扬。再看那张身份证，因为丢的时候用力过猛，早沉下茅坑里了，捞也没法捞。这可怎么办？刘小姐忙摸出一百元钱，拉住孩子，指着杨女士说：“小朋友，刚才是她不对，她骗了你，这一百元你先拿着，再帮我们把身份证捞起来。”

孩子不接钱，看着刘小姐手中的导游旗，说：“我不要钱，行吗？”

奇怪，刚在还一心还价，怎么一会儿就连到手的钱都不要了？

刘小姐问：“那你要什么？”

孩子说："我妈妈给我讲过很多大海的故事，大海边还有高楼，那高楼就像我们的山一样高，你能带我去看看吗？"孩子的眼睛里闪着希望的光。

想不到孩子会提出这样的要求，刘小姐情不自禁地点点头。孩子惊喜地问："你不骗我？"

刘小姐拍拍他的肩，说："不会骗你，这次我们进山旅游，等回来一定带你去看大海。"说着，她拿出名片给孩子，说，"这上面有我的名字，有我们旅行社的地址，你总该信吧？"

孩子小心地接过名片，像宝贝似的看了又看，说："我叫杨富山，就住在村头，你看，我家门前有棵大树。"说着，孩子便飞奔回家，拿一把柴扒，在茅坑里三扒两扒，把身份证扒起来，又在溪水里洗净了，递给了杨女士。

游客们纷纷上车了，孩子扬着刘小姐的名片，远远地叫着："别忘了带我去看大海啊！"

豪华旅游车又上路了，可是刚才来时叽叽喳喳的车厢里，此刻却一片静寂。也许，是这个山里孩子的举动，引起了他们各种各样的沉思……

（张长公）

（题图：施其畏）

你是我的女王

我退伍后到深圳打工，由于长得英俊魁梧，又懂驾驶，很快被一个叫“李子徐”的老板看中，做了他的司机兼保镖。和别的有钱人一样，李老板背着老婆也在外面养了个“二奶”。我知道自己的身份，反正是不该看的不看，不该问的不问，不该说的更是不说，配合着老板瞒老板娘，所以这一点让李老板很满意。

我有时想：自己这么做有点对不住老板娘。不过话又说回来，老板娘若是知道了真相，就是闹个天翻地覆，对她也不见得有什么好处。有些事，能蒙在鼓里还是蒙在鼓里的好。

这天早上，我去老板“二奶”那里接他，回来的路上，老板在车里给我讲他的艳史，还“嘿嘿”鬼笑着对我说：“你现在是如狼似虎的岁数，干脆你也养个女人得了。”

我红着脸，不好意思地说：“老板，你不要拿我穷开心了，我一个穷打工的，养活自己都难，哪还敢养女人？”

老板反问道：“怎么就不能养？有钱的是有钱的养法，没钱的是没钱的养法。”

见我没吱声，老板继续笑着对我说：“事儿说起来就想起来了，还真有这么个现成的女人适合你，那就是我家的保姆小菊。你可别小瞧这小菊，虽然岁数比你大几岁，可人长得标致，又有文化，特有气质，人家是因为婚姻挫折才进城来当保姆的。做老婆或许你看不上，不过做情人玩玩还是可以的。我对你说句心里话，要不是老婆看得紧，这窝边草早就让我吃了。”

我听了不置可否，只是笑笑，心想：反正人家是老板，怎么开心怎么说就是了。我原来以为老板只是一时心血来潮，说说玩玩罢了，谁知他竟来真的了。这天，他让我收拾收拾，要带我上他家，帮我和那个叫小菊的保姆“牵线”。这下我真不知所措了，可不管怎么说，我不敢得罪他，只好跟着上他家了。

老板家富丽堂皇，把我眼都看直了。这是我自上班以来第一次进老板家，也是我第一次见到老板娘。老板娘人很傲，虽然一身名牌，但还是遮不住骨子里的俗气。我见了，心中暗笑：怪不得老板在外面包“二奶”，这样的女人怎能拴住男人的心？倒是保姆小菊，给我留下了深刻的印象，她为人和善，对我热情又有分寸，虽然衣着朴素，但一举一动都恰到好处，显得很有教养。

小菊除了岁数大了一点点外，应该说是一个很优秀的女人，我还真有点动心了。但我不敢轻举妄动，我清楚，这样的女人，肯定是不屑做我的情人的。再说老板给我牵线后，总不见我有动静，急了，问我是不是看不上小菊。我叹道：“哪里啊，是人家看不上我，我就别自找没趣了。”

老板激我说：“你没试，怎么晓得人家看不上你？高高大大的一个男人，胆子原来比芝麻粒还小，看来要我帮忙喽！”

过了两天，我接到一个电话，是小菊打来的，电话里小菊高兴地说，我给她买的胃药收到了。我一惊，什么胃药？我什么时候给她买了治胃病的药？但我很快就反应过来了：这肯定是老板下的套，老板这是在帮我呢！

小菊问我，是怎么知道她患有胃病的，我顺竿子往上爬，就说是听老板无意中说起的。我说，我们这些人在外打工，身体是革命的本钱，一定要善待自己，把身体爱护好。小菊听了很感动——两盒药，就帮我把小菊的心一下拉近了，老板真是了不起！

只过了一天，小菊又给我打来电话了，说她同意和我晚上去“心心结”茶楼喝茶，只是喝茶就喝茶，不该给她买那么贵重的礼物。我又糊涂了，什么贵重的礼物呀？

小菊嗔怪道：“你装什么糊涂呢？钻戒呀！我真的好喜欢。”

我笑了，这肯定又是老板的杰作。老板为了我，真的大出血了。

在“心心结”茶楼，我和小菊的手紧紧攥到了一起。不久，两人的唇又紧紧地贴到了一起。再后来，我和小菊完成了水与火的交融。事后，小菊流着泪对我说：“你是不是挺瞧不起我的？第一次和男人约会就……”

我捧着小菊的脸，深情地说：“不，小菊，我哪敢瞧不起你？谢你都来不及呢！你让我体会到了做男人的幸福。实际上我第一眼看到你就喜欢上你了，我发誓，我一定要娶你！”

小菊苦笑道：“谢谢你这么抬举我，我明白我是一个什么样的人。我结过婚，又是个保姆，我不指望你将来娶我。不过，我真的也喜欢你，能当你的情人我已经心满意足了。”

我听了，把小菊紧紧搂在怀里，心疼地说：“小菊，你不要这么看轻自己，什么二婚，什么保姆，你不比任何女人差！我一定会出人头地，将来我也要办公司，让你也当当老板娘！”

第二天，我见到老板，很不好意思，我说：“老板，谢谢你！”

老板看了我一眼，善意地提醒道，逢场作戏，点到为止，千万别玩出感情来。

我说：“小菊是个很优秀的女人，我会娶她的！”

“什么？你要娶她？”老板惊讶道。

“是的，我会娶她的！”我坚定地说。

老板一听我这么说，立刻长叹一声倒在椅子上。我心里直乐：老板这是在后悔呢，后悔身边这么美丽的一朵花，让我给采了。从此，我的心里只装着小菊，恨不得天天和她在一起。后来，我倾己所有给小菊买了一根项链，真正用自己的钱给心爱的人买上礼物。小菊接过项链，激动得热泪盈眶：“我、我不配……我不是你所爱的女人……”

我动情了：“小菊，我说过，你是我心中的女王，买项链有什么了不起，我以后还要为你买车买房呢，车比老板的车还好，房比老板的房还大！你要相信我！”

“我相信你……”小菊扑在我的怀里，幸福地哭了。

这天，老板把我叫到他家，告诉我，他要移民澳大利亚，手续统统都办好了，第二天就走。老板说，他非常满意我的工作，但没办法，不得不辞退我。听了老板的话，我感到十分震惊。我明白，以后很难再碰着这么好的老板了。

我紧张地问：“那小菊呢？”

“唉，”老板叹息道，“两天前，她做事心不在焉的，把我老婆的一套高档衣服烫坏了，老婆一气之下就把她辞了。”

“什么？你们把小菊辞了？为什么不早告诉我？”

老板说：“你不要激动，不是我不想对你说，而是小菊不让我告诉你。”说着，他从口袋里掏出钻戒和项链，“这是小菊让我转给你的，小菊让你忘了她。她说她不值得你爱……”

我见到钻戒、项链，再听老板这么一说，一个大男人，一下就泣不成声了。

老板开导我说：“天下好女人多的是，一个保姆，又是上了岁数的老女人，犯得着这么动情？”

“不，不许你这么说我的小菊！”我一抹泪水，瞪着眼睛对老板吼道，“我说过，她是我心中的女王，我爱她！她不就是躲起来了吗？可躲到天边，我发誓也会把她找到！”说完，我就发疯似的跑出了老板的家。

老板一家走了。我很后悔，和小菊交往了这么多日子，最后还不知道她自己的家住哪里。我觉得小菊是不会回老家的，只要她还留在这个城里，我就能够找到她。一天不行一个月，一个月不行一年。我一个厂一个厂地找，一条街一条街地找，找我的小菊。我坚信，我的小菊一定就躲在附近，我的诚心一定会打动她的，总有一天，她会跑出来和我相拥在街头，哭得个天昏地暗。这就是爱情！

一天，我正在一家菜场转悠，突然看到一个女人，身影很熟悉，好像是老板娘。我感到诧异，老板娘不是和老板移民澳大利亚了？难道老板带出去的是“二奶”，不是老板娘？顾不上许多了，我忙奔过去，一看，果然是老板娘，虽然衣着不再华丽，臂上还挎了菜篮，但老板娘那张脸我是不会忘记的。“老板娘！”我一把抓住女人的手，亲切地喊道。那女人一抬头，见一个胡子拉碴、头发蓬乱的男人抓着她的手唤她老板娘，吓坏了。

我急切地说：“老板娘，你不认得我了？我就是李老板的保镖，就是给李老板开车的司机啊！”

那女人顿时大惊失色：“不……不，你认错人了！”说着，她挣脱我的手就要走。

我哪里肯放了她？我赶紧说：“老板娘，你别误会，我不是想知道你和老板的事，我只是想请你告诉我，小菊她在哪儿，我已经找了她许多天了，找不到小菊我会死的。小菊在你家当过保姆，你肯定知道她自己的家在哪里，我求你了！”

说完，我便当着众人的面“扑通”一声在她面前跪了下来。那女人长长地叹了一声，劝我说：“其实，有些事情不知道真相痛苦，知道了真相反而更痛苦，还是蒙在鼓里好啊！”

可我不答应，跪在地上就是不起来。那女人泪水忍不住就掉下来了：“好，那我就告诉你。其实，我才是保姆小菊……”

“什么？你是小菊？”我惊得目瞪口呆。

我哪里知道，原来自己从一开始就掉进李老板精心布置的圈套里了。李老板虽然家财万贯，可由于自身的原因，结婚多年老婆一直没有生养，李老板决定找人帮他生个儿子，然后全家移民澳大利亚。英俊魁梧的我就是这样被他看上的，先是做他的司机兼保镖，再后来也就是在他安排下，老板娘成了“保姆小菊”，保姆小菊倒成了“老板娘”，接下来，“保姆小菊”和我好上了……晴天霹雳！我不敢相信这是真的，然而这一切就是真的！我大病了一场……

（钱　岩）
（题图：安玉民）

你不是坏女人

故事要先从一个男人说起，这男人叫曾金，他很一般，长相一般，职业一般，什么都一般，可这个男人却有一个不一般的女人，这女人叫秋云，秋云可不是一般的漂亮，她漂亮得令人忘了眨眼睛。就因为这个原因，曾金感到很幸福，又十分的不放心。

这天，秋云下了班，曾金发现她的衣服上有一根短发，便问："谁的？"

秋云平时爱开玩笑，她"扑哧"笑出了声："不告诉你。"

曾金沉着脸问："谁的？"

秋云也沉下了脸："我的。"

"你有这么短的头发吗？"

"我的头发爱断，你不是不知道，要不要化验一下这根头发？"

曾金听了，不说话了，但他的脸还沉着。

过了一天，秋云接到了一个电话，是中学时的一个同桌，男的，多年不见，两个人在电话两头热乎乎地聊了老半天。曾金在一旁听得火了，没等他们说完就扯断了电话线。

秋云气得直瞪眼，说："我们是同学！"

曾金怒气冲冲地说："同学？哼！握着同学的手，只恨当初没下手！"

秋云听了心中好悲凉，她望着窗外，静静地坐到了半夜。

第二天，秋云在家里烫一套男式西装，曾金在一旁一瞧，发现那不是自己的，便问："谁的？"

秋云的神色很平静，说："昭明的……我们单位新来的大学生，家在外地，不太会照顾自己，小伙子挺不错的。"

曾金一听又沉下了脸，秋云笑了笑，半真半假地说："你要是把这衣服撕碎，我会买一套更好的给他，你信不信？"

曾金气呼呼地说："我信！"从此，曾金便记住了另一个男人的名字：昭明。这次曾金没有发作，他要放长线钓大鱼。

有一次，曾金故意选择秋云不在单位的时候往她那儿去电话，说是找秋云，巧得很，接电话的正好是那个昭明，听那声音，清亮而浑厚，很有男性的魅力。放下电话后，曾金的心里很不是滋味，他决定去看一看昭明。那天，他又故意选择秋云不在单位的时候去了那里，见到了昭明，一看，昭明的确是一个不错的小伙子，秋云烫过的那套西装就穿在身上。昭明对曾金说："秋云她不在，你如果觉得方便的话，有事我可以转告。"曾金忙说没事，说着就匆匆走了。

这天夜里，曾金睡不着了，他想：秋云在单位里和这么好的一个年轻男人朝夕相处，回到家里面对的是自己这样一个再一般不过的男人，她真的能心静如水吗？曾金想来想去觉得不可能，中午，他进了一家小酒馆，要了二两老酒，一碟小菜，老酒和小菜伴着他一道想心事。酒杯空了，小菜没了，想出了一脑门子汗，可还是没有想出结论：她和他，到底有没有那事？

这天晚上，曾金和秋云一起吃饭，电视里正在播放《水浒》中的“武大郎捉奸”，曾金一下子有了主意，只是这个主意太陈旧，已经有不少和他一样的人用过了：曾金告诉秋云，明天要出差，下午走，后天下午回来。

第二天早晨，秋云默默地为曾金打点行装，出门的时候，秋云又问了一句：“是明天下午回来吧？”

曾金点点头说：“是。”

曾金出去以后，约了一个叫二杆子的男人，到了一家小酒馆里。二杆子是曾金最好的朋友，他最拿手的就是帮着朋友盯女人的梢，最大的优点就是只要给钱什么都干。

三杯酒下肚，曾金开始交代任务了：“今晚我不在家，你盯着我老婆。”

二杆子问：“怎么盯？”

“就像上回盯大刘老婆那样，天没黑就盯上，一宿死看死守。”曾金要二杆子发现情况后马上打传呼，他要捉奸捉双！说着，他掏出二百元钱放在桌上。

两个人在小酒馆里泡了老半天，老板娘赶了三回他们也不走。天快黑的时候，二杆子去上岗，曾金到江边，一边散步一边等二杆子的传呼。此刻，他的心情确实有点矛盾，他怕BP机响，却又盼它响。可怕也好，盼也好，BP机终究还是响了，汉字显示：“有情况，速回家——二杆子。”

曾金一下子抖擞起精神来，他仰天长叹：怕发生的事终于还是发生了！他一路狂奔，来到楼门前，喘着粗气上了楼梯，把钥匙伸进锁孔，他的手忽然颤抖起来，他害怕自己一进屋就气晕过去——那不堪入目的场面他怎么受得了！可他还是鼓足勇气打开了门。只见屋子里一片黑暗，曾金迅速打开了所有的灯，每一间屋子都亮堂堂的，可看到的却是秋云一个人静静地睡在床上。曾金的眼睛飞快地搜索着每个角落，可他什么也没搜索到，曾金知道二杆子是不会和他开这种玩笑的，所以心里直纳闷。

秋云醒着，没有睁开眼睛，她语气平静地问：“你不是明天回来么？”

曾金没有回答，他不知道该怎么回答。阳台上开着一扇窗，曾金走过去，想让夜风清凉一下自己，这时他一下子看见了一个意想不到的情景：一双男人的手，死死扣在窗台上——窗外当然肯定悬挂着一个男人的身子！

曾金冷笑着坐在椅子上，慢悠悠地点上一支烟，他的眼睛盯着窗台上那双已经开始颤抖的手，心里得意地在说：这是三楼，看你能坚持多长时间！

曾金深深地吸了一口烟，长长地吐出了一串烟圈，对床上的秋云说："你起来，咱俩唠唠。"

"深更半夜的，唠啥？"

"唠啥都行。"

秋云说："没啥唠的。"

曾金冷笑一声，说："你真会装。"

秋云也冷笑了一声，说："我就这样。"

这个时候，曾金再也忍不住了，他暴跳如雷地吼着："要是哪个王八蛋上我这偷鸡摸狗，就算他掉下去摔不死，我也要把他活活揍死！"

秋云一听，猛地坐起来："你什么意思？"

曾金再也控制不住了，上去就给了秋云一个响耳光，也就在这时，窗外响起了一声惨叫，窗台上的手不见了，紧接着，楼下传来了痛苦的呻吟："救救我吧！我的腿呀——"

曾金一下子怔住了：这是二杆子的声音呀！他望了望秋云，秋云淡淡一笑，不紧不慢地走了过来，说："咱俩唠唠。"

"唠……唠什么……"

秋云带着胜利者的神气笑着说："你刚才不是说，哪个王八蛋上这里偷鸡摸狗，你就要活活揍死他？"曾金的脸一阵红一阵白，他顾不上和秋云说什么，慌忙跑下楼，见二杆子已倒在地上不成样了，他连忙叫了个邻居帮忙，一起把二杆子送到了医院……

出了这事后，两人整天争吵不停，关系越来越僵，最后也就离婚了。

不久的一天，秋云把昭明约到了一个小酒吧，两人一边喝着咖啡，一边聊着那晚的事，昭明问："怎么会是二杆子呢？"

秋云说："他是想趁着我一个人在家，偷点或抢点什么。这小子当过建筑工，会上高墙，手刚一搭上窗台，曾金就回来了，没办法，身子就得那么悬着，时间长了，哪有不掉下去的？没摔死就算不错了！"

昭明问："那么，又是谁给你丈夫打的那个传呼呢？总不会是二杆子自己吧？"

秋云说："这我就不知道了，你也别管它了。"说着，秋云把法院给她的离婚判决书放到了桌上，说："我和他，已经离了，他跪下求我我都没答应。"

昭明朝那离婚判决书瞟了一眼，没有说话。

"你想说什么，你就说吧。"昭明想了想，说："那天深夜，二杆子不是要偷点或抢点什么，他是要偷你，对不对？他也不是爬墙爬上去的，而是你开门放进来的！"

秋云听了瞪大了眼睛，一句话都说不出来。

昭明接着说道："我记得你说过，你丈夫有个叫二杆子的朋友一直在打你的主意，但你丈夫并不知道，而你也十分厌恶这个二杆子。二杆子按响你的门铃的时候，你已经睡下了，他就说有要事告诉你，你问是什么要事，二杆子就把你丈夫怎么安排他监视你的事说了。你当时气急了，就放他进了屋，让他说清楚点。二杆子一进屋，就想跟你来那个，当然，他是死皮赖脸地求你，你量他还不敢动硬的，一下来了主意，你说，二杆子你别急，嫂子下去给你买瓶啤酒，咱俩待会儿好好亲热亲热。就这样，你稳住了二杆子，到楼下以二杆子的名义给你丈夫打了那个传呼。你丈夫赶来后就敲门，你就要二杆子快跑，还说要不你丈夫会杀了二杆子的，二杆子说没地方跑，你就说了窗外悬身的主意，你还特意嘱咐他，要是露馅了，就说是爬上来偷东西，要是敢说是你放进来的，你就告他入室强奸。你知道你丈夫一定会发现窗台上有一双男人的手，以为他是和你偷情的那个男人，会拖延时间故意折磨他，你这一招，一是要害二杆子，二是要给你丈夫一个难堪，有了这件事，你离婚的理由就相当充分了，你干得真漂亮！"

秋云十分吃惊，说："你怎么这么聪明，连细节都猜对了！"

昭明微微笑了笑，说："不是我聪明，那天夜里，我看见你出来打电话了，我想，一个女人，要是没有特殊原因，是不可能在半夜里放着家里电话不用，到马路上打公用磁卡电话的。"

秋云声音低低地问："当时你在哪儿？"

"你家楼门口。白天你告诉我，你丈夫出差了，也许你是随便说说，没有暗示我做什么的意思。"

"你为什么不进来呢？"

"我不是你丈夫。"

秋云低下了头，有点羞涩地说："你愿意做我的丈夫吗？"

昭明说："我不知道，但我知道那个叫二杆子的，已经残废了，你丈夫也已经精神崩溃了。"

秋云说："怎么，只许你们男人害我们女人，就不许我们女人报复一下你们男人吗？你知道一个女人被自己的丈夫疑神疑鬼地盯着是什么滋味吗？你知道一个女人被一个无赖掂量着是啥感觉吗？你知道他给了我多大的精神折磨吗？"秋云伏在桌上，呜呜地哭了，她从来没有这么伤心地哭过。

昭明叹了口气，说："你不是坏女人，但你也不是一个好女人。"昭明知道这话说得有点矛盾，但这确实是他此刻想说的一句实话。他慢慢地站起身来，望了一眼伏在桌上哭泣的秋云，默默地离开了酒吧……

（张望朝）

（题图：黄全昌）

吃霸王餐的人

中午，一个脸上有刀疤的汉子蹬了一辆人力三轮车，在紫竹园酒家门前停下了。他下了车，便风风火火地进了饭店。

服务员见来了客人，忙走过来微笑着问道："先生，您几位？"

刀疤脸瓮声瓮气地说："就我一个。"说完，他一屁股坐了下来，胡乱点了几个菜，又要了两瓶啤酒，埋头大吃起来，不一会儿就风卷残云一般，将整桌酒菜扫了个精光。刀疤脸摸摸圆滚滚的肚皮，一抹嘴巴："埋单。"

服务员走过来，说："先生，一共是六十元。"

刀疤脸头也不抬，扬手说："记账上。"

就这点钱也记账？服务员差点笑出了声，不过有好几个单位都是平时记账，月末再付钱，他要记就记吧。

服务员便问："请问先生是哪个单位的？"

刀疤脸抬起头，瞥了她一眼，说：“我没有单位。”

没有单位也想记账？服务员知道今天遇上吃白食的了。见刀疤脸凶神恶煞的样子，她小心翼翼地说：“先生，请你付现钱吧，要记账只有老板同意才行。”

刀疤脸冷笑道：“我今天出门没带钱，不付现钱是不是就不让我走啊？”

服务员怕把事情闹大，就悄悄到里面叫来了老板。

这下周围的客人都来了兴趣，谁都知道这个老板是个铁公鸡，大家想看看他今天遇上这个吃霸王餐的家伙，打算怎么办。

老板是一个四十多岁的络腮胡子，他叫服务员又拿来一瓶啤酒，满脸挂着笑，给刀疤脸敬了一杯酒，说：“兄弟，这年头生意不好做啊，请多关照。”

刀疤脸毫不客气地接过酒杯，将酒一饮而尽，又抹了一下嘴巴说：“我已经关照你的生意了，让她记账，她却啰唆个没完。”

老板本来以为一杯酒敬下去，刀疤脸会识相地掏钱，没想到他仍然要记账。

老板的脸上有些挂不住了：“请问先生在哪里发财？”

刀疤脸说：“要是发财的话，也不用记账了，我刚从里面出来，还没找到工作，是蹬人力三轮车的。”

老板吓了一跳，原来这家伙刚从山上下来，这种人惹不起。于是，他回头对服务员说：“算了，这位兄弟的钱我付了。”

哪知道刀疤脸并不领情，反倒扯着嗓子说：“谁让你付钱了？我说了记账的，我可不想欠谁的人情。”

看来这家伙是有意来找麻烦的，老板想不起自己什么地方得罪了他，只好自认倒霉，就苦笑着给服务员挤挤眼，假装爽快地说：“行，记账就记账。”

谁知刀疤脸又提出了一个要求：“我看这样吧，老板，反正是记账，干脆就记上五百元好了。”

老板莫名其妙地问：“你才吃了六十元，为啥要记五百元？”

“哪那么多废话？让你记五百元就记五百元！”

老板本想冒火，但一想刀疤脸可能是成心来找事的，觉得这种亡命之徒还是少惹为好，于是忍气吞声地说："好吧，就记五百元。"

记完账后，刀疤脸把手一伸："拿来我签字。"服务员把记账单拿过来，刀疤脸歪歪斜斜地写下了自己的名字，又递给老板。

老板接过来，眯着眼看了看，也看不清他写的是啥，但还是假装客气地对刀疤脸说："你走好，欢迎再来。"

可刀疤脸却并不起身，而是说："老板，字我已经签过了，你是不是应该找我钱啊？"

老板丈二和尚摸不着头脑："兄弟，我没有得罪你啊，我不收你的饭钱，你为什么还要我找你钱？"

刀疤脸一巴掌拍在桌上，厉声说："笑话，我吃了你六十元，给你签字记账五百元，你不是还应该找我四百四十元吗？大伙说是不是这个理？"周围的人一下子面面相觑，这是什么歪理？

老板明白这家伙是成心来找碴儿的，不但要吃霸王餐，还要敲诈勒索，他一张脸气得通红，实在忍无可忍了，只见他腆起肚子，双手叉腰，提高了声音问道："兄弟，我可是客气了又客气，我从来没有得罪过你，你一再得寸进尺是什么意思？要知道我也是白道黑道都有几个朋友的。"

老板以为这话能把刀疤脸吓走，哪知道刀疤脸根本不买账，还冷笑着说："我不管你什么黑道白道，反正我只吃了六十元，给你签字记账五百元，你得找我四百四十元才行。"

旁边的服务员一看这阵势，就悄悄打了110……

一会儿，警察赶到了，听了事情的经过后，把刀疤脸训斥了一顿："你才出来几天，是不是又想进去了？"

见警察来了，刀疤脸站了起来说："我确实没有钱，但我妈有钱，她就在前面十字街口，我把她接来，她还没吃饭呢。"说罢就出了饭馆。

过了一会儿，刀疤脸果真扶着一位老太太走进了饭店，对着大家高声说："诸位，我听说这老太太的儿子儿媳不孝顺，他们自己住别墅洋房，却把老太太赶了出来。今后，这老人家就是我妈。老板，先给我妈来一碗饭，再来一碗炖肉。”

什么？老太太不是刀疤脸的妈？大家越听越糊涂，再回头看看老板，老板的脸已经成了猪肝色，望着老太太，从牙缝里憋出一句话来：“妈，你——”

原来老太太是老板的妈！

警察哭笑不得：“简直是胡闹，你这是解决问题的办法吗？你忘了自己是为啥入狱的，怎么还这么冲动？”

原来，刀疤脸最爱打抱不平，尤其痛恨不孝顺父母的人，之前就是为了给一个老人鸣不平，一时冲动伤了人，这才进了监狱。没想到出来不久，就又碰上这样的事，他为了帮助老太太，才演了今天这出戏。

刀疤脸诚恳地说：“警察同志，我知道这做法不妥，可我不是惹事，我是真的气不过。”说着，他掏出六十元钱放在桌上，对老板说，“今后要是老太太再摊上这事，我还来你这儿白吃，但那时候就不是一个人了。”

明白了真相，周围的人议论开了，再看那老板，脸红一阵白一阵的，已经羞得抬不起头了。

（袁菽涛）

（题图：刘斌昆）

生命的交锋

这个故事发生在海外，却在中国大陆广为流传。

据说有个持枪歹徒，在洗劫金铺后，被警察穷追不舍。眼看就要被追上了，这时候正好附近一个小学放学，歹徒立刻冲进孩子群里，一手抱起一个，随后就窜进学校的一个教室。警察们傻眼了，眼睁睁地看着他把孩子劫持进教室，却不敢开枪。

歹徒向警方提出三个要求：一是提供五百万美金，二是提供一辆汽车，三是把他安全送出国境。

警察局长心里很清楚：解救人质是第一原则。所以赶紧拿起电喇叭向歹徒喊话："我是这个州的警察局长，你的要求可以考虑，我马上请示上级批准。但目前你必须绝对保证这两个孩子的安全。"

歹徒在教室里冷笑:“你不给我肯定答复,我就让这两个小孩去见上帝!”

局长见歹徒杀气腾腾的样子,决定先稳住他,就对他说:“你给我一个小时,我保证给你一个满意的答复,只要人质安全,什么都可以商量。”

教室里沉默了片刻,一定是歹徒在打什么应对的主意。果然不一会儿,他朝局长喊道:“我现在放一个孩子出去,叫他给我拿点水来,如果他一刻钟之内不回来,里面这个孩子就死定了。至于放哪一个出来,你们自己看。”

局长一听,立即点头:“好,我和这两个孩子的家长商量一下,马上给你答复。”

这时候,校方已经把被劫持的这两个孩子的家长接到了学校。这两个孩子,一个是男孩,一个是女孩。男孩的父亲是当地一家金融公司的董事长,家里非常有钱,他们是开了好几辆轿车来的,孩子的父母,爷爷奶奶、外公外婆,全都来了,而且还带来了他们的私人医生。而女孩的父母只是在贫民窟里卖快餐的,得到消息后连干活的衣服也没换,就跌跌撞撞奔到学校,见了这阵势,夫妻俩只会一把鼻涕一把泪地哭。

局长让其他人都退下,只留下两个孩子的父母,然后就跟他们商量说:“你们别急,办法总会有的。我在想,等会儿孩子出来拿水的时候,是不是先把五百万给这小子送进去,至少表面上麻痹他一下,可以为进一步制服他赢得尽可能多的时间……”

局长话还没说完,男孩母亲就抢着说:“局长,这五百万我们出,你让我们家儿子先出来。”她一边说,一边不放心地把私人医生叫到身边,叮嘱了几句。而女孩的母亲涨红着脸,想说什么,张了张口,又把话咽进了肚里。

局长看了双方父母一眼,沉吟说:“也好,先让小男孩出来吧,到时候要把钱送进去,男孩子力气总要大一些。”

男孩的父亲似乎有些不忍,他看了看女孩父母,但事已至此,也只有这么办了。他拿出手机,通知他的秘书马上把钱送过来。

五分钟后,男孩家的钱送到了,局长于是对歹徒喊话:“我们已经准备好了，送水的同时，五百万美金也给你，希望你能够遵守诺言，绝对保证孩子的安全。现在，你可以让男孩出来给你拿东西了。”

现场空气骤然紧张起来，大家屏息静气，连针掉在地上都听得见。

只见教室门缓缓开了一条缝，小男孩被歹徒从门缝里推了出来，可他的一只小手还紧紧牵着另一只小手，当然就是那个小女孩的手了。

歹徒一声断喝：“还不快去？”

小男孩犹豫了一下，手慢慢松开了，只听他对小女孩说：“别怕，我马上就回来陪你！”这声音听起来非常稚嫩，甚至还有些因紧张而颤抖，但此时此刻，却镇住了所有在场的人，尤其是男孩的父亲，脸上的神情显得非常激动。

只见小男孩飞快地朝警察这边跑过来，毕竟是小孩子，他在剧烈的惊恐下腿都软了，一扑到警察怀里就“哇哇”大哭。男孩的爷爷奶奶和外公外婆立刻围了上去，男孩的母亲一把抱起小男孩，“心肝宝贝”地拼命叫着。

而此时，女孩的母亲早已经哭成了泪人。

局长拉过男孩父亲，抓紧时间和他商量下一步怎么行动。这时，就见男孩母亲朝私人医生手一伸，私人医生立刻递给她一瓶已经准备好了的水，男孩母亲搂着男孩说：“宝贝，快，先把水喝了，压压惊！”谁知男孩才喝了几口，头就慢慢垂下去了。警察在旁边看到，一个箭步冲过来，但已经迟了，男孩已经在药液作用下昏睡过去了。

局长和男孩父亲闻声过来，局长朝男孩母亲厉声喝道：“你怎么能这么干？”

男孩母亲说：“你没有权力要求我儿子去送死！我给我儿子喝的是强力催眠水，二十四小时内他不会醒过来。”

女孩母亲一听，疯了似的扑上来：“那我的孩子呢？我的孩子怎么办？”

局长也愣住了：出现这个情况，他根本没有估计到。

男孩的母亲和爷爷奶奶、外公外婆，这时就准备把男孩抱回家去了。可是没想到，一只大手按住了他们。这个按住他们的人，就是男孩的父亲！

男孩父亲神色严峻，坚决地说："咱们不能让孩子扔下他的同学！就像在战场上，谁也不能临阵脱逃一样。我以前在部队当过兵，在边境上打过仗，我决不能让我的儿子做这样丢人的事情，我们一定要想办法让孩子醒过来！"

男孩的母亲怔住了，男孩的奶奶气得浑身发颤："你……你想让你儿子去送死？"

男孩父亲的两只眼睛里溢满了泪水，他一字一顿说："我怎么不爱我的儿子？可如果他醒来以后知道你们所做的一切，他将来会觉得比死还难受。"他坚决地嘱咐开车来的司机："你把他们都送回去，这里有我。"说完，他抱起儿子，走到局长面前。

可遗憾的是，警医用了各种办法，花了十多分钟也没能让孩子醒过来。警医对局长说："他们刚才给孩子注射的是高级催眠药，至少三个小时之后才能解除药力。"

男孩母亲冷笑道："现在我总可以带我儿子走了吧？剩下的事情你们找我家律师，要赔多少钱都行。"

只听见"啪"一记响亮的巴掌声响，男孩母亲的脸上留下了五个通红的手指印！

男孩父亲冷冷道："你有没有想过，你这样做会害死两个孩子？里面的孩子会因此而死，而我们的孩子从此将一辈子抬不起头来，这和让他死去有什么两样？"

这时，教室里的歹徒已经等得不耐烦了，朝外面大叫大嚷道："你们在玩什么花招？再不把孩子送回来，就别怪我不客气！"

局长只能拖延时间，对歹徒说："现在出了点意外情况，小男孩刚才由于惊吓过度已经昏过去了，请稍微延缓一点时间，我们正在对他采取急救措施。"

歹徒不相信，一把揪起小女孩，把她拖到窗前，用匕首抵着她的脸，恶狠狠地对局长说："你们听着，我再等你们一分钟，见不到那小子回来，我就先让她脸上开花！”他一边说，一边举着匕首在女孩眼前乱舞。

女孩母亲吓得失声尖叫起来，小女孩也在教室里吓得“哇哇”大哭，原本相对稳定的局势顿时急转直下。

局长不由皱起了眉头，他立即打开紧急对讲机，请求指示。

就在这个时候，小男孩的父亲突然做出了一个令全场所有人目瞪口呆的行动：他一手抱起自己的儿子，一手拎起装着水瓶子和五百万美金的口袋，朝歹徒强占的教室走去。他一边走，一边大声对歹徒说：“我儿子确实是昏过去了，为了表示我们的诚意，我把他送回你这里，你总可以放心了吧？”

歹徒显然是被男孩父亲的这个举动镇住了，一时呆愣在那里，待男孩父亲走到教室门口时，他木然地把门打开，丝毫没有想到要防备什么。

这以后，教室里发生了什么情况，所有人都无法看清，是电视台记者架在对面树丛间的一架摄像机，拍下了这以后的一切：男孩的父亲走进教室，趁歹徒还在呆愣的时候，赶紧把儿子朝角落里一丢，随后一拳把歹徒手里的枪打掉，把女孩夺过来。歹徒直到这时才回过神来，赶紧从腰里又拔出一把火药枪回击，只听“砰”一声，教室里顿时弥漫起一阵硝烟……

紧接着，教室门就打开了，小女孩哭着奔出来，女孩父母欣喜地迎上去抱住她，几乎是与此同时，警察们以迅雷不及掩耳之势冲进教室，在歹徒正准备开第二枪的时候，把他击毙了。但这时候，他们却发现，男孩父亲已经倒在了歹徒的枪口下，而他挡住歹徒子弹的方向，正对着小女孩奔出教室的门口！

男孩父亲就这样离开了这个世界，他的遗体被抬出教室的时候，全场一片肃穆，局长率领全体警察向他默哀致敬，好久好久没有把手放下……

（华登喜）

（题图：谢　颖）

十三个女人和一条项链

琼奈尔是个收入微薄的小职员，她前不久刚离了婚，一个人带着两个孩子，日子过得紧巴巴的。这天，她准备去超市买些打折的水果，经过一家首饰店时，她不禁停下了脚步——

在首饰店展厅的正中位置，摆放着一条钻石项链，项链躺在黑色的天鹅绒上，熠熠生辉。一颗颗钻石被一根细链穿着，连向搭扣，正中的钻石最大，紧挨着搭扣的两颗钻石最小。项链的做工十分精致，设计者似乎摸透了女人的心思。琼奈尔心想：如果把它戴在脖子上，产生的效果一定令人窒息。

作为已婚妇女，琼奈尔自然有几件首饰，不过，这样奢华的项链却是她从来没有戴过的，也许以后也不会有机会戴。就在这一念之间，琼奈尔走上前去，指着那条项链，问店员："我可以看看橱窗里的那条项链吗？"

项链戴上了琼奈尔的脖颈，她对着镜子转了转身，深深地吸了一口气：太美了！她整个人都因为这条项链变得光彩照人起来。琼奈尔忍不住问道：

“多少钱？”

“三万七千美元。”店员客气地答道。

琼奈尔倒吸了一口凉气，三万七千美元！除了那些有钱人，谁会买这样的项链呢？琼奈尔将项链还了回去，然后快步走出店铺。这一晚，她根本睡不着，店员的话还在她的耳边萦绕：“这根项链上有118颗天然钻石，打磨精细，总重量是15点24克拉。”琼奈尔忧郁地想：如果自己就这样生活下去，是永远不可能买得起这样的好东西的。

几天后，琼奈尔和母亲一起去超市购物，路过首饰店，她发现那条项链还在老地方，不过已经打折了，由三万七千美元降到了两万两千美元。琼奈尔忍不住拉着母亲走进店里，让店员将项链拿出来，又一次佩戴在了脖子上。

“怎么样？”琼奈尔转了转身，微笑着问母亲。

“美！太美了，亲爱的。”老太太满意地点着头，可琼奈尔转过身背对母亲时，分明听到了母亲清晰的叹息声。

离开超市后，母亲对琼奈尔说：“这项链真的很好，可是，这么珍贵的珠宝，在什么场合下才适合佩戴呢？一年到头，也不过那么几天罢了。”

老人这么说，是想劝慰自己的女儿，可琼奈尔听了这话，反而眼前一亮：对啊，工薪阶层的人，谁会一天到晚戴着钻石项链到处跑呢？只有在一年中具有重要意义的时刻才会佩戴，这样才能显出那日子的珍贵。自己拿不出两万多美元，可是一千美元总还是有的啊，如果能再找到十一个人，每人出一千，那就是一万二千美元，再上首饰店砍个价，应该也就差不离了。他们能一次降价一万五，为什么不能再降一万美元呢？琼奈尔想到这里，不由兴奋起来：行，就这样干！她赶回首饰店，掏出了一千美元，预订下了那条项链。

回到家，琼奈尔给自己的大学同学、朋友、同事们一一打电话，邀请她们和自己共同出资购买项链，可是，绝大多数人都说不行，有人说没钱，有人说没兴趣。尽管费了一番周折，可琼奈尔还是找到了七位伙伴，在首饰店的账单到达之前，她又找到了另外四位，现在，可以按照她最初的想法，十二个人共同去买那条钻石项链了。

十一个同伴在琼奈尔的带领下来到首饰店，接待她们的是首饰店的男主人保尔。琼奈尔拿出订单，又将另外的一万一千美元递了过去，目光坚定地说道："再打个折吧，一万二，怎么样？"

保尔呆呆地看着桌上的一大堆现金和这十多个青春不再的妇人，心里忽然升起一阵感动：对这些妇人来说，这条项链代表了一个梦想——对生活中美好事物的梦想。

保尔犹豫了片刻，向琼奈尔她们说道："请稍等一会儿，这间店铺不由我一个人说了算。"说完，保尔走进里间，给自己的妻子莫里丝打电话，这间首饰店其实是他妻子的产业，保尔不能擅作主张。

莫里丝听保尔说明原委后，很是惊诧，她沉吟了片刻，答道："亲爱的，你要知道，如果降价到一万二，利润太低了，等于我们没进这件货物。"

保尔挂上了电话，想了想，把不卖这件首饰的利弊分别写在了纸上：不卖，则意味着压货，现在货物已经压了四个月了；卖，多少还有一些利润，比起压货来，还是赚了。然后他根据这个意思，又给妻子莫里丝打去了电话，莫里丝听了丈夫的意见后，斩钉截铁地回答道："亲爱的，最低一万三千美元，我们不能再让了。"

保尔走了出来，把最后的报价告诉了琼奈尔和她的同伴们，他斟酌着言辞，说道："一万三千美元，距离你们出的价只差一千美元了。如果你们愿意，那一千美元由我来负担，我替你们找一个合作者。在她本人没有到场之前，你们如何安排这项链的用途，得告诉我一声。"

琼奈尔听了保尔的话，欣然同意了，她真的按自己的意愿买到了珍贵的项链！尽管在十一个同伴中，有的只是朋友的朋友，有的她甚至还不认识，但她们都对自己的追求深信不疑，那就够了。她觉得，自己的人生因为这条项链得到了升华：有什么困难不可以克服呢？只要把自己想要的告诉别人，别人也恰好认同你的需要，那坎坷也会变成坦途。

这十二个妇人，包括琼奈尔在内，年龄都在45岁到60岁之间，她们的职业，有的是护士，有的是教师，有的则和琼奈尔一样，是普通的职员。买下项链后，她们在一家咖啡馆坐定，商量佩戴项链的时间，意见很快达成了一致：

每人每年可以申请佩戴项链一个月，就是佩戴人生日的那个月。除此以外，合伙人可以根据自己的临时需要，申请佩戴项链，但前提是，那个月没有人过生日，或者过生日的那个人不再想佩戴项链了。不管是何种申请，十二个人必须共同参与对申请的审批，大家得聚在一起，开一个小型的派对。

凑巧的是，她们的生日恰好都不在同一个月。第一个月，轮到凯恩娜戴项链，凯恩娜平日里大大咧咧，粗心的她曾惹出过不少乱子。她拿到项链的那天晚上，几乎彻夜未眠，这么贵重的东西，她得让它安然无恙地交到下一个同伴的手里呀！千万不能让小偷给偷走了。当一个月后，凯恩娜把项链归还给保管者琼奈尔时，她不禁喜极而泣，她向参与聚会的十一个同伴说道："因为这条项链，我平生第一次意识到了责任，说来也怪，我都这么大岁数了，以前还从不知道忧虑是怎么一回事呢。"说着，凯恩娜与其他人热情地拥抱。

第二个申请佩戴项链的是丽莎，因为下个月就是她的生日。丽莎平日里有些自闭，她害怕与人打交道。可是，在这个月里，她佩戴着项链，落落大方地向前来祝贺生日的亲朋答谢。丽莎的丈夫说，自己的妻子仿佛变了个人，她现在有着前所未有的自信。

就这样，按着月份，项链在一个又一个同伴的手里传递了下去。苔丝没有大学学历，一直很自卑，可她凭着脖子上的项链，找到了好工作；迪安娜是个空巢老人，生活一直很孤寂，她因为朋友凯恩娜的介绍，无意中参与到了购买项链的活动中，定时地参加这十二个人的派对，变得开朗活泼起来……

转眼一年将逝，十二个人的人生，竟都因为这条项链发生了积极的变化。她们的故事，也在这个小城里传开了：起初，人们以为合伙买项链不过是爱臭美的女人们迫不得已的行为，可是现在，整个城市的观点都发生了变化。人们认为，这一万多美元，维系的是人与人之间最纯真的东西。

只有琼奈尔心里还有些嘀咕，因为她记得，买项链的人中还有一个没露面。直到第二年的春天，琼奈尔忽然接到了一个电话，对方清楚地说道："琼奈尔女士吗？我是保尔，你记得吧？就是卖给你项链的那个人，对，我入了股，现在我向你申请佩戴那条项链。"

琼奈尔问起这第十三个合伙人是谁，保尔毫无保留地说道："我是为我的妻子入股的。上个月，我们的首饰店因为金融危机，被迫转让了，现在莫里丝和我一文不名。下个月就是她的生日，我知道，她很沮丧，我需要你和你的伙伴们共同的帮助。"

莫里丝神情恍惚地被保尔领到聚会中，她的眼神还是十分迷离。看到莫里丝走进房间，琼奈尔她们十二个人一齐站起身来，热烈地鼓掌，欢迎这最后一位合伙人。琼奈尔宣布，下个月由莫里丝佩戴项链。莫里丝一下子愣住了，渐渐地，她的眼睛里闪出惊喜的光芒来，她静静地让保尔为她戴上项链，眼睛湿湿地对丈夫说道："我终于知道你当初为什么执意要把项链卖给她们了。你在我变得一无所有时，为我留下了爱。谢谢，真的谢谢你！"

（原作：凯维尔·查维斯 编译：木 木）

（题图：佐 夫）

『龙剑』怒出鞘

1946年5月17日下午一时许，南京上空乌云翻滚，大雨滂沱，随着一声暴烈的雷响，一架C—47型222号专机颤抖着身子，惊号着，闪电般地向地面俯冲下来，它穿进山谷，擦过树梢，扑向江宁板桥镇南面的一座不到两百米高的山腰上，在一声轰隆巨响之后，腾起了一团烈火。飞机的失事，顿时引起了国民党军统局的内乱。蒋介石听了，竟一屁股跌坐在椅子上，连说："完了，完了……"这个坠机事件，为何使国民党军统局如丧考妣呢？原来罹难人中有个混世魔王、军统特务首脑——戴笠，然而，在清理遗物时，却从戴笠夹得紧紧的左臂内所存留的残破衣片里，发现了一张被烟火熏得焦黄的四寸照片。经辨认，照片上的小伙子竟是半年前因刺杀戴笠未遂而被戴笠亲手处决的一个草莽刺客。那么，戴笠为何把仇敌的照片珍藏在贴身内衣口袋里呢？我们这个故事，就来解开这个谜。

事情须从1945年说起——

庵中幽灵

在浙赣边界的八都村，有一座五百米高的山，叫女儿山，沿着女儿山的小径拾级而上至三百米高处，有一个半圆形的天然洞窟。洞内宽敞明亮，有二十多丈方圆，三丈余高，整个洞形就像巨人半张开的嘴。洞窟里两侧有几间青砖砌成的无顶房间，中央有尊丈把高、合掌立在鳌头下的观音菩萨。鳌头前，架着一条青石板，上面摆着烛台香钵。清凉的洞内整日香烟缭绕，纸钱纷纷，显得肃穆、静谧、幽雅。

这个从明代起就被人尊为“仙女庵”的洞窟里，居住着一女一男，女的是削发尼姑，法号大姑，虽已四十有余，但看上去却像只有三十出头，一张瓜子脸，月牙眉，面色白皙，双目清秀，举止端庄，神态安详，是方圆百里闻名、人人敬仰的“活观音”。男的叫龙龙，是19年前大姑去东海为师父的亡灵超度时，从野外捡来的孤儿。如今龙龙已长成魁梧挺拔的棒小伙，他长方脸，粗眉毛，微凹的眼眶，高鼻子下一张微翘的倔犟嘴唇。小伙子不念经，不拜佛，终日打柴担水，爬山过岭如履平地。他身边有只金丝猴，和他形影不离，是他的好伙伴和帮手。

这天，龙龙一脸兴奋，带了金丝猴，离开仙女庵下山而去。别看龙龙才19岁，可他几年前就是闽浙赣游击队“决死队”的成员了。他的任务是利用仙女庵传递山上、山下的情报。今天他是去参加一个非常行动会议。

原来，1945年8月14日，日寇宣布无条件投降，国民党在争夺胜利果实的同时，开始了反共活动。以戴笠为首的军统特务，奉蒋介石的密令，偷袭由顾复生领导的、驻扎在上海七宝镇的新四军部队，使多年在敌后活动、屡建奇功的抗日英雄们，没有死于日军的枪炮下，却葬身于自己人的手中！

消息传到闽浙赣游击队决死队耳里，可把他们气坏了。因为游击队所在地江山、玉山既是戴笠的故乡，又是军统特务云集的反动堡垒。多年来“决死队”倍受国民党围剿之苦，复仇之心蓄积已久。这一天，决死队得到情报：

戴笠在近期要陪同美国海军上校梅乐斯到东南视察，可能途经江山、玉山。决死队决心趁此机会将混世魔王铲除，以祭九泉之下的英魂。

决死队当即召开了制定刺戴计划的研讨会，会议开得十分热烈。大伙纷纷献计，争得面红耳赤。最后队长提出，戴笠狡诈多端，他此行必有重大的使命，并且会有大队人马护卫，我们决不能硬拼，只有利用他外出行动之机，布下口袋。但问题的关键是：要设法准确地掌握他的行踪。可是，如何掌握戴笠的行踪呢？众人你望我、我看你，一时谁也想不出个道道来。这时，一直坐在墙角处的龙龙慢慢地站起来，只见他红着脸，摸着脑袋，不好意思地说："我倒有个法子，可不知行不？"

众人七嘴八舌问他啥法子，龙龙说："刚才队长说，只要能知道戴老狗的行踪，就有法子，这话提醒了我。我听我妈说，那个老狗很信佛，他当上特务头子后，回过老家两次，每次来都要上仙女庵求神拜佛，捐献大笔香款，再去官溪看望他的伯父。他对我妈说过，下次来江山一定再上仙女庵，捐献一尊金钵……"

大伙听了龙龙的这番话，一致认为这是个极好的机会。只要戴笠上仙女庵，就可得知他的行踪，再利用官溪路上的有利地形，打他个伏击。

会议结束后，龙龙急步赶回仙女庵，已近黄昏了。此刻，大姑正和十来个香客在颂晚经。等到晚经做毕，香客走尽，龙龙没等母亲更衣，便神秘地把母亲拉进房内，掩上门，关好窗，悄声问："妈，国民党特务头子戴笠到过仙女庵两次，对不？"

"你说的戴笠，可是江山峡口镇的戴春风？"

"正是他！"

"你问他干吗？"

"你说呀，他来过没有？"

大姑微微地点了一下头。

龙龙又问："他下次来玉山，还要到仙女庵拜佛，对不？"

大姑点了点头。龙龙咧嘴笑了，还兴奋地一挥手："嘿，成了！"

“怎么，他，又要来？”大姑的声音有点发颤。

“唔，”龙龙点点头，双手扶着妈妈的肩，安慰道，“你不用怕，这个吸血魔鬼，这次叫他有来无回！”

大姑突然脸色大变，一把抓住龙龙的手：“你说什么？”

龙龙自知失言，忙掩饰说：“没什么。”

“龙龙！”大姑惶惶不安地说，“你是妈妈的命根子。妈是出家人，仙女庵是圣洁之地，你可千万不能造次啊！阿弥陀佛……”

一晃两天过去了。平日一挨枕头就睡着的龙龙，这几天夜里总睡不安宁。这天，时值三更，天上淅淅沥沥地下起了细雨，一阵冷风从无顶的房上卷进了屋内，使刚入梦的龙龙打了个寒噤，朦胧中他摸了摸赤裸的上身，将盖在小肚上的被子往上拉了拉。也就在这时，卧在他枕边的金丝猴发出了“吱吱、吱吱吱”的惊叫声。龙龙迷迷糊糊地睁开眼，顿时惊得毛骨悚然，只见对面的窗外，有个披着雄狮般的粗发、两只细长的胳膊半举着的影子，贴在窗棂上……

龙龙失声喊：“谁？”那影子一晃消失了。龙龙翻身下床，又听到对面房里的大姑发出一声撕人心肺的尖叫，龙龙顾不得害怕，急忙从枕下抽出匕首，飞步冲出房间，“砰”用肩撞开妈妈的房门，在煤油灯下，只见妈妈蜷缩在床角落里，两手抱肩，浑身打颤，口中喃喃地念着“阿弥陀佛”。

龙龙急步跑到床沿：“妈妈，怎么啦？”

大姑抬头恐慌地指着窗户：“有，有……噢，阿弥陀佛……”

龙龙明白了，妈妈和自己一样，看见了“怪物”。龙龙转身跑出房间，在洞窟里转了一圈，查看了每个角落，没有发现怪物。母子俩再也没合眼，相伴而坐，直到东方发白。当黎明的曙光射进洞窟时，龙龙的心才渐渐平静下来，大姑则瘫软地躺倒在床上。龙龙再次查看了洞窟，当走到自己房间外的窗户前时，忽地发现窗下有样东西，捡起一看，是一张签书，签书上写着十个字：执戒律者昌，意杀业者亡。龙龙一愣，随即来到母亲的窗下，也发现了一张同样内容的签书。

显然，有人在警告这对母子：如开杀戒，必遭身亡。

龙龙蹙眉凝神，将签书放进了口袋。

当黎明的曙光射进洞窟时，大姑出了房间，她漱洗得格外整洁，身着一件祭祀时才穿的紫色网眼素衣，来到观音像前，虔诚地点上一对大蜡烛，三根红香，跪下叩了三首，起身后，示意身边的龙龙磕头。龙龙后退了一步，苦笑地摇了摇头。大姑近乎乞求地说："孩子，妈从没有求你给菩萨磕头，今天你也该给观音娘娘磕个头，求她老人家保佑保佑。"

龙龙望着母亲忧虑的神色，心一软，就跪在蒲团上。

这一天，大姑不食不饮，一直坐在蒲团上，念着佛经。

这一天，龙龙心里也不安宁，到了晚上，他稳了稳情绪，壮起胆，端着油灯，在房里、房外仔仔细细巡视了一遍，没有发现任何异常的踪迹。但龙龙心里总觉得这个幽灵在此时出现，必有蹊跷，不能等闲视之，于是第二天一清早，他赶到决死队，将情况作了汇报，决死队经过分析，认为这个幽灵必定是人，刺戴计划可能已经暴露，必须立即采取措施，以绝后患。于是，如此这般地制定了捉"鬼"方案。

龙龙回到仙女庵，太阳已经西沉，庵内香客已经走尽，显得空荡荡的。龙龙顾不得吃饭，一反常态地漱洗打扮一番，然后点燃一把香，端端正正跪在蒲团上，先恭恭敬敬向菩萨叩了三首，接着闭上眼，喃喃地诉说起来。他那高扬的声音，变得文雅而柔和，面容显得格外虔诚。望着这一切，倒把一旁的大姑惊呆了：这孩子怎么啦？自打懂事起，从未见他这样虔诚拜佛啊！事实也确实如此，十九年来，这母子俩，每天从早到晚，一个在庵里率善男信女念经拜佛，一个则在山里砍柴采药，只有到了晚上，母子才相聚一起。母亲教儿子琴棋书画，儿子向母亲叙述野山的趣事。大姑深知，凡入佛门者，皆系苦难深重者。所以尽管自己信神敬佛，可她从来不强求、也不愿意聪慧不羁的爱子同自己一样，五大皆空，投入佛门。龙龙 16 岁时，有天在山上不慎被毒蛇咬伤，昏死过去，恰巧被共产党的游击小分队发现，将他救活，送到仙女庵。从此，龙龙常往游击队的驻地跑，还跟他们练枪耍棍。在大乱的年月，大姑唯恐爱子有个闪失，便屡屡劝诫他莫与兵家来往，有时间不如跟自己学经念佛，可龙龙却像着了迷似的缠着游击队。儿大不由娘，大姑也只好由着龙龙，只是每天念经时都要为儿子的吉祥祷告一番。今天，龙龙突然自己拜起佛来，真是太阳打西边出的事！然而当大姑听着爱子的祈祷时，心里便明白了缘由，她静静地伫立着，谛听着爱子娓娓的祈祷：

“大慈大悲的观音娘娘在上，我龙龙本是个凡夫俗子。过去我不信天下有神灵，因为既然有神，为何人间还有不平？神灵又为何不能除尽天下邪恶？可是，这几天仙女庵好像有神降临了，扰得我母子惊恐不安，仙女庵寒气袭人，如您能再显一次灵，通我心窍，我定迷途知返，永生随母尊您。阿弥陀佛……”

可是几夜过去，仙女庵没有出现令人恐怖的“幽灵”。

又一夜来到了，皓月当空，整个山像被涂了一层银辉，在轻风的吹拂下，树枝婆娑，树叶沙沙，仙女庵里的香火烛光忽明忽暗，腾起的袅袅青烟，时聚时散地飘忽在庵间……一更、二更、三更，时间在悄悄地流逝，鼾声伴着甜蜜的梦呓声和齿嚼声在龙龙的房里时断时起。四更时分，一阵劲疾的山风，旋转着扑进洞窟，“噗、噗、噗”烛光挣扎地摇曳着，终于熄灭了。霎时，仙女庵成了一片漆黑。

这时，一个黑影悄然出现在观音菩萨像前，跪在蒲团上拜了三拜，随即立起，轻踏着脚步，幽灵似的向龙龙的房间飘去。

龙龙床边的条桌上，亮着一盏油灯，豆粒大的灯火微弱而昏暗。龙龙面朝窗，侧身躺着，手臂搁在蜷卧在枕边的金丝猴的身上。他虽然看似鼾声如雷，但周身的每一根神经都紧绷着，锐利的目光透过浓密的睫毛直射窗户。当他听到轻微的脚步声时，精神一振，啊，渴待的幽灵终于出现了！他的血液在沸腾，心在怦怦地狂跳，片刻，那神秘而恐怖的幽灵贴近了窗户，形态同龙龙几天前看见的一模一样。那幽灵双手扶着窗棂，手指叩打着木框，发出“咚咚咚”的轻响。金丝猴警觉地竖起耳朵，口中发出“吱吱”的报警声。龙龙压在左臂下的右手紧紧地握住匕首，运足气，鼓满劲，猛地纵身跳下床，大吼一声:“抓鬼!”旋风般地冲出了房。没等他跑近窗户,只听见“嗨”、“哎哟”两声喊叫,随后“扑通”一声,一个黑影栽倒在他的脚前。紧跟着另两个黑影猛虎扑食般地压在了倒地的黑影身上。“刷”一道手电光射向地面,决死队队长一手拿着电筒,一手握着驳壳枪,威严地喊道:“不许动!”

两个决死队队员从地上立起身子,把脚踏在倒地的幽灵身上。

龙龙一把抓住幽灵的头发,不料那长发离开了幽灵的头,是假发。另一个队员将戴在幽灵脸上的面具一揭,大伙都傻眼了,踩在幽灵身上的两只脚触电似的缩了回来。“啪”龙龙手中的枪掉在了地上,惊呼:“啊,是你?!”

孤女悲剧

谁也未曾想到,那幽灵竟是龙龙的母亲——大姑!只见她蜷卧在地,双手掩面,簌簌发抖。

龙龙只觉得头脑里一阵炸响,仿佛有面铜锣在头脑里轰鸣,脑袋像给什么东西压着,快要破裂了。他没有说话,呆瞪瞪地望着母亲。片刻后,他蹲下身子,双手猛地抓住母亲的两肩,拼命地摇着,喊着:“妈妈,你,你这是干什么,干什么呀?你快说!快说……”

大姑慢慢地抬起了头,她的脸色白得像张纸,双眼含满泪水,紧紧咬着的下唇渗出了一缕血痕……她仰视着龙龙,似有万语欲诉。突然,她从龙龙的手中挣脱,哭泣着,踉踉跄跄地奔进了自己的卧室,一头扑倒在床上。她悲凄的哭声在洞窟里回旋,那哭声似有千般冤苦,万般疾痛……龙龙垂着头,拖着沉重的步子,走进了妈妈的房间,木呆呆地伫立在床前。

好一会儿,大姑才止住哭声,慢慢坐起身子,目光呆滞地望着迷惑而痛苦万分的儿子,喃喃说道:“该说了,该说了……龙儿,我说,我全说!不过,孩子,你无论如何要原谅妈妈呀!”她乞求着,伸手紧紧地抓住了龙龙的衣襟,嘴唇哆嗦,声音颤抖地说,“那个戴笠,是、是你的、亲生父……父亲啊!”

此言一出,如五雷轰顶。龙龙的身子一震一颤,一摇一麻,他愣着两眼,看着母亲，讷讷地问："你说什么……你说什么……"

"他、他是你的父亲啊！"

"胡说，胡说！"龙龙一把抓住母亲肩膀，喊道，"你、你在骗我！你在骗我！"

大姑张着嘴，噙着泪，一个劲地摇头，结结巴巴地将隐藏在心底二十年、原打算将它忘掉、烂掉的秘密，通通吐露了出来。

话说1915年，在浙江常山县有位叫冷公佐的教书先生，40岁时不幸得肺病身亡，留下妻子和刚满10岁的娇女，孤儿寡母处境十分艰苦，当冷小姐长到18岁时，寡母也命归黄泉，从此，冷小姐开始了独立的生活。在那年月，一个女人过日子难，一个漂亮的少女过日子就更难，豆蔻年华的冷小姐，独立涉世不到一年，就连遭了两个花花公子的玩弄，最后心灰意冷地遁入空门，上了仙女庵。当时庵里的住持是个85岁的尼姑，叫觉慧，觉慧见冷小姐玉面柳身，且又知书达理，不忍她削发为尼，暂留她在庵里修心念佛，以便有机会时替她物色个好主，让她重归尘世。不料这番好意却害了冷小姐，有一天，冷小姐独自在山上采撷花草，无意中撞上了一条"色狼"，那"色狼"便是戴笠。当时的戴笠还只是个被乡人指骂的小痞氓。这天，他为躲避赌棍们的逼债，从老家峡口翻山越岭前往官溪的伯父家。当他发现如花似玉的冷小姐时，不由顿起邪念，先用俏语挑逗，见对方羞怯欲走，周围又无人，便使出了惯用的伎俩，厉声喝道："慢走！我刚才在这儿掉了个钱包，你捡着没有？"

"没、没有。"冷小姐连连摇头。

刚要启步，戴笠把手一拦说："哼，我要搜身。"

没等冷小姐分辩，他就像恶狼似的将冷小姐扑翻在地，冷小姐哪经得这般惊吓，倒地后，后脑勺又撞在了一块石头上，便晕死过去，等她苏醒时，见自己赤身裸体，她又羞又恨，觉得活在这世上太没意思，欲跳崖自杀，幸被前来寻找她的觉慧发现了，将她劝回庵内，选了个吉日良辰，给她削了发，正式收她为徒，取法号大姑。

两个月后，觉慧得了伤寒，在她命归天国前，知道徒弟有了身孕，便再三叮嘱她，为了孩子，为了仙女庵的香火，切勿轻生；并为她指出了一条遮羞之路。觉慧去世后，大姑按师父的嘱咐，对香客们谎称，去东海为师父超度。一年后，她怀抱婴儿返回仙女庵，对外说："孩子是野外捡来的。"那孩子便是龙龙。

从此，大姑挑起了主持仙女庵和养育龙龙的重任。而混世魔王戴笠在这期间，先是在乡间地主武装民团中厮混，后投身到浙江军阀周风岐的部队里混了两年，又只身前往上海、杭州等地，结识了在交易所鬼混的蒋介石，随着蒋介石的发迹，他也步步高升，直至抗日战争爆发后，升任为国民党军统局的副局长。

1937年，戴笠将母亲、妻子送回峡口，为了在众乡亲面前表示自己已洗心革面，特地前往仙女庵烧香拜佛。到了庵里，第一眼就被住持尼姑的相貌吸引住了。再定眼细看，觉得似曾相识，细细一想，猛然想起了当年在仙女庵附近的山上被自己奸污过的少女。他不由得耳热心跳起来。

此刻，大姑也认出立在面前革履戎装、举止威严的戴笠就是当年奸污自己的色狼，她不由暗暗一惊！她早已风闻戴笠的发迹事，可是万没想到，这个恶魔今天会突然出现在面前。他们默默地对视了足有一分来钟。好在如今大姑已不同当年的冷小姐，她已修炼得遇事不惑了。短暂的迟疑过后，她便恢复了常态，神色不露地净手洁案，备好香烛，接待了戴笠一行。

这一切在戴笠看来，实在不可思议。他刚才还担心会闹出什么笑话来，此刻见大姑风姿飘然，神情温雅，不由使他在肃然起敬之中又萌动欲念。为了博得大姑的欢心，他慷慨捐资十根金条给庵堂，并在观音菩萨前顶礼膜拜，俨然成了一个虔诚的信徒。到了下午，他把卫兵和副官打发到庵堂外，只身进庵，花言巧语地向大姑表白心迹，并把自己吹嘘成驰骋疆场的抗日英雄，最后向大姑提出了非分的要求，大姑自然不从。这时，戴笠露出了流氓嘴脸，硬把大姑掀倒在床上。大姑又惊又怕又急，但又羞于高声叫喊，只有挣扎着、哀求着。就在危急之时，突然，戴笠"哦"一声嚷叫，松开了手。原来有个人拖住了他的大腿，狠狠地在上面咬了一口，此人便是幼年时的龙龙。龙龙本来遵母亲之言一直躲在厨房里，当他听到母亲的呻吟声时，忍不住跑了出来，见母亲受辱，他气得像小豹子一样扑向戴笠。这一击，把戴笠惊得出了一身冷汗，一脚将龙龙踢翻在地，"嚓"地拔出了手枪："这，这小杂种是谁？"

大姑发疯似的扑向被踢倒在地的龙龙："不，你不能打……他、他是我领养的孤儿……"

戴笠看了看被咬出血的大腿，怒火直冲脑门，咬牙切齿地说："小杂种！敢咬老子，我要抽他筋！剥他皮！"

"你……"大姑惊恐得浑身哆嗦，望着眼露杀气、步步紧逼的戴笠，感到大祸即将临头，情急之中，她不顾一切地哀求道："阿弥陀佛，你饶恕他吧，我、我答应你……"

听到这话，戴笠止住了脚步，一偏头，低吼道："叫他滚！"

大姑忙将龙龙推出房门，龙龙在跨出门口的当儿，扭头狠狠地盯了戴笠一眼。此时，他虽然还不明白母亲为何如此畏惧此人，然而在他幼小的心灵里，种下了第一颗永不磨灭的仇恨的种子！

那一夜，大姑迫于淫威，又一次满足了戴笠的兽欲。1941年，戴笠回老家探母，再次上了仙女庵。大姑事先得此消息，忙将龙龙支开。就这样，好端端的一个良家女子、佛门弟子，为了爱子，只好忍受凌辱……

这天，当龙龙无意中露出了游击队要处死戴笠的消息时，大姑急得心乱如麻：一则龙龙是她的精血、命根，这等危险之事，她是绝不能让他干的。二则她已对戴笠产生了一种欲罢不能的复杂情感。俗话说，一夜夫妻百日恩，虽说戴笠使她的心灵蒙受了巨大的创伤，但毕竟给她留下了一颗慰藉之果。再则，佛说：苦海无涯，回头是岸；对普天下人都应慈悲为怀，怎能让儿子杀父亲，罪上加罪？将来死了，到地狱里，也将永遭万劫的！想到这些，大姑不寒而栗，如火焚心。然而这一切又不便向儿子挑明，无奈之下，只好演出了"幽灵"一幕。

大姑哭诉了这离奇而又震人心际的经历后，再也支持不住了，身子一歪，颓然地靠在了床架上，悲伤地说："孩子，妈的命苦啊！这一切都是老天安排、命中注定的，我唯有虔诚拜求佛祖慈悲，减轻罪孽……"说完，又捂脸哭了起来。

听着母亲的叙述，龙龙的身子在不住地颤抖，心在一阵阵地痉挛。听完母亲的话，他仰起头，木然地望着洞顶，他感到灵魂在一瞬间破碎了！突然，他如同受了伤的猛兽，"啊"地大吼一声，甩开母亲，发狂地冲出房门，冲出洞窟，冲向被夜色笼罩的山野……

大姑道出的隐私，给刺戴计划罩上了一层阴影。决死队的有些队员对龙龙产生了戒心，个别人甚至提出要将母子俩扣押起来，决死队的领导人员召开了紧急会议，经过认真分析，一致认为：母子俩既是无辜者，又是受害者，此事的暴露，只能使龙龙更加认清戴笠的丑恶本质。我们对龙龙要寄予更大的信任，促使他化悲痛为力量，更好地完成刺戴计划。会后，队长在一个僻静的悬崖上找到了龙龙。

此时的龙龙就像掉了魂似的呆坐着，两眼仰望天空，冰冷的大手支撑着灼热的脸颊。自从知道自己的身世后，他心中绝望极了。对自己的生身父母，过去，他有着很多美好的想象，多少个白天和夜晚，他在脑海里精心编织了一个又一个美丽的花环……可是这一切，在一瞬间被击得粉碎，他由一个自豪的战士，突然变成了"罪人"！……他忘不了死于戴笠手下的英灵，更忘不了母亲遭受的蹂躏和自己幼年时立下的誓言，他觉得一天不亲手杀死戴笠，一天就在人们面前抬不起头。如果说过去刺杀戴笠是出于国恨，那么现在又加上家仇，使他越发加深了对混世魔王的仇恨！他恨不得插翅飞到魔王的身边，将他碎尸万段，然而，这一切能向谁倾诉？又有谁能理解？他害怕见到母亲，更害怕见到决死队的同志们。

决死队队长走过来，紧挨着他坐下，用手抚摸着他的头发。龙龙见了队长，鼻子一酸，扑在队长的怀里，像孩子似的号啕大哭。他要将憋在心中的仇恨、委屈、伤痛和失望全部倾出……这天，队长和龙龙一直坐到日落西山。

为了稳定大姑的情绪，第二天，龙龙按照决死队的指示，回到了仙女庵，对母亲说："好了，你的目的达到了，游击队不打算冒险了。不过，你不能向那个姓戴的露出任何口风。不然，你就不是我的母亲！"大姑见儿子原谅了自己，不由悲喜交加，她眼里含着泪水，一个劲地点着头，喃喃地念着："阿弥陀佛，阿弥陀佛……"

魔王遁迹

1945年9月29日，春风得意的戴笠回家乡来了。他乘着奥斯汀小汽车，带着大群随从出现在玉山城，在城里只住了一宿，第二天便驱车驶往仙女庵。到仙女庵后，他同前两次一样，在各山头布下了层层岗哨，尔后独自一人进入洞窟，一直到下午五时，才率众向官溪进发。

决死队在离官溪五里地的一个大山坳里埋下了伏兵。照推算，五点半左右战斗就可打响。可是直至六点多，戴笠还没出现。正当决死队急不可耐时，在山下打探的暗哨气喘吁吁地跑来报告说："这老狐狸，离开仙女庵，往官溪走了五里地，突然调转车头，往县城方向开去了。"

这一消息使决死队上下无不愕然。大家一商量，决定兵分两路，一路继续埋伏在原地，另一路由龙龙率领赶往仙女庵。

到仙女庵后，队伍四散埋伏。龙龙一人挑着柴禾走进庵内，见母亲端坐在蒲团上念经，此外别无他人。龙龙装着没事似的，向母亲询问戴笠来时的情况，从中得知母亲并没有向戴笠泄露一丝真情。

那么究竟是怎么回事呢？

原来戴笠抵达仙女庵，只身进入庵内。当他看到立在观音菩萨前迎候他的大姑时，不由得眉头一蹙。他见大姑比起数年前，瘦了好多，额角上露出了几条细细的纹路，眼睛周围圈着一层黑晕，目光里隐含着一丝哀凄和忧惶……凭着特有的敏感，戴笠猜到大姑定是遭遇了什么不幸。于是，他目光阴冷地问道："呃，你，身体不好？"

"噢，不，不，没有。"大姑有点慌乱，赶紧转身沏茶。

戴笠坐在木椅上，边喝着茶边审视着静坐一边的大姑。突然，他想起了什么，问："你的那位养子呢？上次来也没见到他。"

大姑低声回答："唔，他上山砍柴了。"沉默了片刻后，她立起身子说，"今天是不是能早点完香？"

"为什么？"

"我，我担心孩子回来得早……"

戴笠眯着眼，沉吟片刻，点了点头。大姑忙洁手净案，烧香点烛。忙乱中"砰"的一声，碰翻了一台蜡烛。在念佛时，戴笠又发现大姑神色恍惚，佛经念得常常打顿。大姑这一系列反常举止，使狡诈多疑的戴笠嗅出了不祥之味。于是，他在庵里匆匆待了两个时辰，便下山了，并且改变了行程，取消了官溪之行。结果，让这条老狐狸拣了一条命。

刺戴计划的落空，使决死队员们个个气得呼呼叫。尤其是龙龙，又蹬足又挥拳，足有两天不食不眠，躺在床上直喷粗气。

正当决死队员们懊丧至极时，派出的情报员前来报告说，戴笠一行驻扎在江山城县党部，看阵势要逗留一段时间。

这个消息无疑给决死队打了一针振奋剂，当即决定要尽一切努力，继续刺戴计划。但在献策会上，众说纷纭，想不出一个比较一致可行的主意。这时，龙龙却一言不发，埋着头一个劲地抽烟，抽了一会儿，突然甩掉烟头，站了起来，语调深沉地说："我有法子了，这个任务我一个人就能完成！"接着，龙龙便如此这般地说了自己的主意。

众人一听，先是感到一阵惊讶，但再看看龙龙那坚决而有信心的眼神，还是同意了他的要求。经过仔细策划，一个新的刺戴计划形成了。

这天晚上，龙龙回到仙女庵，失落地对母亲说："我被游击队开除了。"

大姑一听，惊得目瞪口呆。平心而论，儿子脱离兵家正是她梦寐以求的事，可是今天儿子真的脱离了游击队，她又感到是自己的罪过所致。自从她向儿子道出真情后，她发现儿子变了，脸庞日渐消瘦，整天缄默不语，甚至很少正眼看一下她。这一切，使大姑的心，像被刀子绞了似的疼痛，她悔恨自己所做的一切。可是过去的一切又无法挽回，唯有在菩萨面前千遍万遍地忏悔。此刻，看着神色颓然的儿子，她能说什么呢？她叹了一口长气，举手颤巍巍地抚摸着儿子的头发，半晌才怯怯地说："是妈妈不对。你，今后打算怎么办？"

龙龙沉吟片刻，把头一仰，决然地说："妈，我去找那位姓戴的。"

"你，"大姑的手像触电似的缩了回来，惶恐地说，"难道你还要……"

"不，我不是去找他算账的。怎么说，他也是我的父亲。此地不留爷，自有留爷处。好男儿志在四方，在他身边，我也可以有番作为！"

大姑被这突如其来的转变震惊了，她痴呆呆地望着儿子，儿子说的话难道都是真的吗？哦，如果这一切都能变成现实，自己这辈子的罪孽算是到头了……可是前景究竟是好是坏、是凶是吉呢？

一整夜，大姑坐在蒲团上，纹丝不动，仿佛一尊塑像。龙龙陪坐在母亲身边，静静地聆听着母亲的念佛声，目不转睛地凝视着母亲……

在一个天气晴朗的早晨，龙龙身穿蓝色绸衫，头戴礼帽，肩挎一只黑色布包，来到国民党军统特务的第二个巢穴——江山县城，又凭着母亲给戴笠的书信，通过三道岗哨，来到了国民党县党部的辕门外。龙龙抬头一看，只见这是一座四合院结构的古建筑，四周高墙上布着电网，四个墙角内筑着塔形碉堡。龙龙向全副武装的卫兵扫了一眼，从上衣口袋里抽出一个信封，递上去，威而不露地说："请把此信呈给戴老板，我要见他。"

卫兵接过信，见信封上写着"呈戴春风亲启"六个娟秀的墨字，顿时哈腰说了声"是"，便拿着信，转身走进了辕门。

过了一顿饭的工夫，送信的卫兵快步跑了出来，他身后跟着一位仪表堂堂的中年军官，他便是戴笠的贴身副官贾金南。贾副官上下左右打量了一下龙龙，冷冷地说："先生，身上可有家伙？"

龙龙摇摇头，半举着双手。贾副官熟练地在他的身前、身后摸了一遍，一偏头说："走。"

龙龙跟着他穿过阴森幽静的大院，来到正房一侧的内房门口。贾金南示意他止步，拎着龙龙的黑布包，进了房间。不一会儿，出来淡淡地说："请进。"待龙龙走进房里，门悄悄地掩上了。

这是个二十多平方米的办公室，地上铺着绿绒地毯，房的四周，摆着中西杂合的器具，右墙一排公文柜，柜前有一张大书桌和皮面靠背软椅，正墙有扇落地窗，窗的左侧有个酒柜，书桌的对面是长沙发和长茶几，沙发上头的墙上挂着蒋介石的标准像。房内空无一人，使人感到有一股阴森逼人的寒气。龙龙再想仔细观察观察，突然那右墙角的一扇门无声地开了，紧接着，就听到"嘿嘿嘿"一声冷笑，把龙龙笑得寒毛根根直竖。

龙剑出鞘

龙龙稳稳怦怦发跳的心，定神一看，只见一个中年男子，突然出现在门边。只见他上身穿着夏威夷白衬衫，下身着栗色呢料背带裤，中等个，姜黄色马脸，细长的眼睛含着咄咄逼人杀气。他反剪着手，迈着八字步，踱进了房间，在距龙龙五步远的地方，站定了，目光阴冷地审视着龙龙。

不用介绍，龙龙明白此人就是戴笠。霎时，有一股热血直往脑门上冲：仇敌、父亲，仇敌、父亲……四个字在他脑海里交错闪现。他的脸烧得像烤着了的火，头上沁出了一层细汗珠。他捏紧拳头，极力控制住微微颤抖的身子。

戴笠慢慢地绕着龙龙转悠着，俨然像位古董商在鉴别一件"艺术珍品"。他足足转了三圈，才在办公桌前的椅子上坐定，鼻音重重地说："坐下吧。"

龙龙在沙发上坐下，不言不笑，两眼望着对方。

戴笠点上一支烟，紧绷的脸露出了一丝不自然的笑意，一边微微点头，一边自言自语地解嘲道："真是奇迹，难怪你母亲有点反常……呃，除了信，你还带来了什么？"

龙龙默默地将搁在茶几上的黑布包打开，从中拿出一只精致的盒子，起身将盒子放在戴笠的桌上。

戴笠一见盒子，眼睛一亮。他欠身打开盒子，拿出一柄古剑。此剑有一尺长，剑鞘是镀金的，剑光闪闪，寒气逼人。此剑是戴笠送给大姑的信物。戴笠端视了半晌，才将剑放回盒中。他掏出手绢，狠狠地擤了一阵鼻涕，突然脸色一沉，冷冷地说："你知道，我会怎么对待你吗？"

龙龙牵嘴一笑，从容地说："知道，你要送我上西天。"

"唔，"戴笠似乎有点意外，皱了皱眉，不解地说："何以见得？"

"你的为人。"

"那你为什么还要来送死？"

"你说呢？"

"我问的是你！"戴笠恼羞成怒，"呼"地站了起来。

"好吧，我说。"龙龙两手抱在胸前，嘴角挂着一丝嘲笑，望着对方缓慢地说，"多少年来，我一直在追寻着一个人。我在心中发誓：一定要找到他。哪怕是一具尸骨！如果他是个懦夫、痞子，我要骂他、咬他、撕他；如果他是个英雄，我就像条狗一样的跟随着他！即使被驱赶、宰杀，也心甘情愿！"

一听这话，戴笠一拍桌子，叫道："好一个狂妄的小子！"说着，他的脸颊一颤，眉峰一皱，渐渐透出了股杀气。他"哼"地冷笑了一声，"你的出现，对我来说，意味着什么？"说罢，"唰"地拉开抽屉，从里面拿出一支铮亮的手枪，对准了龙龙的头部。

面对枪口，龙龙面不改色。他眯着眼，目光凝视着对方，一字一句地说："打吧。我这条命，对我来说算不了什么。可是，对你来说，意味着将失去一条千金难买、忠实无比的'狗'！"

十秒、二十秒、四十秒、一分钟过去了。一丝微笑飞上了戴笠的脸庞，举枪的手慢慢地放下了，"哈哈，哈哈哈……"他边笑边点头说："好小子，有种，有种。好吧，我留你一条命。不过，你必须马上离开此地！"说着，他从抽屉里拿出一本支票本，往桌子上一扔，大度地说："拿去吧，就算是见面礼了。以后不准再找我！”

龙龙“噌”地站起，仰天一阵“哈哈”大笑，一瞬间，他收住笑容，两眼望着戴笠，愤懑而凄怆地说：“我，看错人、走错门了！此地不留爷，自有留爷处！”说罢，一个转身，大步就走。

就在他走近门口的当口，只听得身后一声威严的叫喊：“站住！你要记住，如果你说了一句不该说的话，做了你不该做的事，我立刻送你下地狱！”随后听见一声电铃响，门开了，贾副官出现在他的面前。

戴笠命令道：“给他办理入伍手续，安排在总务处搞外勤。”

“是！”贾金南一挺身子，随后恭敬地对龙龙说：“请吧。”

这突如其来的变化，使龙龙激动得浑身发麻，压在心中的一块巨石落地了。他周身紧绷的神经和肌肉倏地松动了，他转身笑望着戴笠，一步一步走到办公桌前，捧起古剑匣，轻轻地说：“这个，我能拿走吗？”

戴笠绷着脸，微微地点了点头。

龙龙朝戴笠鞠了一躬，含蓄地说：“我会使你满意的！”

龙龙转身而去，戴笠若有所思地凝望着他的背影。

龙龙办理完手续后，领到了一张蓝色身份证和一套棕色美制士兵服，住进了县党部对面的二层楼兵营。

一晃三天过去了。龙龙除了每天早起同几个炊事兵上街购买食物外，余下的时间就是练唱军统局局歌。他表面上神态自如，可心里急得火烧火燎——刺戴笠的机会渺茫极了。不用说没有接近戴笠的机会，几天来就连戴笠的面也没见着。县党部的门，他只能望而不能进，因为他没有一张灰色的证件。此外，决死队队长说的那位配合他行动的“内线”也没有出现。更使龙龙不安的是，他还发现有人在暗中监视自己的行动。他感到自己低估了戴笠，并意识到将有一个新的考验出现。他暗暗告诫自己：决不能掉以轻心。

果然，第四天一早，他被贾金南带进了县党部戴笠的办公室。

他进门后，猛地看见妈妈坐在里面，他的心止不住狂跳起来。

大姑身着浅灰色长袍，头戴绸布紧帽，正襟危坐在沙发上。她的脸庞显得更加灰白瘦削，眼睛带着黑圈，膝上伏着金丝猴。

戴笠嘴里叼着烟，脸色阴沉地坐在办公桌的一角上。

龙龙跨前一步，激动地喊道："妈妈！"

大姑一见儿子，她那呆滞的目光忽地活跃起来，她立起身子，颤着嗓音轻轻喊道："龙儿！"

金丝猴一见龙龙，奋然一跃，"吱吱吱"欢叫着扑了过来。龙龙一手搂抱着心爱的金丝猴，一手扶住了妈妈的手臂，极力抑制住奔涌欲出的泪水，稳了稳情绪，装着不解地问："妈，你怎么来了？"

大姑擦去眼泪，冷眼望了望正在埋头擤鼻涕的戴笠，揶揄地说："是这位先生把我绑架来的。我给你的信也罢，古剑也罢，都不能释其戒心，所以才拿我是问。"

"噢？"龙龙装着疑惑地看了看戴笠，说，"不会吧，堂堂的戴局长，怎么会为了我这么个小小的庶民，冒天下之大不韪，绑架一位出家人！"

"嗨嗨，"戴笠尴尬地笑了笑，装腔作势地说，"对，对。你母亲误解了，不是'绑架'而是'请'。唉，我堂堂军统局，难免会出现一些鱼目混珠的事。所以，凡对入伍的人，都要作一番细致的考察。"

"噢，这么说，你还在怀疑我？难怪让我当火头军！"龙龙反唇相讥，说，"疑人不用，用人不疑。你怕什么呢？这样的胆魄能成何大业？！"

"放肆！"戴笠被刺得跳了起来，他的脸色气得由青变白，由白转红，嘴唇直打哆嗦，一时竟说不出话来。

"龙龙！"大姑一看戴笠的脸色，吓得抱住了龙龙。

戴笠凶狠的目光渐渐变得暗淡了，他垂下眼皮，坐了下来。

大姑一颗悬着的心，才算稍稍放下来，她对龙龙乞求着说："孩子，跟妈回去吧。多少年来妈诵经拜佛，别无所求，为的是求神保护你，无奈你割不断凡心，我也只好由你非非想，非非行。如今，你该觉悟了，跟妈回去吧！"

龙龙僵立着，过了片刻，他仰头长叹了一声："唉，空有一身胆识却无处投报！哈哈，哈哈哈……”他举起手将头上的军帽摘下，扔在了沙发上，继而又解军衣上的纽扣……

房内安静极了，显得格外沉闷，闷得使人透不出气来。

戴笠一直盯视着龙龙。龙龙的一举一动既使他感到恼怒，又使他感到新奇而可爱。他觉得面前这个年轻人有一股无所畏惧的蛮劲，实属少见。

当龙龙解完最后一粒扣子时，戴笠突然拍了拍手掌说：“好了，好。”他笑吟吟地走到龙龙面前，一掌拍在了龙龙的肩上，赞叹地说，“真不愧将门虎子！”说完，他走到办公桌前，揿了揿桌上的电钮。房内右墙的门开了，走出一位亭亭玉立、身穿军服的年轻漂亮的女人。戴笠冲她抬了抬头说：“把这位师姑送回仙女庵，路上注意安全，不得有误！”

大姑情不自禁地紧紧抓住龙龙的手臂，愣着两眼，痴痴地看着儿子。龙龙微笑着点了一下头，轻轻地把妈妈的手指一个一个地掰开，嘴唇抖动着说：“妈，您多保重。我会按照自己的誓言去做的！”

大姑垂下了头，抹去泪水，弯腰将蹲坐在地上的金丝猴抱起，对龙龙说：“你留下它吧。你不在，它像掉了魂，不吃不喝，整天整夜地哀叫……”

龙龙接过小猴，装着和小猴亲热，把脸贴在小猴的身上，顺势将滚出眼角的泪珠揩去。然后，抬起头，仿效着妈妈，竖掌闭目，喃喃地念了几声：“阿弥陀佛……”

戴笠木然地望着这对母子，眼瞳停止了转动，目光忽然变得像雾一样的暗淡模糊了。

金猴耍娇

两天后，龙龙被召到了秘书室，领到了内勤人员才有的灰色证件和一套栗色呢制服，外加一支美制左轮手枪。他被安排在县党部前院的督察室工作，职务：少尉副官。与此同时，形影不离的盯梢也消失了。

这一系列变化，使龙龙如释重负，他开始筹划起行动方案。可是没过几天，他便感到事情并非那么容易。凭证件，他可以自由出入县党部的前院，却无法涉足后院。戴笠又深居简出，行踪不定，稍一露面，就有五六个彪悍机警的卫士前呼后拥地围着他。龙龙纵有三头六臂也难以施展。

这天，龙龙为了排遣烦恼，带着金丝猴到城里的“夜来香”酒店喝酒。当他快要走进酒店门前时，突然，身后有个人擦肩而上：“跟着我。”对方边说话，边止住脚步抬头打量了一下店面。

龙龙一愣，见对方穿着军服，周围又无人，心里不由一喜，意识到对方可能是自己日夜盼望的“内线”。

那人脱下大檐帽，用手理了理头发，侧脸瞥了龙龙一眼，便抬脚走进酒店。龙龙赶紧跟上。

酒店内是一排三间房，第一间是普通酒室，摆着简易的方桌板凳。此时刚开业，只有几个食客散坐在桌边，吃着豆腐干、花生米下酒。第二间是雅座，陈设较讲究，还无人光顾。第三间是酒家老板——寡妇李大娘同她当招待的女儿住的卧室。

龙龙跟着那人走进雅座。那人喊了声：“老板娘，来客啦！”

“来啦！”随着应声，从第三间屋里走出一个衣着整洁、满身富态的妇女，她笑盈盈地说：“哟，是周队长啊，真是贵客临门啊！”

周队长一拱手说：“恭喜发财啊！”随后侧身向龙龙摊了摊手掌，介绍说，“老板娘，这是我新结交的知己，王副官。我们想尽心叙谈叙谈，借你的贵室行吗？”

李大娘连声说好，忙将两人让进了卧室。

桌子摆在屋中央，上面已摆好了四个碟子，两个酒盅，一瓶酒，看来是早已准备好了的。周队长招呼龙龙在桌边坐下，然后，向李大娘使了个眼色，李大娘点点头，退了出去，随手将房门关上了。

趁周队长倒酒时，龙龙仔细打量了一下对方，只见他三十多岁，矮小精瘦，五官细小，乌黑的眼珠烁烁发亮，腰间束着皮带，使他在刚强麻利之外，还给人一种整齐端正的印象。周队长放下酒瓶，举起酒杯，笑微微地望着龙龙说："尽此一报身。"

龙龙忙端起酒杯，微微笑地回道："同往极乐园。"

这是接头暗语。两人会意地点点头，一仰脖子将杯中的酒一饮而尽，两双手紧紧地握在一起，彼此眼中闪烁着激动的光芒。尤其是龙龙，眼圈都红了。

"龙龙同志，让你久等了！"周队长歉意地说，"早就想和你联系，但是，'狗'盯得你太紧。"

龙龙点点头，问："你的公开身份是？"

"县公安局的刑警队长。"

"这么说，我们同在一个'贼窝'啊。"龙龙风趣地说。

周队长笑了笑，随后压低嗓音说："现在的任务越来越艰巨了。据了解，戴笠同美军上校梅乐斯制定了一个'东南剿共计划'。这个计划关系到东南地区成千上万爱国志士的生命。因此，'决死队'指示我们要改变行动计划，首先是窃取这份计划，而后再执行刺戴任务。必要时宁可放弃刺戴计划，也要完成窃取情报的任务！"说到这儿，周队长顿了一下，忧郁地说，"我的任务是长期隐蔽，不到万不得已时不能暴露，所以，你的担子非常沉重！"

龙龙倒吸了一口气，眉毛渐渐拧成了疙瘩。两人使劲地吸着烟，烟雾在屋内翻腾飘舞。

"目前我只想出了半个法子。"周队长将烟头揿灭，把碗碟往桌子一边移了移，从口袋里拿出一张图纸，铺在桌上。龙龙忙起身观看，见图纸上画着一幢二层楼平顶小洋房。洋房设在一个马蹄形的小山坳里，洋房和山坳之间筑有高墙，洋房的正面临江，左右和后背是陡直的山坡，山的后面是公路。

周队长说："这座洋房建在城尾，是戴笠的秘密住宅，晚上戴笠就住在这儿。据分析，那份计划很可能放在这里。"

"你的意思是潜进洋房？"

"对。不过只能秘密行事，不能蛮干，这儿防守特别严。"

"怎么进去呢?"龙龙急切地问。

"有办法进去，我的伯父是建造这幢房子的工头。据他说，这幢房子里有个秘密下水道，一头通洋房的院子，另一头通江里。"

"你是说，我们从江里钻进下水道?"

"对。"

"可是又怎么拿到计划呢?"

"唉，难点就在这儿啊!"周队长挠了挠头，自言自语地说，"那份计划照理应该放在这座楼的办公室或戴笠的卧室。问题是我们能进楼，但没法进办公室和卧室。"

"偷钥匙!"龙龙脱口道。

周队长苦笑笑说："戴笠办公室和卧室的钥匙只有他本人和赵霭兰有，没有第三个人有啊。"

"赵霭兰是谁?"龙龙不解地问。

"她是戴笠的贴身秘书，哼，名为秘书，实为姘妇。"周队长鄙夷地摇了摇头。

龙龙马上想起了妈妈来时，在县党部戴笠的办公室看见的那位娇美的女军官。他的脸不由一红，紧吸了几口烟，眼珠一转说："瞅个机会，绑架那个女人。"

"难啊。"周队长摇摇头说，"那女人几乎寸步不离戴笠。"

"我就不信。两张嘴皮还有分开的时候，何况是两个大活人!"龙龙执拗地说。

"那倒是。"周队长点点头，"要说离开，只有一个时候，赵霭兰有个钓鱼的嗜好，有时晚饭后，会在洋房附近的江边垂钓。不过，那个地方根本不能动手。再说，只要她一失踪，马上就会被察觉。这个主意我也想过，根本不行啊。"

龙龙和周队长陷入了沉默之中。他们闷闷地咂着酒，吸着烟，焦虑和烦恼，使得他们全身发躁。"嘀嗒嘀嗒"房里的座钟声毫无顾忌地响着；门外隐隐传来了嬉笑声和猜拳声。显然酒客越来越多了。

周队长警觉地收起图纸，摆好碗碟。

一直蜷卧在龙龙脚边的金丝猴饿得耐不住了，立起身子将手伸进主人的口袋里拿吃的。龙龙从口袋里掏出一把玉米撒在地上。也就在这个时候，突然一个念头从他脑海里闪过。他凝思片刻，心里忽地一亮，禁不住一拍桌子，高声叫道："有了！"

周队长一惊，忙把手指放在嘴边"嘘"了一声。

龙龙吐了吐舌头，抑制住激动的情绪，压低嗓音说了起来……

周队长听着听着，笑得嘴角越拉越长，等龙龙说完，他忘情地抓住龙龙的手，欣喜地说："龙龙！真有你的！好，好主意啊！"

两人又仔细地筹划了一番后，龙龙兴致勃勃地一举酒盅，说了声："干！"两人把杯中的酒全部倒入口中。

第二天傍晚，太阳落山了。朦胧的暮色从江岸边伸展到江上，水由浅绿色变成铁青。此时，江的四周异常宁静，空气凉爽宜人，三三两两的军人有的在江边漫步，有的坐在岸上谈笑观景。

龙龙左肩上蹲坐着机灵可爱的金丝猴，右臂上搭着军上衣，悠悠荡荡地来到了洋楼附近的江边。他表面上像在欣赏江景，实际上，机警的目光从眼角处暗扫着江岸。不一会儿，他的目光停留在五十米处的一位风姿绰约的女郎身上。

那女郎坐在江边的一块方石上，长波浪的黑发盖住了后颈，面朝江水，两手托腮，脚前有两根细长的钓鱼竿直伸江里。

龙龙漫步向那位女郎走去。

鱼竿上的浮标在微微地晃动，渐渐下沉江底。赵霭兰的眼睛却凝视远方，似乎陷入了梦幻之中。直到一只胳膊突然在她眼前出现时，她才一动身子，从幻梦中惊醒。她见自己的一根鱼竿被人高高地提离水面，出水的鱼钩上跳跃着一条鳞光闪闪的大鲫鱼，先是一怔，随后又一喜，高兴地叫了起来："啊，大鱼！大鱼！"

龙龙把鱼从鱼钩上拿下，放进半浸在江里的鱼篓里，边擦着手，边笑吟吟地望着赵霭兰说："赵小姐，像你这样钓鱼，恐怕连鱼竿都保不住喽。"

"噢，是你啊……"赵霭兰似乎想起了对方是谁. 她嫣然一笑，红晕飞上了面颊。

"真没想到，赵小姐这么个大忙人还有这般雅兴。"龙龙顺势坐下来，将鱼饵装上，手臂熟练地一挥，鱼钩划着弧圈飞向江里。

赵霭兰飞了龙龙一眼，笑着说："王副官不也是个大忙人嘛。"

"我？"龙龙装着不解地一愣。

"唔。不久的将来你会比我更忙啊。"

龙龙立刻明白了对方的语意，故作谦虚地说："哪里，哪里，今后还要靠赵小姐多关照哦！"

"那你，也要多关照我哦……"赵霭兰娇柔地捋了捋鬓角的长发，含情地向龙龙瞟了一眼。

龙龙将肩上的金丝猴放下，拍了拍它的小脑袋，故作多情地说："小宝贝，你说赵小姐长得漂亮吗？"

金丝猴蹲坐着，偏偏脑袋，一本正经地打量了一下赵小姐，而后连连点头，那副滑稽的神态逗得赵霭兰"咯咯"地笑了起来。

龙龙诙谐地说："好，有眼力！给你个奖品。"说着从口袋里拿出一小包牛肉干递给金丝猴。

"我也奖你一个。"赵霭兰乐滋滋地从上衣口袋里摸出一块巧克力。

金丝猴接过巧克力，咧嘴一笑，两手一合，向赵霭兰作了个揖，又举手敬了个礼。

"咯咯咯……"赵霭兰笑得浑身打颤，情不自禁地把金丝猴抱在了怀里。

金丝猴熟练地剥着巧克力纸，津津有味地吃了起来。

一切在照计划进行，而且比想象的还顺利。龙龙瞥了一眼赵霭兰微微鼓起的上衣下摆处的口袋。根据赵霭兰刚才拿巧克力时发出的声音，他断定钥匙就在这个口袋里，龙龙心中暗喜。关键的时候到了，他看见小猴吃完了巧克力，便吹了声口哨，飞速地向小猴使了一个眼色。

小猴倏地从赵霭兰的怀里跳出，敏捷地把手伸进了赵霭兰鼓起的口袋。就在赵霭兰要用手捂口袋的当口，小猴的手已经离开了口袋，那小小的手掌上握着一块巧克力和一串系着金链的钥匙。

龙龙激动得脸都红了，但他故作生气地斥责小猴："馋鬼，快把东西还给赵小姐！"

赵霭兰兴致勃勃地说："不用，小猴乖，把钥匙给我就行了。"说着把手伸向小猴。

不料那小猴敏捷地一跳，撒腿就跑。

龙龙气得一拍大腿站了起来，骂道："这小子又撒野了！回来，回来！"他边喊着，边向小猴追去。

金丝猴连蹦带跑，一下子钻进了距江边三十米处的茶树丛里。

五分钟后，龙龙把小猴从树丛里找了出来，拉着它来到赵霭兰身边，板着脸，拍了一下小猴的头，说："快，把东西放回原处！"

小猴顺从地把巧克力和钥匙放进了赵霭兰的口袋。

龙龙又拍了一下小猴的头："快，向赵小姐赔礼！"

小猴一手摸头，一手揉着眼睛可怜巴巴地向赵霭兰弯了弯腰，那副委屈的神态真像个孩子，使一直抿着嘴笑的赵霭兰再也忍不住了，"扑哧"一声笑出了声，笑得直不起腰。

龙龙抑制住兴奋的情绪，深深地吸了一口清凉的空气，心里升起了一种从未有的轻松和欢欣。

血洒洋楼

夜风呼啸，暴雨犹如一条条黑鞭似的扑向大地，洒进江河。夜深了，戴笠居住的那座小洋楼窗户里的灯光，一个一个熄灭了。只有两道灰白的探照灯光不时地在洋楼周围扫射着。

下半夜一时左右，距洋楼两百米的江边，出现了两个人，他们便是龙龙和周队长。此刻，他们身子埋在江水里，时停时续地朝洋房方向慢慢地爬行。他俩足足花了一个小时，才爬完了两百米的路程。当他们的身子卧在一只圆形硬物上时，停止了爬行。稍事休息后，两人深深地吸了一口气，潜进了水里。

下水道长一百米，直径八十多米，由低而高呈斜坡形从江里伸向洋楼。龙龙和周队长在水道里潜泳了近二十米，才离开水面。他们在水道里匍匐爬行了半个小时后，终于到了一方开阔处。在他们头顶上方有一个横条孔的水泥方盖。周队长爬在龙龙肩上，两手举起，使劲顶开方盖，将头探出洞外，借着探照灯的余光，见院里无一人影。除了从洋楼平顶上传来了哨兵"咔咔咔咔"的脚步声外，全是风声、雨声。周队长感到时机很好，便两手一撑，跃出了洞口，龙龙也跟着爬了出来。两人辨别了一下方位，贴着墙迅速来到了楼道口。他们确定楼道里没有人后，闪身进去，踩着松软的地毯轻手轻脚，上了二楼。

凹字形的二楼共有五间，正面是客厅和办公室，右面一间是戴笠的卧室，左面两间是卫兵的住房。也许这儿太保险了，连二楼也没有哨兵。龙龙和周队长迅疾来到办公室门口。周队长轻轻地拿出一串钥匙，打开房门，两人闪身进屋。周队长从口袋里拿出微型电筒，借着电筒光，看到这是个客厅，在客厅的一角有扇蒙着皮革面的门。他们试着钥匙，终于打开了第二扇门。房里的中央是一张特大的红木办公桌，右墙立着一只高大的金属保险柜，左墙是一排琳琅满目的食品柜。他们查看了桌上的公文夹，没有发现所要的东西，就来到保险柜前。

他俩小心地避开了装在拉手上的报警器，找了把合适的钥匙插入锁孔，然后耐着性子，慢慢地拨弄着柜上的号码盘。

时间在飞速地流逝，外面的风雨也渐渐小了，豆大的汗珠顺着周队长的脸庞，一滴一滴地往下掉，龙龙拿着电筒的手也紧张得微微发起抖来。终于，柜门松动了，打开了。《东南剿共计划》的卷宗赫然跃入眼帘。两人顾不得高兴，忙从塑料袋里拿出美制微型照相机，快速地拍摄起来。十分钟后，他们退回到客厅。第一次任务完成了。

下一步是刺杀戴笠。按照原定步骤，这个任务由龙龙单独执行，而且为了确保《东南剿共计划》安全送出，要等周队长潜出洋楼后，才能动手。

周队长望了望窗外灰白的天色，担忧地对龙龙说：“我看，还是明天再来吧。”

“不！”龙龙决然地说，“机不可失，按原计划进行！”

“那，你要多加小心！”周队长紧紧地握住了龙龙的手。

突然，一丝不祥的预感在周队长的脑际升起。他发觉龙龙的手在哆嗦，而且冰凉冰凉的。周队长迟疑了一下，说：“龙龙，还是你带照相机出去，我留下。”

“不行！”龙龙断然地摇了摇头，“你的任务更重，放心吧，我一定完成任务！”

周队长忧虑地看着龙龙。他明白龙龙此时的心情，刚想再劝说，龙龙已将客厅的门打开了，不容置疑地向他摆了摆头。

周队长捏了捏龙龙宽阔结实的肩膀，一咬牙闪出门外，消失在楼梯口。

龙龙背靠着墙，合目伫立着。一刹那间，他觉得头特别沉重，神志有点昏然，整个身子像是在往一个深渊里沉。恍惚中，龙龙似乎看见“决死队”员们欢呼着向他跑来……他忽地睁开眼，晃了晃头，精神顿时一振，贴着墙壁走出客厅，轻手轻脚来到戴笠卧室门口，门被他悄悄打开了。

龙龙走进了卧室，一股幽香扑鼻而来，阵阵呼哨般的鼾声刺入他的耳里。他右手握着锋利的龙剑，左手拿着微型手电筒，在微弱的光照下，看清了左边的墙边放一张席梦思大床，床上铺着天蓝色缎子被，被子在均匀地起伏着，被子里有个半露着头的中年汉子，长长的马脸泛着青光。

望着这个双手沾满鲜血的魔王，龙龙顿时热血沸涌。他一步一步地向床边走去。到了床边，他怔怔地望着那马相脸，咬紧牙关，慢慢地举起了龙剑……

突然，在他的耳边仿佛有个声音在喊：“不能啊！不能啊！孩子……他、他毕竟是你的生身父亲呀！”

龙龙迟疑了，举在空中的手臂僵住了。然而，一瞬间的工夫，另一个更激奋的声音在他耳际轰响：“不，他不是你的父亲，而是你我不共戴天的仇人！你一定要为民除害，以祭天下死不瞑目的英灵！”

终于，龙龙一咬牙，举在空中的手臂闪电般地挥落下来，一道寒光直刺卧在席梦思床上的马脸汉子。

只听见“扑哧”一声，龙剑穿透被面，折断胸骨。

“啊——”随着一声惨叫，被子里的人猛地一搐，身子缩成了一团。

霎时，龙龙僵住了。他曾杀死过凶恶的豺狼虎豹，但却从未杀过人！更何况被杀的是他的父亲……

“呜——”尖利的警报声划破夜空，洋楼上下响起了“咚咚咚”杂乱的脚步声和“抓刺客、抓刺客！”的惊叫声。

龙龙如梦初醒，赶紧举起龙剑，再次向被窝里的人刺去。

就在这时，龙龙的身背后，有一块像一扇门似的墙被人悄悄地推开了。只见有一条手臂从门里慢慢地伸出来，手上握着一支锃亮的手枪，枪口瞄准了龙龙，龙龙毫无察觉。

“砰砰砰”，有人在撞门了，龙龙收起龙剑，刚想转身往窗口处跑。“砰砰——”暗门处的枪声响了。

龙龙的身子一震，两脚站立不稳，向前颠了一步，他的胸口像被一根烧红的针刺进似的剧痛。他想转过身来，看一看是谁开的枪，可是，他的眼前，出现了无数的金星，在跳跃和升腾。周围的东西，剧烈地摇动着，似乎大地即将崩毁。他伸开双臂，像要拥抱什么东西，随后，那铁一般的身躯“扑通”一声，沉重地倒在地上了。

与此同时，“咚——”房间门被撞开了，卫士们一窝蜂地闯了进来。灯“刷”地亮了，霎时，他们呆住了，只见墙角处有扇暗门敞开着，戴笠身着睡衣，木然地伫立在门口。

此时的戴笠就像刚从地狱里钻出来的魔鬼。他头发蓬乱，脸色铁青，呆板的眼睛瞪得大大的，惊惧地望着倒在地上的刺客。

“啊，是王副官！”不知谁叫了一声。

戴笠一听，“叭”的一声响，手中的枪落在了地上。只见他浑身发抖，步履艰难地走到龙龙的身边。他的牙齿在嗒嗒嗒地抖响，脸部的肌肉像被火炙烫着似的抽动着。猛然，有个卫兵惊叫道：“呀！王副官动了！没死！没死！”

谁知他的话没落音，“叭”一声，脸上重重挨了一记耳光，只见戴笠目光凶狠而阴凄地盯视着卫兵们，从齿缝中挤出一声吼叫：“滚！都给我滚！”随后神经质地“哈哈哈”狂笑起来。笑声像鬼哭、似狼嚎，使在场人无不毛骨悚然，赶紧莫名其妙地退了出去。卫兵们退去后，戴笠“扑通”一声跪倒在地上，伸出颤抖的手，抚摸着倒在血泊中的龙龙。

此刻，栽倒在地的龙龙还未气绝。他只觉得悠悠荡荡，回到了决死队里，同志们在向他祝贺，朝他欢呼。一会儿，他见妈妈哭喊着向他奔来：“龙儿，龙儿！作孽呀！你杀死了生身父亲，要下地狱的呀！”

龙龙嘴嚅动着，想对妈妈说什么，忽然，他看到眼前出现了一张发青的马脸，呀！他没有死?！完了，一切都完了。龙龙只觉得心脏一阵剧痛，张眼怒视着那张马脸！

戴笠试试龙龙的口，摸摸龙龙的心，确认他已气绝了，便用手将龙龙怒睁的双眼合上……

戴笠怎么会没被刺死呢？原来，那个被龙龙刺杀的是戴笠的替身，他的表兄毛权。毛权长得和戴笠几乎一模一样，口音和举止也很相像，只是年纪稍大些，略显得老一点。戴笠因天天杀人，所以也时时提防别人杀他。当他表兄从家乡来重庆找他谋事时，他一下便看中了这个替身，将他留在身边，用来当替死鬼。他让毛权穿和他同样的服装，外出时，两人同坐一辆车，同住一套房。这次到江山也是如此。他让毛权同他住在洋楼的同一套房里，自己住在里间，把毛权安排在外面。这一秘密，连周队长也不知晓。结果，使这个狡诈的魔君，又一次逃脱了惩罚。

在龙龙牺牲的第二天清早，决死队赶到了仙女庵，打算动员大姑离开庵堂，然而大姑却执意不肯。第三天，当善男信女们来到仙女庵朝拜时，发现大姑面朝观音，盘腿坐在蒲团上，已瞑目仙逝了。她面目清秀如生，身上还飘散出阵阵幽香。人们争相去看，叹为稀有。傍晚时，善男信女们按照佛规，在大姑周围架起了木柴，点火将大姑焚化。红光白烟，烧了整整一夜，待火燃尽时，没有留下一点遗骸……

（夏国强　柯振生）

（题图：王申生）

人生·启示篇

renshneg qishipian

每个人生都是一段故事，每段故事给你一个启示。

夜半呼救声

一天深夜,星斗满天,旷野里静得出奇。就在这时候,沿着河边的大路上,急匆匆走来一个年轻的姑娘。

姑娘名叫成群,21岁。

今晚,她妈妈突然得了急病,爸爸又不在家,她只得独自到镇上去请医生。她家离镇上八里路,不算远,但这条路不很太平,经常发生流氓犯罪和拦路抢劫的事情。可是为了妈妈的病,成群顾不得许多了,抓了根棍子就往镇上跑。

成群一口气跑出去四五里路,跑得浑身发热,头上冒汗。她正要掏手帕擦汗,只听"唰"一声,从路边甘蔗地里蹿出两个大汉,一前一后堵住了她。

前边的那个家伙两手抱在胸前,狞笑着说:"这半夜三更,你一个人急乎乎的,上哪儿去呀?"

成群大吃一惊,知道碰上"鬼"了,于是脱口而出:"你、你们这是干什么?"

那人还是嬉皮笑脸地说:"不干什么,只是想告诉你:是姑娘就留下人来，陪哥们玩玩；要是婆娘也得留下钱来，让哥们买包烟呼呼。”

面对这两只凶恶的野兽，成群火啦，她咬咬牙说：“我宁为玉碎，不为瓦全。你们想在我身上占便宜，做梦！”说着，她举起了手里的木棍。

谁知后面那个家伙眼疾手快，一把夺过木棍说：“哟，还想动武吗？”

前面那个“呼”一下拔出把匕首，得意地说：“好，就凭这点泼辣劲，够刺激，够味！”说完，一步步地向成群逼过来。

一个弱女子，在两个大汉的挟持之下，既无还手之力，也无招架之功，真是上天无路，入地无门。

就在这危急关头，成群突然发现不远处有一点亮光。她知道，那里有个小小的村子，住着十几户人家，他们要是晓得了，一定会来相救，于是就放声大喊起来：“来人呀，抓流氓！”

两个流氓大吃一惊，一把抓住她的胳膊威吓道：“老实点，你再喊就宰了你！”

成群还是大喊道：“救命啊！流氓要杀人啦……”

这震撼人心的呼救声，在寂静的夜空中传得很远很远，村子里那些熟睡的人一个个被惊醒了，但除了那家亮着灯光的户主闻声跑出来以外，竟没有一个前来相救的。

那个闻声跑出来相救的是个寡妇，她循声奔向河边，只见两个大汉将一个女人按倒在地，正在撕她的衣服，寡妇就竭力地喊叫：“救命啊……”

寡妇知道，自己上去不但救不了她的命，反而是往虎口里送肉，自讨苦吃。她朝村里看看，却不见一点动静，心里好不恼火：难道所有的人都聋了，还是一个个都麻木了？

眼看河边的姐妹将受歹徒的糟蹋，她急得心如刀绞。这一急，倒急出了个妙计，当即扯开嗓子喊道：“起火啦，快来救火呀！快来呀！房子着火啦……”

她这一喊，果然很灵，顿时，家家户户的灯都亮了。接着，“砰砰嘭嘭”都开了大门，男男女女、老老小小，有的提桶，有的端盆，有的拿瓢，喊着，叫着，冲出村子。

两个流氓一见这情景，吓得屁滚尿流，丢下姑娘，落荒而逃。

姑娘得救了。

人们闹腾了一阵之后，连个火星儿也没见到，才知是一场虚惊，于是就议论纷纷："这是哪个搞的恶作剧？"

"谁知道，真缺德！"

"再搞这种名堂，抓住他，要他赔偿损失！"

"是呀，破了我的美梦，真该死！"

成群听了人们这些议论，只觉得眼前一黑，差点晕倒。现在她才明白这一带所以常有歹徒作恶的原因。

她正想着，那个寡妇跑过来说："姑娘，你怎么半夜行路也不找个伴，这多危险呀！"

成群苦笑着，如此这般一讲，寡妇说："噢，原来是这样，那快走吧，我陪你去。"

寡妇陪着成群走了，村里的人们忙乱了一阵之后，又都钻进被窝躺下了，村子里又恢复了平静。

谁知突然又传来了呼救声："着火啦！快来救火啊……"这撕心裂肺的呼叫声一阵紧似一阵，但却始终没有把人们从床上喊起来。所有的人都睁着眼睛像听音乐似的在听，有的还说："哪个该死的，吃了没事又在寻开心啦？别理他，睡觉！"

喊声仍在继续。

不一会儿，有人听到了"哔哔剥剥"的响声，有人从窗户里看到了蹿动的火苗，还有人似乎闻到了焦烟味，这才意识到事情不妙。他们一骨碌从床上爬起来，冲出门外一望，天哪！大火已经冲天，火借风威，风助火猛，眨眼间眼前成了一片火海，人们惊慌失措地喊着、叫着、跑着、跳着，乱成了一团。

很快，救火车呼啸着赶来了，扑灭了熊熊大火。但由于延误了时间，还是烧毁了十几间房子，损失惨重。

至于起火的原因，事后查实系那两个流氓所为，因寡妇那么一喊，使他们的罪恶目的未能达到，于是怀恨在心，待人们睡下以后，就溜进村子，在寡妇门前放了一把火，以图报复。

罪犯抓住了，得到了应有的惩罚。

但面对这一片被烧毁了的房屋，大伙才意识到：这里的人似乎都缺少点什么。缺少什么呢？也许，这缺少的正是人与人之间最需要的东西。

（张安生）

（题图：箭　中）

寻找乐趣的人

老工程师李一良这一天从湖南到上海来出差，他乘坐的火车进上海站的时候，已经是晚上九点钟了。坐了一整天火车的老工程师不愿多走路，就在火车站附近的一家小旅社住了下来。

旅社服务员把老工程师领进了一间只有两张床位的小客房，那里面已经住了一位娃娃脸的小伙子。

小伙子见老工程师进来，立刻皱起了眉头，然后又对他点点头，出去打了一盆洗脸水，说："看样子您是累了，快洗洗脸休息吧！"

让素不相识的人给打洗脸水，老工程师有点过意不去，就顺着小伙子的话说："对对，早点休息！哎，坐了一天车，该把我这个神经衰弱的毛病治住了，今晚可以睡个好觉啦！"

小伙子一听，又皱了皱眉头，不说话了。等老工程师洗完脸，小伙子突然对他说，他还有点事情要出去一下，请老工程师只管先睡觉。

小伙子走了，老工程师倒水回来就拉熄电灯上床睡了。

这时候已经是晚上十点多了，旅客们已陆续休息，旅社里面渐渐安静下来了。可老工程师却睡不着了，他感到小伙子的行动有点奇怪呵，这么晚还出去干什么呢？为了谨慎，他坐了起来，把钱包从裤兜里摸出来，压在了枕头下面；又把旅行袋从床下拎出来，放到了枕边，这才闭上了眼睛，可仍然睡不着。

夜更深了，旅社里静得出奇，但是，小伙子还没走回房间来睡觉。他干什么去了呢？老工程师无从推测，只好强打精神在床上等着。

一会儿，老工程师听见走廊上传来了一阵很轻很轻的脚步声，然后房间的门被人"吱"一声推开了，这个小伙子蹑手蹑脚地走了进来。这一下，老工程师不免有些紧张，但仍沉住气，一动不动地注视着他。

只见小伙子在房间当中站了站，似乎是在听什么动静，接着，又朝自己走了过来……老工程师心跳得更急了，气也喘得快了。

那小伙子像是发现老工程师没睡着，便退回到自己的床边，也不拉被子睡觉，却在床边直挺挺地坐下了。

老工程师更纳闷了：他到底是为了什么呢？

老工程师看着，想着，但仍不见小伙子有什么动静，只是坐在床上，不睡也不动。这时，老工程师感到实在太疲倦了，身不由己地闭上了眼睛。

第二天一早，当走廊里的人声把老工程师惊醒的时候，小客房里已是满屋金光了。老工程师赶紧用后脑勺抵抵枕头，只觉得硬邦邦的，钱包还在；又伸手摸摸旅行袋，安安稳稳的，仍在枕边。这时，他那颗心放下了。

老工程师再侧身一看，小伙子早起床了，正聚精会神地坐在小桌边读一本什么书呢！老工程师翻身坐起，正要说话，谁知小伙子起身走了出去，等他回来的时候，给老工程师端来了一盆洗脸水。

老工程师慌忙接过洗脸水，忍不住问起昨晚上的怪事来。

小伙子脸一红，说："我的鼻子有毛病，一睡觉就鼾声震天，我怕影响你休息，所以一直等到你睡着后才躺下。"

老工程师这时才恍然大悟，感动地说："可是，你太苦了自己呵！"

小伙子笑笑："自己虽然苦一点，但有时会得到一种乐趣。我想，为人在世，帮助别人是一种乐趣；不令人讨厌，这也是一种乐趣哩！"

后来，两个人分手的时候，老工程师留下了小伙子的姓名和地址。他相信，能和这样一位很懂得人生乐趣的人保持联系，也是一种乐趣。

（聂建长）

（题图：连　伟）

浪漫的窃贼

纽约郊外，有一个窃贼叫巴博，他偷窃成性，而且手段高明，每一次确定下手地方后，即使里面有防盗设备，他最后都可以轻松自如地进去，动作熟练地下手，手脚利索地离开，不留任何蛛丝马迹。

这天下午，巴博在郊外又一次得手了，当他轻松地带着赃物离开那地方时，和往常一样，没人看见他。他吹着口哨钻进自己车里，很快将车开上了一条狭窄小路，这条路很偏僻，一路上几乎没有什么人。

不料今天却有点意外，巴博忽然看见有辆小车停在路边，车旁站着一个年轻的女子。按通常习惯，巴博会视而不见地把车开过去，可他看到这位美丽女子站在那里忧郁无助、楚楚动人的样子，竟不由自主地生出了恻隐之心，随即减慢车速，将车驶下小路，停在一处覆盖着残雪的杂草地上。

巴博下车走到女子跟前，微笑着说："小姐，遇到麻烦了吧？我能为你效劳吗？"

那女子伸手指指自己那辆车的前胎，说："我的车轮胎瘪了。"

巴博立刻注意到，这女子伸出来的手上戴着一枚结婚戒指，戒指上镶嵌着一颗很美很亮的钻石。巴博盯着这枚钻石戒指沉吟着，良久，才将视线从戒指移到轮胎上，问道："有没有备用胎？"

女子点头说："有，可我不知道该怎么换，你能帮帮我吗？"

"当然。"巴博说着，便从自己车里拿出工具，帮那位女子换车轮胎。他似乎很乐意为她效劳，干得很起劲，一会儿就把轮胎换好了。

那女子掏出一张小薄纸，替巴博擦去脸上的油污，说："太谢谢你了！我叫黛安，我可以邀请你喝一杯吗？"

巴博不便带着车里的赃物同这女子去喝一杯，他想了想，说："唔，为什么不让我来请你去喝一杯呢？"

巴博希望这女子因不好意思而拒绝，不料黛安却对他的邀请信以为真，说："当然可以。可是，我不喜欢在公共场所被人看见和一个陌生男人在一起。你住在哪里，有没有太太和孩子？"

巴博摇摇头："我离婚了。"

黛安一听笑了，提议道："那不如就到你那里去喝一杯吧？"

巴博心里其实很矛盾：本可以到此为止，拒绝她，独自开车上路，这样，以后的故事就没有了。但这女人实在是秀色可餐！

巴博清了清喉咙，告诉她："我家在离此地十里路的地方，一幢石屋，你能跑那么远吗？"

黛安竟不住地点头："我是出来兜风的，两小时内不会有人来找。"说着，她跳上自己的车，把头探出车窗外，对巴博说，"走，请带路，我跟在你后面。"

巴博就是这样遇见黛安的！从此以后，黛安就常来巴博的石屋和他幽会。黛安说，她的婚姻并不美满，丈夫名叫吉姆，在一家电灯工艺公司工作，比黛安大九岁，是个严肃古板的人，他们没有孩子。黛安上大学的时候就被校方认为是有很好发展前途的学生，可时至今日，除了吉姆和一幢价值二万五千元的房子，她一无所有。

随着时间的推移，黛安和巴博日渐情投意合，每星期大约有三个下午，黛安都会开车来石屋和巴博消磨一段时间。黛安开朗活泼，通常在烹饪之前，她喜欢在巴博的石屋里自由自在地四处转悠，哼着歌收拾屋子。

巴博从没有去过黛安的家，也从没有见过她的丈夫吉姆，他们约定，为了不被人发现，只能是黛安上巴博家。

三月里一个明媚的下午，巴博决定把自己真实的职业告诉黛安。那天，黛安正站在拱形的大窗子边，悠闲地看蓝鸟和红雀飞过树林，巴博走上前去，抚着黛安的肩，说："有些事我最好告诉你。听我说，我不是做投资生意的，我是在撒谎。"

黛安说："我不在乎你以什么为生，只要你和我在一起就行。"

"我是个小偷。"巴博说得很轻，但声音有些沉重。

"什么？"黛安猛地转过身来，美丽的眼睛瞪得大大的，就像牧羊女突然在草原上听到恐怖的狼嗥一样惊诧万分，"你没开玩笑，巴博？"

巴博故作轻松地向她微微一笑，说："我说的是真的。从去年七月以来，我一直是个小偷。我撬门偷钱和珠宝，然后把它们卖给收赃物的人，这就是我的生活。"

黛安听着，目光显得迷惘而忧愁："你为什么要这么做呢？"

巴博的手从黛安的肩上移了下来，他在房间里一边大步来回走着，一边说："我做了七年的广告策划，后来被老板解雇。从那天开始，我就做起了小偷……现在，你对我有什么感觉？"

黛安默默地注视了巴博很久，然后对他说："我和往常一样，仍然觉得你是个仁慈和温文尔雅的人，我喜欢和你在一起。"黛安脸上的神情显得很平静，"我关心的是，巴博，你会不会遇上危险？你带不带枪？"

巴博似乎有点被她感动，他告诉黛安说："亲爱的，我很少遇上危险，因为我很小心。我床头柜里有一把点三二的枪，而且有执照，但我从来不冒险使用它。”

黛安一听，这才轻松地吐了一口气："唔，这样我就放心了。"

当春临大地、万物苏醒的时候，巴博不由设想起自己和黛安的未来。他觉得，如果能弄到一笔足够的钱，这样自己就可以洗手不干了，甚至可以带着黛安去国外，比如墨西哥或西班牙。

情人之间的心是相通的，正当巴博在寻思着弄钱的时候，黛安来了，她双手抱膝坐在床边，对巴博说："我为你找到了一个目标。"

巴博不愿意让心爱的女人卷入到危险的漩涡中，他连连摇头，说："我不能让你牵涉进我的事情。"

"我不是要和你一起去撬门。"黛安忽闪着她那双美丽的大眼睛说，"我是无意之中才注意到它的，那实在是一个好目标，主人是我姑姑的朋友，最近我们曾去那里参加过两次宴会，那里到处都是值钱的东西。那地方孤零零地坐落在桦树林后面，而且平时主人很少在家。我一去那地方，就想到了你。"

"在哪儿？"巴博不由被黛安说动了心。

黛安告诉他："在瑞汀。"黛安接着又告诉巴博，那家主人有个习惯，喜欢在家里放许多现钞，他太太还有一大堆珠宝，钻石、红宝石什么，都在梳妆台上的两只麻栗木盒里。至于昂贵的银器之类，在他们家到处可见。

说到这里，黛安抿嘴一笑："那家主人喜欢炫耀，所以他家有些什么，我们都知道。"

出于职业习惯，巴博警觉地问："他们家有报警系统吗？"

黛安点点头："有，不过那其实是挺简单的玩意儿，你把设在日光浴室里的开关关掉就是了。那天男主人带我们参观时，亲口说的，你放心吧。"

巴博还是有点不放心，又问："那……他们什么时候在家？"

黛安说："他们夫妻俩在城里都有工作，平时不去那儿，也没有雇用看守的人，夫妻俩只在周末回去小住。"

"那家主人叫什么名字？"

“洛宾。”

“嘻嘻，洛宾！”巴博听到这里，忍不住得意地笑了起来，“这么说，我们可以把这个可怜的洛宾给搜刮干净了？”

巴博办事果断，第二天，他就到桦树林后面洛宾的那个家去探察。他发现：每星期二，他们家有个男佣来清理游泳池；星期三，有个园丁来整理花圃，剪除草坪。除此之外，这幢房子里平时确实没人。黛安说的没错，洛宾家的这处住所的确孤零零地坐落在桦树林后面，如果巴博采取行动，他只要把车停在山坡上的墓碑后面，根本不会有人注意。

这天是星期四，天色阴暗，下着毛毛雨，黛安知道巴博就选在这天动手，所以一早就打电话给他，告诉他她已经从姑姑那里知道，洛宾夫妇不在家，也就是说，这天桦树林后面的这幢房子里没人。

不过黛安在电话里显得有些忧心忡忡：“这么说，你是肯定要下手了？巴博，你可要小心行事啊！”

巴博说：“我一向小心的。”

黛安叮嘱巴博：“你一定要小心，而且不要射杀任何人。”

巴博说：“亲爱的，我从不带枪，我把枪留在家里。别担心，再见！”

巴博把车开到洛宾家附近的山坡上，把车停在墓碑后面，然后戴上软皮手套，跳下车，走上小径，穿过桦树林。他在林边停下脚步，伏下身来，看看洛宾家中是否有人。

一切都很正常！巴博于是闪身出来，小心翼翼地朝洛宾家走去。他摸进那间小小的日光浴室，在堆满家具的墙角落里找到了黛安说的报警开关，把它关上，然后向餐厅走去。

餐厅的门锁很简单，巴博撬开门锁，打开玻璃门，立刻闻到一股隔夜的菜肴和酒的淡淡气味。他四下一看，发现一个漂亮的玻璃橱里放着一整套精美的银器，立刻从衣袋里掏出一只折叠整齐的洗衣袋，将它往餐桌上一铺，准备将这些银器全收入袋中。

这时候，巴博突然发现餐厅右边有一个小房间，他走过去，轻轻推了推，门不动，再用力推，门被推开了一点。巴博走进小房间，抬头环顾四周，看到墙上挂满了洛宾家人的照片，他们全都微笑地看着巴博。

巴博又将目光从墙上移到地上，突然大惊失色，他看到地上有个人正仰面躺着，黄色套衫，茶色长裤，看上去是个身材高大的金发男人，大约四十岁，胸脯中了枪，胸前凝结着一摊淤血。显然，这人已经死了！

巴博异常惊慌，而且他发现地上的这个死者，和墙上挂着的那几幅照片上的一个男人非常相像。再细一瞧，巴博魂飞魄散：照片上，偎在这个男人身边微笑的，正是现在和他热恋的黛安！

巴博愣住了：难道自己中了黛安的圈套？他脑子里急速地转开了，想着自己该怎么应对。就在这个时候，他突然看到小房间的红色地砖上，有一把点三二的手枪，那不是自己的枪吗？它应该放在自己房间的床头柜里，怎么现在居然出现在了这里？真是不可思议。

巴博简直不敢相信自己的眼睛，他蹲下身伸手去取枪，就在这时，黛安突然出现在了小房间的门口。她手里握着一把点三八的手枪，用一种冷冰冰的口吻命令巴博道："别动！"

巴博傻眼了："你……你为什么会在这里？"

"我就住在这里。我不是黛安，我是洛宾太太，我叫爱丽。"

巴博的脑袋顿时"嗡嗡"作响："你……对我撒谎？"

爱丽眨眨眼睛，微微一笑，说："是的。你太自以为是了，你以为我只会对丈夫撒谎，而不会对你撒谎？"

巴博气得简直要发疯："你……你为什么要这样对我？"

爱丽耸耸肩，两手一摊，说："开始只是好玩。但是你该知道，再好玩的东西也会玩厌的。所以当我又对另一个男人有兴趣时，我就想到用这样的方法来解决我和你之间的事。"

巴博长着一个聪明的脑袋，但这时他却怎么也弄不明白："你告诉我，这里到底发生了什么事？"

爱丽说："这里发生了可怕的事。我会这样告诉警察：小偷进屋行窃，他以为我和丈夫都外出了，可偏巧我们在家，于是小偷开枪杀死了我那可怜的丈夫，我在楼上听到枪声急忙下来，看到小偷正在我丈夫身边，我就开枪打死了他……”

啊，原来这地上的男子就是这幢房子的男主人洛宾！

这真是一个编织得天衣无缝的故事，既然爱丽早有准备，并且做了精心设计，连巴博那把放在床边柜里的枪都被她偷出来了，巴博还能洗刷得清枪杀洛宾的罪名吗？

爱丽得意地朝巴博咧嘴一笑，说："洛宾非常富有，现在我将继承他的全部财产，同时又除去了你。嘻嘻！"

巴博心有不甘："可你不是说过，只要我和你在一起的呀？"

"我从来没有说过。"爱丽说完，手指一扣，枪响了……

（改编：秦　昌）
（题图：箭　中）

阿木林升官

这故事发生在二十世纪七十年代中期。当时老百姓的住房比现在困难多了！

这一天，房管所分给金田农机厂三套公房，一大、一中、一小。得知这一喜讯，这家工厂的支部书记和革委会主任乐得眉开眼笑，你要我也要，四只眼睛都盯住了其中的一个大套。双方你争我夺，把造反劲头全用上了，整整吵了七七四十九天，谁也压不倒谁，但也总算达成一个协议，两人都不插手这事，成立一个分房办公室负责分配。

听说要选个分房主任，吓得厂里那些头头脑脑们出差的出差，生病的生病，溜个精光。这些人心里明白：书记和主任虽然以前都带一样的红袖章，可是彼此间钩心斗角，各敲各的锣，各唱各的调。现在是一个大套两人抢，不给哪个哪个跳。这个主任官衔，可真是老虎耕田——没人敢接。

眼看房管所收房租的通知急如星火，再拖下去，房权也要被吊销了，书记只好硬着头皮把主任找来，说："分房主任这个人选，想必老兄一定是胸有成竹了吧？"

主任一听，连连翻着白眼："老兄，你是一把手，自然先听你的喽。"

"你先说！"

"你先说！"

别看两人面上如此客气，心里都恨不得钻到对方肚子里摸摸底。

推让了半天，主任一拍大腿："咳！咱们何不学学三国里的孔明和周瑜，你我各将要挑的人名写在手掌心上，这样谁也不能反悔！"

书记跷起拇指连声说："老兄高见，就这么办！"

两人飞快地写好，喊了声："开包！"各自松开掌心，只见上面都写着"阿木林"三个字。

书记和主任一下子都明白了对方的用意，尴尬地笑了起来："哈哈，英雄所见略同，哈哈……"

阿木林是一个普通的机修工人，真名叫李长林，今年快五十岁了，长得又矮又瘦，像块老笋干。因为他平时总是低着脑袋躬着腰，沉默寡言不常笑，脏活累活尽他干，便宜享受轮不到，时间长了，大家都笑他这个人呆头呆脑的样子，叫他"阿木林"。

协议刚刚达成，书记迫不及待地来到阿木林跟前，双手一拱说："李师傅，恭喜呀！"

阿木林吓了一跳，两只眼睛瞪得老大："书记，我也有喜？"

书记故作神秘地朝四下看了看，说："哈哈，你当分房主任了，这次我可是费了九牛二虎之力才保举了你，可别让我丢脸哪。"

阿木林听了，头上直冒冷汗，连连摆手："书记，我这个人是香烟屁股——丢掉货，当官我可不会呀。"

书记更加高兴了："不要紧的，我当你的后台老板，到时候你听我的就是了。"

阿木林晓得书记要把自己当猴耍，低着头，哼哼哈哈地搪塞：“书记，我这个人怕老婆，此事得先回去请示请示。”

阿木林心事重重地回到家，把书记的话向老伴一传达，老伴高兴得忙给他斟酒：“哟嗬，鸭吃砻糠鸡吃谷，阿木林自有阿木林的福，这次当了分房官，可别忘了隔壁那个老陈头，他家七口人挤在十二平方的小屋里，早该分他家一个大套了。”

“哎，你、你……”阿木林舌头打结地说，“只有一个大套，书记、主任都摆不平呢，哪轮得到老陈头呀！”

“你不是分房主任吗？动动嘴就成了。”

阿木林苦笑着说：“你也太天真了，我是木头人做戏，不过是人家的替身，我再傻，这一点还是看得清的。”

老伴一听，叹了口气：“完结，老陈头又没希望了，老实人难道就没个出头之日？”

老夫妻俩正谈着，主任破天荒地找上门来：“啊哟，李师傅，辛苦辛苦，我要告诉你一个特大喜讯……”

“当分房主任是不是？书记已经告诉我了。”

主任听阿木林说已经知道了，便吃了一惊，赶紧扔过一支烟去：“抽支烟吧。”

阿木林接过烟，放到鼻子上嗅了嗅，顺手夹在耳朵上。

主任亲热地说：“李师傅，这次我们选你当分房主任，曲折不少，有些头头就是不相信群众，要不是我力争……唉，不说了，你心里明白就是了。”

阿木林摇了摇头，说：“唉，我这个人一没威信，二没能力，跑个腿还可以，这当主任，不是聋子的耳朵当摆设吗？主任，你另选一个吧！”

主任来劲了，胸脯拍得“嘭嘭”响：“李师傅，你放心，分房的事都听你李师傅的！”

阿木林一听，高兴得嘴都闭不拢：“主任真的要我尝尝当官的味道，我真不知如何谢你才好！”

“好了，好了，咱哥俩还分什么你我的，再说，我要一个大套，还不全仗你李师傅的大令吗！”

阿木林刚刚送走主任，书记跟着进了门：“哈，李师傅，你向老婆请示得如何了？”

阿木林满脸愁容：“唉，既然领导看得起，我就面疙瘩补锅——抵挡一阵子吧！”

书记大喜，刚要从袋里朝外掏烟，阿木林赶紧从耳朵上拿下烟来：“书记，请抽烟，这是主任刚送给我的。”

书记一愣，心中暗暗叫苦：主任真不愧是只老蟹，竟跑到我前头来争取阿木林了。他心里这么想，脸上像没事一样，说：“李师傅，这些年咱哥们相处不错，这次分房，我就不客气地直说了，那个大套，分给我儿子结婚用吧！”

阿木林又将烟夹到耳朵上，长长地叹了口气：“唉，书记，我这个人没出息，说出话来没人听，怕有力使不上啊。”

书记眼睛一瞪，神气十足地说：“我是干什么的？明天开会，我要当众宣布，分房都听你李师傅的，谁也不许插手！”

阿木林算是吃了定心丸，顿时有了精神，说：“既然书记下了保证，我就上，死人还管三块板，我一个大活人，这点小事还做不好？”

书记临出门前，亲热地拍着阿木林的肩膀说：“李师傅，你身体不好，我家还有两瓶大补膏，待会儿叫我儿子给你送来，冬令进补，立春打虎啊。”

阿木林受宠若惊，慌得连声喊：“不敢当，不敢当，让书记破费……”

书记一撇嘴，将话头打断：“哎呀，都是自己人，客气点啥！”

阿木林头点得像鸡啄米：“好，好，恭敬不如从命！”

第二天，书记、主任在全厂宣布了阿木林当分房主任的决定，又根据阿木林的建议，由他自己挑选了两个热心人当助手，鼓乐齐鸣，阿木林走马上任了。

这一天，阿木林找到书记，瞧瞧四下无人，便讨好地问：“书记，你中套、小套要不要？”

书记一听，眉头直皱：“我不是要大套吗？你可别乱套啊！”

阿木林恍然大悟：“噢，对对，书记要的是大套，不过有人说，根据分房条件，你最多分个小套。”

“谁说的？岂有此理！”书记气得面红耳赤，差一点要跳起来。

阿木林赶紧打圆场：“书记，我看干脆把一中一小先分下去，这样你就没了后顾之忧。”

书记惊奇地看了一下阿木林：“哟，你还真有两下子啊，好，先把那两套分下去。”

转过身，阿木林又找到主任，挺神秘地凑着他的耳根问：“主任，你要中套、小套吗？”

主任一听，急了：“我不是说要大套吗？”

阿木林点点头：“噢，主任也要大套，不过，这一中一小放在那里太显眼了，万一有人提议分你一个小套怎么办？”

“怎么办？”主任光火了，“先把中套、小套分下去！”

阿木林一听，乐得眼睛眯成一条缝：“好，我听主任的，先把那两套分了。”就这样，一中、一小两套公房顺顺当当地分了下去。

现在，大家的眼光全集中在最后一个大套上。书记、主任憋足了劲，群众也注意地看着这个任人拨弄的分房主任到底倒向谁。阿木林呢，以了解情况为名，整天东走走、西看看，但就是不提具体意见。

这一天，阿木林走在路上，被主任拦住了：“李师傅，这套房子怎么还不分啊？”

阿木林声音都走了调：“主任，就一个大套，书记要，你也要，前些天书记还送了我两瓶大补膏，我怎么拉得开这张老脸？”

主任越听越不是味儿，火就上来了：好嘛，兔子成精，比猫还厉害，原来是想敲我一记竹杠。再一想，现在是非常时期，阿木林真的要倒向书记，自己那个大套也就要不到了，罢！罢！等房子到手再找他算账，所以忍住火，强笑着说:“李师傅，我可没亏待过你呀，这房子的事，你心里该有杆秤呀！”说到这里，突然像发现新大陆似的叫了起来，“哟嗬，李师傅，天寒地冻的，你穿得也太单薄了，我家还有件皮背心，放着也占箱子，你先拿去穿吧。”

阿木林推辞半天，才咧开嘴笑笑：“好，好，恭敬不如从命！”

世上没有不透风的墙，主任送皮背心的事不知怎么很快传到了书记的耳朵里。书记慌了手脚，当下把阿木林找来，问道：“那个大套，你到底打算怎么分啊？”

阿木林心事重重地说：“书记，这些天，我是饭到嘴边不想吃，头上枕头合不上眼，真是愁死我了，有心想把那个大套给你，可主任那边怎么交账，唉，是不是派几个职工代表，上你们两家看看，谁困难就分给谁。”

书记一听，就像肠子发痒没处搔，心想：真是一个阿木林，我们住房有困难，还用得着你当分房主任？但话又不能明说，只好兜着圈子讲：“我知道你有难处，不过也就难这一次嘛，就算你得罪了主任，但我是不会忘记你的。”

阿木林一听，连连摇手：“主任我可得罪不起，天天在他手下干活，我不是自讨苦吃吗？

“别怕，给你换个环境嘛！”

阿木林问：“还要让我升官吗？”

书记心里直乐，先骗骗他再说：“嗯，领导有这个意图，不过还要看你在这次分房中的表现。”

阿木林“嘻嘻”一笑，说：“要升官就要升得比主任高，这样我就不怕他啦！好吧，书记放心，我一定让你称心满意。”

这一天，开完全厂职工大会，书记例行公事地问了一句：“大家还有什么事吗？”

只见阿木林在台下举起手来：“书记，关于那套房子的分配问题，我们分房办公室想谈一谈。”

书记一看阿木林直朝自己望，心里明白了：阿木林这个分房主任算是选对了！人一高兴，嘴巴也来了劲："对啊，房子拖了不少日子，是该解决了，李师傅，您老快请上来讲！"

主任开始一愣，但看看阿木林的神色，分明是在暗示自己放心，所以也热情地捧场说："李师傅就是秉公办事，不掺私情，上次分下去两套房子合情合理，全厂上下竟听不到一句反对话，不容易啊，不容易！"

书记心里直乐：你这个老蟹也有失算的日子，现在你唱高调，待会儿叫你哭都哭不出声来。为了不让对方反悔，书记又趁势接住主任的话头，硬硬地敲了几句："主任说得对，李师傅分房，就是让全厂职工放心，今天这个大套，李师傅说分给谁，就是谁的！"

主任看了书记一眼，不甘落后，也硬朗朗地表态："对，李师傅说了算，谁也不许提出异议！"

这时候的阿木林，新理的头发，新换的衣服，头昂起来了，胸挺起来了，腰直起来了，满脸红光，"噔噔噔"几步跳到台上，站在那里，竟不转过身来。

底下的群众乐了："阿木林，你怎么把背对着我们呢？"

阿木林只当不听见，仍然背着群众问书记："书记，你要大套吗？"

书记真是气糊涂了：你怎么连句门面话都不会说，上台第一句就问我要不要大套，当着这么多人的面，我怎么启口呢？没办法，只好含含糊糊地说："李师傅，你就实事求是地说吧！"

阿木林又问主任："那么你要大套吗？"

主任也吃不准这个阿木林想干啥，只好吞吞吐吐地说："这个，我家是有点困难，不过，你怎么想就怎么说吧！"

两个人都想叫阿木林为自己说话，阿木林真的转过身来说了："书记、主任都要我实事求是地把情况说一说，那我就说了。"

接着，阿木林就把这几天书记来找他几次，说些什么话，送些什么东西，主任又来找他几次，说些什么话，送些什么东西，一五一十全说了一遍。

书记、主任越听越沉不住气。书记一拍桌子："阿木林，你怎么好诬陷领导？我哪里为房子的事找过你啦？"

阿木林直喊冤枉："咦，书记，我是在实事求是地反映情况，帮你争取房子，让大家都知道你的要求，你怎么讲我诬陷你？"

主任也气得胡子直翘："你怎么能当着这么多人的面说我们的坏话，破坏干群关系？"

阿木林一跺脚，冲着主任喊道："主任，你这样讲真是冤枉我阿木林了！我说的可句句是实话，你们俩送我的东西还在我身上呢！"

说着，阿木林解开衣服，露出了一件皮背心，裤带上还插了两瓶十全大补膏。台下的群众看了哈哈大笑，书记和主任羞得面孔通红。

这时阿木林脱下背心，拿着两瓶大补膏，对书记、主任说："你们不要房子可以，那东西可得还你们。噢，对了，这里还有一支烟，是主任的。"说着把耳朵上的那支烟取了下来。然后双手一拍，如释重负地长长叹了一口气，说，"你们都不要房子啦，好，好，恭敬不如从命。那个大套，就分给全厂居住条件最困难的老陈头吧！大家有意见吗？"

台下齐声回答："没有！"

阿木林一本正经地说："书记、主任让我全权负责，这事就这样定了。我这个主任也就当到这里为止了。"

老陈头做梦也没有想到房子会分配给自己，笑得嘴巴都闭不拢。他心里想：像阿木林这样的人，总有一天会升官当领导的！

（吴　伦）

（题图：黄全昌）

姑娘别怕

一九七九年六月二十九日，上北京出差的抚顺电厂老工人安尉新师傅，完成任务之后，登上由北京开经塘沽的132次普通客车。他找到自己的座位刚刚坐下，就见一个二十七八岁的小伙子，安排一个老太太和一个二十五六岁的姑娘坐在自己的对面。就在这时候，广播喇叭响了："本次列车，马上就要发车，请送亲友的同志赶快下车。"

小伙子把手提兜放到行李架上，瞧了姑娘一眼，回头对老太太说："好，我下去了。"说完就走了。

当他刚要走到车厢门口时，这姑娘突然站起来，冲着那个小伙子喊了声："宋天龙，你过来！"

这个叫宋天龙的小伙子听见叫声，停住了脚步，转过身，但没有过来。姑娘又喊了一句："你过来！"

宋天龙好像是无可奈何的样子，慢腾腾地回到姑娘跟前："什么事？"

"过来，让我亲一下。"

宋天龙一听,脸"腾"地红了,急忙往后退了一步:"桂芝,你这是干什么?"

"你亲了我七年,现在让我亲你一下都不行吗?"

突然,站台上一声哨响,火车要开了,宋天龙转身就要走。就在这一瞬间,姑娘一下子扑过去,双手抱住宋天龙的脑袋,朝着他的鼻子"吭哧"就是一口,咬得朱天龙"啊呀"大叫一声,急忙捂着鼻子,冲下了火车。

车开了,可整个车厢都轰动起来,都为这个突然发生的事情感到奇怪。这时,坐在他们对面的安师傅,看着眼前突然发生的这一切,平刷刷的短发根根竖起,两道浓眉紧紧地拧在一块:这算什么名堂?!他一双炯炯有神的眼睛盯着这个年轻的姑娘。

这时,只见这姑娘拽起老太太的胳膊说:"你是我的婆婆,可你就不敢承认我是你的儿媳妇。你说,我是你的儿媳妇对吗?你说,你为什么不敢说?"

尽管这姑娘一再逼问,老太太像个木头人似的,一言不发。

这姑娘又问了一句:"你说呀!你不说,你为啥不说……"说着撒开手,"嗖",一头就朝窗口扑过去。多亏安师傅手疾眼快,一把拦住了姑娘,这才没有跳下去。

这姑娘瞪着大眼睛,盯着安师傅:"你是谁?你是谁?"

说完,她就放声狂笑起来,转身就要跑。安师傅急忙上前拽住,使劲地把她按在座位上。这时,这位饱经风霜的老工人,凭着自己丰富的阅历,对眼前发生的事情原委也猜出了几分。只见他对姑娘说:"姑娘,看来你是受委屈了!告诉我,到底是怎么回事?"

"告诉你?你能管这事吗?"

"能!姑娘,我就是专门管这些事的,你说吧。"

姑娘没有回答,两眼直勾勾地望着安师傅,"扑通"一声给安师傅跪下,伏在安师傅的大腿上就大哭起来。那哭声揪人心肺,叫人同情。安师傅急忙扶起她,让她好好说。

这姑娘一边抽泣,一边扭过头,用手指着老太太:"你问她呀,你问她!"

安师傅立刻站起来，严肃地盯着老太太问："你快说，这到底是怎么回事？"

老太太看了安师傅一眼，冷冷地说："这是我们的家里事，你甭管！"

一句话，把安师傅说得眼睛瞪得滴溜圆，还没等他张口，车厢里的人也都围了过来。车长、列车员、乘警和旅客，都七嘴八舌地指责老太太："快说，她到底是你的什么人？这到底是怎么回事？"

安师傅按住心头的火气，说："都要出人命了，为什么管不着！告诉你，我就是专门管这种事的！"

周围的群众也催她快说，老太太一看这阵势，才吞吞吐吐地讲起来，讲得不对的地方，那姑娘就接着说。就这样，她俩你一句我一句，大伙才听清楚是怎么回事。

原来，这姑娘叫宁桂芝。宋天龙的爸爸是个被错划的右派，"文化大革命"期间，全家被赶出北京，遣送到山东蓬莱的老家"劳动改造"。在他们处境最困难的时候，宁桂芝情愿背黑锅，爱上了宋天龙。两个人同舟共济，扶持着多病的老人，过着极为艰难的生活，虽说没有结婚，但已经好得像一个人似的。落实政策后，宋天龙的爸爸先调回北京了，村子里就议论开了："宋天龙早晚也得回城，他跟宁桂芝的婚事，早晚得黄。"宁桂芝一听也沉不住气了，她问宋天龙："天龙，到那时候你会变心吗？""净说傻话，在我最背气的时候，你能对我那么好，以后我进城了，怎么会忘记你呢？桂芝，放心吧，要是我跟别人结婚，你就送我两只花圈。"桂芝一听他这两句俏皮话，心里甭提有多高兴了。

宋天龙调回北京不久，宁桂芝就接到从北京来的一封信，还给她寄来一百块钱，说是让她到北京去结婚。这下，可把宁桂芝乐坏了，见谁跟谁说，大伙听了也都羡慕得不得了。临走那天，村里的乡亲们一直把她送上了汽车。

可宁桂芝做梦也没有想到，到北京后，她身上的喜气一下子给冲得一干二净！原来，宋天龙回城以后，已经另找了对象。他爸爸知道后，怎么劝也劝不住，实在没办法，才想出这么个绝招，写了封信，寄了点钱给宁桂芝，想把她从乡下接来，提前把婚事办了。可是宁桂芝来到北京之后，这小子干脆连家都不回，跑到别人家里去住了。这一下，把他爸爸气倒在床上爬不起来。可这老太太却向着儿子，所以想着法子要把桂芝骗回家，好了却这桩心事。宁桂芝经受了这场波折，心里哪里平静得下！一气之下，咬了宋天龙的鼻子，自己则要一死了之。

安师傅和车厢里的人听完这些叙述，气得牙齿都咬得咯咯直响。有的骂宋天龙是现代的“陈世美”，有的说宋天龙应当受到社会的谴责……

安师傅拉着宁桂芝的手说：“姑娘，你的心情我们都理解，我们都要为你说话！”说着，这位上了年纪的老工人，拿出纸和笔，在颠簸不停的车厢里给宋天龙单位的党组织写信，一口气写了整整八张纸！信的下面，端端正正地写上：“抚顺电厂工人安尉新”几个字。

周围的旅客一看，这个说：“安师傅，快把我的名字也写上！”那个说：“老安师傅，把我也添上！”一个老奶奶说：“这种没良心的人是该好好说他几句！老同志，你把我老太婆的名字也写上，我是人民公社的……”

看着这一切，宁桂芝心里一阵热乎乎的，两颗黄豆大的泪珠挂在脸颊上，情绪渐渐稳定下来了。宋天龙的母亲看到这情景，心里也有点害怕了，对着安师傅说：“专门管这事的同志，眼下这件事，是我儿子不好，可我做娘的，对他也是没办法呀！”

安师傅说：“可你应该想想，是否尽到了做母亲的责任！”

安师傅说着，把宁桂芝拉到身边坐下，给她讲起英雄人物对待生活挫折的故事，一直讲到塘沽车站。

下车后，安师傅把宁桂芝送出车站，临分手时，对她说：“姑娘，我还有事，不能送你回家了。”

宁桂芝一听，眼泪又忍不住流了下来。

安师傅转身对着宋天龙的母亲说：“这孩子交给你了，出什么事，我可要找你！”

老太太点点头，拉着宁桂芝走了。

安师傅望着她们的背影，心里说不出是啥滋味。他摸出袋里那封信，看看时间还早，就想找个邮局寄出去。刚走了一段路，突然听到有人说：“汽车站那边有人跳河啦！”

安师傅心里顿时“咯噔”一下，急忙转身朝车站跑去。

等他赶到那里一看，跳河的不是别人，正是宁桂芝！这时，她已被人救上岸。宋天龙的母亲见他来了，正要结结巴巴地解释，安师傅也顾不得她了，赶紧挤了进去，见人群里走出一个大夫，正在给宁桂芝做人工呼吸。

不多一会儿，宁桂芝慢慢睁开眼睛，发觉站在自己身边的安师傅，眼泪止不住一下子涌了出来。安师傅蹲下身，一边给她擦眼泪，一边问她：“姑娘，我不是跟你说好了吗，你为什么还是要走这条路呢？”

宁桂芝颤巍巍地说：“叔叔，我，我是没脸进村哪！”说着，又痛苦地哭了起来。

安师傅想起宁桂芝离开村子时，乡亲们欢送她的情景，心里什么都明白了。他慢慢地扶着她坐起来，对她说：“姑娘，没脸见人的不是你，而是宋天龙这样的人！”说着，拿出那封还没有寄出的信，对着宁桂芝说，“姑娘，你说，这信上签名的上百个人都和你认识吗？”

宁桂芝摇摇头。

安师傅又说：“可他们为什么都那么真挚地同情你，都要在上面签上自己的名字呢？姑娘，还记得那位农村老大娘的话吗？”

宁桂芝点点头。

安师傅说：“你可千万不能辜负他们的一片心意啊！姑娘，世界上天地大着哪！今天，又有多少事等着我们去做，我们难道能为这点事失去生活的勇气吗？！”

说到这儿，姑娘的头低下了。这时，安师傅掏出一个小本本，“唰唰唰”在上面写了一行字，撕下来递给宁桂芝：“给，这是我的通信处，以后有话你就跟我说吧。”

这时，人群里走出一个四十多岁的中年人，对着安师傅说：“老师傅，这一路上的事我都看到了。你是个热心人，值得我们大家学习。今天，送姑娘回去的事，你就交给我吧！”

几天以后，安师傅回到了抚顺。宋天龙所在单位的党组织来了一封信，说是组织上正在对他加强教育。安师傅见宁桂芝那儿没有信息，可真有点放心不下：这姑娘回到农村后，究竟怎么样了呢？一天，邮递员同志送来一封来自山东蓬莱的信，安师傅拆开一看，是宁桂芝写来的，顿时喜出望外，急忙把老伴找到跟前，一起念了起来：

安叔叔：

您好！我已经回到家里。现在，我是坐在大队党支部的办公室里给您写信。支部书记老王就坐在我的身边。

读到这里，这位老工人那颗悬着的心终于放了下来，深沉地对老伴说：“这些年来，尽管在我们的生活里遭受了许多令人痛心的创伤，可创伤终将会平复……”

（口述：张功升 整理：金洪汉 张广亮）

（题图：项 钢）

失足恨

1976年深秋的一个夜晚，从上海开往南通的“东方红四〇一”号客轮，准时驶离了大达码头。然而客舱里的秩序一时还平静不下来，因为“文化大革命”也革了等级制的命，原来的三等、四等舱一律改为五等统舱，谁先上了船，谁就可以抢个好位子。

在四等舱八号房间靠门边的一个下铺，半躺着一个二十来岁的姑娘，标准的上海人打扮，身边有个小手提包，脚后跟放着一只大旅行袋，看样子是到乡下走亲戚的。

这时，从门外进来一个年近古稀的老人，白眉白须，布鞋布衣，看上去像个没见过世面的乡下人。他见这个铺位上只坐着一个年轻姑娘，就问：“同志，这儿还有人吗？”

那姑娘却懒洋洋地只当没听见。

老人又提高嗓门问：“这里可以坐吗？”

姑娘不耐烦了："你没见那头还有个旅行袋吗？"这老头虽土却不傻，他将自己的行李放妥后，就坐到铺沿上，自言自语地说："年纪大了，腿脚不灵便，不是规定上铺坐两人，下铺坐三人吗？"姑娘无奈，只好往里挪了挪身子。

正在双方都感觉无聊、沉闷之际，却见那老头打了一个呵欠，抬起手腕，看了一眼手表："哟，都十一点了！"那姑娘不知是条件反射还是怎的，也抬起左手，瞟了一眼自己的手腕，突然"啊"尖叫起来："表，我的表！"姑娘一个"鲤鱼打挺"直起身子，一双大眼睛睁得滴溜滚圆，盯着那老人的左手腕，"你，你……"

"我，我什么？"老人莫名其妙地问，但马上像是明白了什么，干脆把左手一伸，手腕上亮出了一块金黄的女式手表，往那姑娘面前凑了凑，说："你是想看看这块表？进口货，我给外孙女买的。"

姑娘仔细一看，开口就骂："这表是我的，你这个老贼！"

这一声骂，把坐着、躺着的旅客全惊动了，他们都从铺上弹了起来，纷纷围拢过来。只见老人哈哈大笑，说："这表是你的？真的？"

那姑娘被激怒了："怎么不是我的！你这副鬼样子，还配戴这种表？"

围观的一个旅客看不过去了，说："你这姑娘年纪轻轻，怎么出口伤人，人家不是说给外孙女买的嘛！"

这老人还真有修养，仍然和颜悦色地问那姑娘："你说这表是你的，有什么根据？"

姑娘也把左手一伸，说："看，这表带的印痕还在手腕上呢！你是怎么偷去的？说！"确实，姑娘手腕上是有钢表带的印痕。

但这老人却异常镇静，扫视了一下围观的群众，然后对姑娘说："这块表是我刚向人家买来的，九十八元钱呐！"

"胡说！"姑娘嚷了起来，手指差点戳到老人的鼻尖上，"这块表九十八元钱买得到？"

人群中一个男青年也帮腔说："是呀，叫大家说，这种女式镀金手表，九十八元钱买得到吗？真是吹牛不打草稿！”

这时，随船的乘警过来了，只听老人仍对那姑娘说：“你也不想想，如果我偷了你的表，还会坐到你旁边？还会在你面前看表，天下有这么傻的贼吗？”

一席话问得那姑娘张口结舌，不知如何对答。乘警了解了情况后，问老人：“这表是你的？”

老人点点头。

“什么时候买的？”

“是刚才上船时，一个青年卖给我的。”

“噢？你不知道手表不可以私人买卖吗？现在怎么说得清楚？”

“没关系，这卖表人也在船上。”

“噢，在哪儿？”乘警急切地问。

老人还是缓缓地回答:“就在这儿！”说着,指着刚才那个帮腔的小青年,“就是他！”

“啊？”那小青年一下愣住了，忽然冲上来，咬牙切齿地喝道，“好呀，你这个‘草上飞’，旧社会大名鼎鼎的江洋大盗，在劳改农场几十年，贼心还不死，现在还要血口喷人！我什么时候卖过手表给你了？”又转向乘警说，“同志，我是大丰农场的知识青年，认识他，你别听他的鬼话。”

只见老人微微一笑，对乘警说：“同志，我是大丰农场老职工，名叫曹尚斐……”

那姑娘又嚷了起来：“你承认自己是贼，为啥又诬赖好人？”

乘警一面听他们讲，一面仔细观察着他们的神态，脑子里飞快地分析着，他问老人：“你说这表是他卖给你的，有什么证据？”

曹尚斐不慌不忙地说：“我记得很清楚，我那九十八元钱是五张十元的，九张五元的，一张二元的，一张一元的。那张二元的当中是用玻璃纸粘起来的。不信，钱还在他身上。”

那小青年一听，脸色陡变，一只手本能地按了一下两用衫右下口袋。

这一细微的动作，哪里逃得出乘警的眼睛，他当即叫青年把那只口袋的东西拿出来，果然是一叠现钞，点一点，不多不少，九十八元。那张粘过玻璃纸的二元更是铁证。那青年垂下脑袋，哑口无言。忽听姑娘哭了起来，冲到那青年跟前就捶打起来："好哇，小豆，你这个没良心的……"

青年边招架边说："艾莉，你听我说……"

这一来，围观的人才恍然大悟，纷纷说："哟，搞了半天，他俩是一对呀！""好了好了，一手退钱，一手退货，这事好了结了。"

不料曹尚斐却对乘警说："同志，这钱确实是我的，得还我，但这表是不是暂由你保管，等验看了发票再作决定？"

刚要散开的人群一听还有文章，又站住了。乘警也正想进一步查询一下，一听曹尚斐的建议，就点点头，问姑娘："你有发票吗？"

"谁会把发票带在身上！这是我的表，应该还给我！"

乘警想了想，说："好吧，那你把工作证给我看看。"

"看吧！"姑娘赌气地打开手提包，看也不看，随手掏出一只紫红色的塑料皮夹子。那姓豆的青年一见，连忙干咳了一声，那姑娘低头一看，脸色"刷"变了，触电似的想将皮夹子扔回包里，被曹尚斐抢上一步夺过来，递给乘警，说："同志，这钱包不是她的。"

那姑娘扑上来要抢，被乘警喝住，打开皮夹子一看，里面有一张南通某纺织厂的工作证，照片上是一个戴眼镜的三十多岁的女同志。

"你在哪个单位工作？"

"公交公司售票员。"

曹尚斐一听，忽地一拍大腿，问："是在八十六路公共汽车上卖票吗？"

姑娘恐惧地点了点头，身子不由自主地颤抖着。

曹尚斐自言自语地说："原来是这样，我明白了。"

可是大伙却越听越糊涂了。有人就问曹尚斐："你怎么知道这钱包不是她的？"

曹尚斐说："我不仅知道这钱包不是她的，还知道这手表也不是她的，而且也不是那个青年卖给我的……” 接着，曹尚斐就讲了事情的经过。

原来，在上船的时候，为了抢到好位子，不少人争先恐后，码头上十分拥挤。曹尚斐突然发现小豆掏了前面一位抱小孩旅客的皮夹子，悄悄递给艾莉。曹尚斐本想当场捉住他，但怕秩序一乱，有人会被挤下舷梯，造成伤亡；他看到小豆拎着一只大旅行袋，也像要上船的样子，心想：等到了船上再说吧！想不到小豆却早已打上曹尚斐的主意，因为曹尚斐袋里的一叠钞票，在检票时露过眼。当两人并排时，小豆轻而易举地就将钱捞到了手。曹尚斐将计就计，假装不知，等后面艾莉挤上来时，他也来了个顺手牵羊，将她戴在手上的表给摘了下来，心里暗暗好笑：你小子偷到祖师爷头上来了，今天非要好好教训你们一下不可！于是，他一直注意他俩的行踪，直到开船，才导演了刚才那一幕活报剧。

人们听到这里，都不敢相信，眼前这个土里土气的干瘪老人，居然有这么大本事？又听曹尚斐继续说：“同志们，在旧社会我是个大盗，但那是被逼上梁山的。为报杀父之仇，我宰了恶霸，逃出家乡，官府到处通缉我，我无处安身，只得浪迹江湖，号称‘草上飞’。后来解放了，我受党的政策感召，决心洗手不干，主动投案，得到宽大处理。政府不但不歧视我，还把我分到劳改农场工作，让我现身说法，管教罪犯。我深深感到旧社会把人逼成鬼，新社会把鬼变成人！小豆啊，你真是身在福中不知福，好生生的人不做，偏要做这等鬼事！可耻啊！”说到这里，曹尚斐动了真情，泪水在眼眶里打转。

忽然，他又转向艾莉：“姑娘，看得出你是不久前才被人拉下水的，俗话说，一失足成千古恨啊……”

艾莉听到这里，忍不住失声痛哭起来：“我真糊涂，真不是人啊！”突然，她一个箭步冲出人群，向船舷扑去，被船上女服务员一把拖住，带到轮船办公室去了。

那些围观的旅客好奇地问曹尚斐：“你怎么知道她是八十六路汽车上的售票员？”

曹尚斐说：“不久前，我给外孙女买了块和这一模一样的手表，但一周前在八十六路汽车上被人扒去了。奇怪的是，当我外孙女发现手表被人摘去，一声惊叫以后，那车上的女售票员立即关闭了车门，让司机直放公安局。车上乘客一个没少，可就是查来查去没查着。”听到这里，小豆猛地抬起头来，对乘警说：“同志，那块手表是他外孙女的，那天在车上正是我偷的，失主一叫喊，艾莉就关了车门，我下不了车，灵机一动，就趁她不注意，将表塞进她的口袋里。事后，她没将表上交，我再去找她，借此胁迫她跟我合伙。”

小豆讲到这里，突然跪倒在曹尚斐面前，说：“老人家，我有眼不识泰山，您肯收下我这个徒弟吗？”

这个举动实在突然，弄得曹尚斐手足无措：“这算什么意思？要跟我学本事？”

“不，我拜您为师，是要学您痛改前非、重新做人的决心和勇气！”他怕人家不相信，又说，“我的年纪还轻，现在‘四人帮’被打倒了，我爸爸的冤案迟早会搞清，我决心重新做人！”

曹尚斐为难地说：“旧社会，我徒子徒孙确实不少，可新中国成立以来，我还没收过一个徒弟……”

乘警接过话茬说：“老曹同志，我看可以收，应该欢迎他痛改前非嘛！”

“可怎么能使我相信你的诚心呢？”曹尚斐还在犹豫。

小豆鼓起勇气，将铺位上的一个大旅行袋拎到乘警面前，说：“这就算我的一片诚心吧！”他打开包，嗬，包里五颜六色，琳琅满目。小豆说：“这些全是赃物，请乘警同志把我交有关部门处理吧！”

“好小豆，有决心，我收下你这个徒弟了！”曹尚斐说完，大伙都会心地笑了。

（刘松林）

（题图：庞先健）

扁担村抬出的棺材

杀猪风波

扁担河是从大山中流出来的一条溪流，扁担河边有个村子叫扁担村，村子不大，住着三四十户人家，过着安稳富足的日子。腊月二十这一天。村民何三决定杀头肥猪，卖一半吃一半，过个肥年。

何三今年五十多岁，身体健壮，做啥事都要算计算计，是村里出了名的“人精”。这天一早，他请来了杀猪的秃老五,一起到猪圈去抓猪。哪知进猪圈一看，发现要杀的猪不见了，他忙屋前屋后、村里村外找，怎么也不见猪的影儿，他慌了，两百多斤的肥猪，一千多块呢!

何三正在焦急，他老婆跑来问，锅里水凉了，要不要再把它烧滚?何三气得冲老婆发火道:“烧你娘的头!猪都跑了，水烧滚了烫你?”

老婆不服气，嘀咕道:“猪跑了，还不是你干的好事!为了省两瓢糠，打昨晚起就不让我给猪喂食。猪饿坏了，不跑才怪呢!我这就回去烧水，猪烫不了，就烫你这缺德鬼！”

村里人闻知此事，都笑何三精明过头，为省两瓢糠，丢了头大肥猪。

何三没话说，想想也后悔。有人就对他说："你到各家猪圈看看，说不定这猪饿了，闯进人家猪圈抢食去了。”

于是何三挨家挨户看猪圈，都不见猪的影子，最后来到余业家。去不去他家猪圈看，何三犹豫了。因为他和余业有隔阂。那是二十年前，何三赖了余业家两只鹅。余业一直耿耿于怀，两人见面，从不说一句话。今天，何三本不想去，但又不死心，便打算悄悄去余业家猪圈看一眼。

哪知还没等何三接近猪圈，就见余业几步蹿到他跟前，铁青着脸问："干什么干什么？鬼鬼祟祟的！”

何三说："我家猪跑了，我在找猪。”

余业仍没好脸色，说："你看见你家猪跑进我家猪圈了？”跟着又大着嗓门喊道，"告诉你何三，一头大肥猪可不是两只鹅，想赖就赖过去的！你想看？行！但必须当大伙面说明白，这里没有你家的猪，不许再耍赖！”

何三见余业翻出旧年丑事，便有些气短，更怕人围观看笑话。于是就说："余业，我不跟你嚼蛆！不就是一头猪嘛，有它没它我不在乎！不像人家小肚鸡肠。”说完便气鼓鼓地回家了。

余业见气走了何三，觉得今天出了一口气，心里畅快极了。那年余业家养了两只鹅，在河滩上放时和何三家的鹅混到一起了，后来又被何三赶回家，余业上门去讨，何三不但不承认，赌咒骂祖宗，还操起铁锹，说余业你敢捉我的鹅，我就劈了你！余业退让了，可这气一憋就是二十年。

晚上，余业躺在床上想起白天气走何三的情景，越想越高兴：想到美处，突然喊一声："杀猪！何三你这小子，这回看我杀猪过年吧！”喊罢从床上一跃而起，决定连夜杀猪。

老婆劝道："我们又没孩子，老两口过年还要杀头猪？我有高血压，可吃不了多少肉！”

余业说："高兴了就杀！自己吃不了，就便宜卖给乡亲。我已决定杀猪，你别拦我。”

老婆见拦不住，就提醒道：“快过年了，屠户的生意都特别好，不提前预约，深更半夜的你去请谁呀？”

余业想了想，就说：“我去请老歪！”

老歪原来是乡里的“一把刀”，曾红遍整个公社。如今老了，村里人杀猪几乎都不请他了。今晚见余业上门来请，挺激动的，爽快地答应了。

到了余业家，老歪想大显身手，可是心有余而力不足，老眼昏花，手忙脚乱，捅了十多刀才将肥猪杀死。肥猪临死时的惨叫声，挠得扁担村的村民半宿没睡好觉。

第二天一大早，人们见余业家门口挂着两大块白白净净的猪肉。余业虽然一夜没合眼，但仍精神抖擞，笑着对大伙说：“过年高兴，杀头年猪，吃不了多少，就便宜卖给大伙，没现钱，赊着也成。”

一问价,还真比市场上便宜。大伙儿先有点儿疑惑,后一经点破,乐了:“余业，你老家伙真叫缺德！你杀猪不是明摆着气人嘛。”说笑间，肉一挂一挂地拎走了。

余业卖完了肉，钱多钱少他无所谓，图的就是赚个好心情。

何三也是一夜没合眼。丢了猪又遭余业抢白了一顿，自然睡不着，想起那年赖了余业家两只鹅，也感到后悔：两只鹅值几个钱？竟厚着脸皮做了。唉，那是穷逼的呗。可是，余业这老家伙也没多大出息，为这小事竟记恨我二十年。

早上何三披衣下床，立到门口，见不少人拎着大挂小挂的肉从他家门口过，便知村上有人杀年猪了。于是问：“村上哪家杀年猪了？”

村里人便望着他笑道：“你猜呢？”

何三说：“猜不出来，反正半夜听到猪叫了。”

村里人告诉他：“是余业。便宜呢，每斤比市场上便宜一块钱。你想买肉趁早，要不一会儿便没了。”

何三一听是余业昨夜杀了猪，火便上来了：狗日的余业，存心气老子呢！

老子丢了猪，你幸灾乐祸！何三觉得好没面子，又进房，钻进被窝睡觉。可睡又睡不着，就披衣坐起看电视。心里烦，电视看不下去，关了电视再睡。睡不着再爬起来看电视，就这样反反复复，折腾没完。

祸起小人

就在何三烦恼时，有个人闪身进来。此人名叫土豆，三十来岁。别看他长相不赖，名字也挺朴实，却是全村出名的懒虫。土豆父亲去世早，他的瞎妈妈千辛万苦把他拉扯大，实指望老了有个依靠，谁知竟是个逆子，是全村人见人厌的痞子无赖，所以，何三见土豆进来了，连招呼也不和他打，只顾抽烟看电视。

土豆也不在乎，径自走上前，从何三的烟盒里抽出一支烟来，叼在嘴上点着，说："我说何叔，你还有心思待在屋里看电视？"

何三横了他一眼，说："丢了头猪就该哭丧个脸？不就千把块钱，有什么了不起！"

土豆在一旁坐下，笑道："你何叔有俩钱我知道，可不该这么窝囊，猪让人家偷杀了，你却躲在家里，大屁都不敢放一个。"

何三一骨碌跳下床，忙问："你是说我的猪让人家偷杀了？谁？谁偷杀了我的猪？"

土豆见他这样就故意卖关子不说，把个何三急得在屋里团团转。土豆见火候到了，才告诉他，是余业。

何三问："你看见了？"

土豆一笑，说，"这还要亲眼看见？明摆着的事。"

何三摇晃着脑袋，手指点着土豆说："土豆你这狗日的没安好心，当年你见余业无儿无女，硬缠着要给人家当儿子，想以后吞一笔家产，可人家不要。你便一直怀恨在心。今天你想出这么个招来，挑我和余业干仗，你在一旁看笑话。嘿嘿，我五十多岁了，还会让你耍了？"

土豆不急也不辩，慢条斯理地说："昨天，你是不是全村人家猪圈都找遍了，就余业家猪圈没看？"

何三说："虽没走近看，但远远瞧见余业家猪圈门是铁栅栏，又高又坚固，猪是不可能闯进去的。"

"哈哈，要是人家把铁栅栏先打开，把在外面的猪往里赶呢？"

何三忙说："这么说，你看见余业把我的猪往里赶了？"

土豆笑笑，不说看见，也不说没看见："你想，余业为啥半夜杀猪呢？为啥请老歪杀猪？不就因为老歪老了，糊涂了，说明他心中有鬼嘛！"他见何三脸上的肌肉在抽搐，就越说越来劲，"再说，余业本是个小肚鸡肠小气鬼，想当年为了两只鹅和你吵死吵活，这次倒好，猪肉半送半卖，自己的猪，他舍得这么干？"

何三惊道："这么说，余业半夜杀的就是我丢的猪！"

土豆火上浇油地说："就你蒙在鼓里。大伙心里都明着呢！"

"何叔，你要是还不信，再去问问老歪，他昨天杀了怎样的猪。"

何三再也坐不住了，急着要出门去，土豆一把抓住他，说："何叔，你能不能给五十块信息费？"

何三说："如果真是这回事，别说五十，六十也给！"

土豆一听，高兴得差点跳起来。土豆真是个无赖，今天上门找何三，就是为了出心中这口恶气。原来，早上土豆见余业便宜卖肉，便也赶去要赊二十斤。谁知别人赊都成，就他土豆这个远房侄子赊不成。别说二十斤，二斤余业也不干。余业说，赊给你，以后找你要钱得喊你爹了。你要实在馋得慌，那边还有条猪尾巴，拿去塞塞喉咙。

土豆气得眼珠直翻，可又没办法，最后还是把猪尾巴拿走了。在回去的路上，土豆越想越恼火，发誓要让余业栽个大跟斗。

按下何三找老歪不表，且说，这天晚上，余业在家和村民组长黄聋子喝酒，正喝得高兴，何三推门进来，一脸令人捉摸不透的笑。

黄聋子见余业有些发愣，赶忙立起身，说："何三，来喝一杯。余业杀了猪，我们吃大户……”

何三不理睬黄聋子拉扯，阴着脸，走到余业面前，从口袋里掏出两百块钱往桌上一放，说：“那年我赖了你家两只鹅，的确不对。当时两只鹅顶多值十块钱，我现在连本带利赔你两百，这事我们就两清了。”

余业见何三来说的就是这事，不屑地昂了昂头，接着搛了块肉塞到嘴里，然后含糊不清地道：“早知如此，何必当初。”

何三不急不慢，掏出一根烟扔给黄聋子，又掏出一根自己点上，说：“现在，轮到我说了，昨夜有人偷杀了我的猪！”

余业一怔，紧接着跳起来：“你是说我杀的猪是你的？”

何三不屑道：“这不仅仅是我说的。心里要是没鬼，昨天为啥不让我看猪圈？心里要是没鬼，为啥半夜偷偷杀猪？心里要是没鬼，为啥那么便宜卖肉……”

余业气得直哆嗦，手指何三：“你给老子滚出去！”

何三冲着黄聋子说道：“黄大组长，你给我说个理！狗日的余业昨夜偷杀了我的猪，我该不该来找他要？”

余业也冲着黄聋子喊道：“狗日的何三说我偷杀了他家的猪，这不是欺负老实人嘛？你黄大组长得说句公道话！”

黄聋子耳虽有些聋，但余业和何三的争吵还是听明白了，明白了就为难了，他觉得不好说，只得尴尬地轮流朝余业和何三笑，最后语无伦次地解释：“你们也知道，这村民组长是大伙都不愿当才让我当的。嘿嘿，就像我的耳朵，是个摆设呢！你俩有话好好说，有话好好说。”说完便起身朝外溜。

争吵声引来了不少村民，何三更来劲了，冷笑道：“我白天丢了猪，你半夜就杀了猪。我丢的猪，尾巴是白的，你杀的猪，尾巴也有白毛，世上有这么巧的事吗？”

余业这下反而有理了：“我杀的猪一色黑，谁说尾巴是白的？你给我讲出来？”

何三说：“要证人？有！”说罢，出了门，不一会儿，就把老歪拉到余业家。

原来，何三听了土豆的话，马上就请老歪吃饭，酒喝到一半何三问老歪："昨夜你帮余业家杀猪了？"

"嗯。"

"那猪尾巴是不是白的？"

老歪不清楚何三丢猪的事，自然不知何三这么问的用意。想到早上土豆来找他，说他老歪杀猪就是不行，连尾巴上那点白毛都刮不净，害得他吃那猪尾巴卡了喉咙，难受得要命，硬逼着老歪赔他一瓶酒润润喉咙。于是，老歪便笑着说："那猪尾巴还真是白的，因为猪毛没刮净，害得我赔了土豆一瓶酒呢。"何三自认为有了证据，就气势汹汹地找上门来了。

余业见到老歪，气愤地说："老歪，我什么地方得罪你了？昨夜我明明让你杀的是我自家的黑猪，哪来白尾巴？老歪，你还让不让我活？"

老歪觉得事态严重了，仔细想想，昨晚杀的猪好像不是白尾巴，于是忙说："对，昨夜我杀的猪是黑猪……"

老歪话还没说完，何三忙过来喝道："老歪，说话可不能像放屁！中午，你不是亲口跟我说了，昨夜你杀的猪是黑猪，那尾巴是白的，这才过了几时？怎么就变卦了！"

老歪脸一阵红一阵白，怎么也想不起来昨夜杀的猪，猪尾巴到底是白的还是黑的！他哭丧着脸说："我求求你们了，别再问我了，我老糊涂，什么都不知道。这儿跟大伙说了，我以后再也不帮人杀猪了！"说完急急出门溜了。

余业说："何三，老歪可没说我杀的猪是白尾巴！"

何三反唇相讥："余业，老歪可没说你杀的猪不是白尾巴！"

这时，有人过来说："余业，你那猪尾巴不是给土豆了吗？让他来做个证人。"

于是人们叫来土豆，土豆装着什么都不知道："干啥呢！干啥呢！不就吃你余业一条猪尾巴吗！下肚了，难道还让我吐出来？真是！"

余业说："土豆，你给说说，叔送给你的那条猪尾巴有没有白毛？"

土豆说："原来是这事！不说便罢，一说我还生气。老歪真不中用，尾巴上那点白毛都刮不净，卡得我喉咙到现在还疼……”

众人都议论起来，余业听了差点背过气去，手哆嗦着点着土豆骂道：“畜生！你满口喷粪！”说着抡起拳头要打。土豆见了，一溜烟便跑了。

何三得意地说：“余业，你也不必耍赖了。那猪是自个跑到你家去的，就算是你帮我杀的行了吧。你吃了，留下的杂碎也就算了，但你卖的肉钱必须给我！我了解了一下，你一共卖了八百多块钱。怎么样？我给你两天时间，你只要把钱还我，这事就像没发生一样。人家问，我就说，我忙，余业帮我杀了猪。”说完，扭头就往外走。

余业气得血往上涌：“何三你这无赖，休想诈我一分钱！”

何三说：“我是看在同村人分上，给你个面子，你别以为何三真是熊蛋！”

余业一时不知该怎么办，抬头见何三丢在桌上的两百块钱，便抓起砸向何三：“带走你的钱，我跟你没完！”

何三不气不恼，弯腰拾起钱说：“先还两百？也行！还差六百。”

余业操起条板凳冲出来，被围观者上来拉住。何三嘲笑道：“你让他砸，他敢！偷瓜的还真比看瓜的胆大。”说完，得意地走了。

受辱难平

余业又气又恼，无可奈何之下去找黄聋子，说：“大小你是个村民组长，你得替我说句公道话。他何三丢了猪，我余业就不能杀猪？杀就是杀他丢的猪？天下哪有这么不讲理的人？”

黄聋子为难地说：“这事不但我，大伙都不好说。他何三丢了猪是事实，你余业杀了猪也是事实。错就错在你不该半夜杀猪；错就错在你不该请不中用的老歪替你杀猪；错就错在你不该把猪尾巴给了土豆……”

余业叹气道：“唉，两天已过了，何三真要找我要钱，我怎么办？”

黄聋子问：“你给不给呢？”

余业说：“我没杀他猪怎么能给他钱，一给钱，不是承认自己偷杀了何三的猪吗？”

黄聋子想想是这么回事，于是叹了口气，给余业出了个主意：“你到乡上找政府反映，让政府处理，摊着谁是谁！”

余业觉得这是一个解决的办法，就辞别了黄聋子，可是走到半道上犹豫了，心想：他何三说不定是放狐狸屁，并不真的找我要钱。我现在到乡上，闹得风风雨雨反而不好，再说，到乡上我没熟人，两眼一抹黑，找谁？这么一想，余业决定回去。他想，只要何三不找自己要钱，听两句气话就听两句气话，忍一忍，同一个村上，自己又无儿无女，何必结一个死对头呢！

哪知余业刚回到村口，就看见何三虎着个脸立在那里，旁边还有不少围观的村民。余业顿时感到头皮发麻，想调头回走，可又觉得那样倒让人怀疑自己真的偷杀了何三的猪，心虚了，于是就硬着头皮往村里走。

何三上来拦住余业：“两天期限到了，你得把钱拿出来！”

余业涨红了脸：“我杀的是自家猪，干吗把钱给你？”

何三恼怒地说：“婊子卖淫被捉还说是在谈恋爱呢！我理解你的心情，人活一张皮嘛。所以我才说，你是帮我杀了猪。”

余业吼道：“何三！你别想钱想疯了，欺人太甚！”

何三也吼道：“钱算什么东西？现在谁也不缺那两个小钱！你既然不要脸皮，那我就成全你。”说着从身后拿出一条早已准备好的女人裤头，出其不意地套在余业头上。

余业气急败坏地扯下裤头，跃起来就和何三拼命。可他又瘦又小，哪是人高马大的何三的对手，众人一见忙上前把他俩拉开。谁知何三又突然冲上来，从背后抱起余业，身体一旋，猛地把他扔到路边河沟里，嘴里还骂着：“狗日的余业脸皮值不到六百块，扔到沟里洗个冷水澡，正好补平了。”说完，气咻咻地走了。

人们把浑身湿透的余业送回家，余业躺在床上，不吃不喝。他气恨难平，平白无故遭受这难言耻辱，以后还有什么脸面见人？不如一死了之。余业要寻短见，可吓坏了他老婆，老婆哭着说：“你要是有个三长两短，丢下我这孤老婆子还怎么过？倒不如和你一块死去。”望着自己老伴，余业禁不住老泪纵横，可要活下去，就必须洗清自己的耻辱。他一夜未睡，思来想去，最后决定到乡上找政府处理，他相信政府会为自己主持公道的。这天一早，余业强撑着吃了几口饭，拖着虚弱的身体到几十里外的乡政府去讨公道。

余业气喘吁吁地来到乡政府大院门口，经卖烟老汉的指点，他小心翼翼地走进乡政府那崭新的大楼。大楼走廊非常宽畅，大理石铺就的地面，光滑明亮，余业找了好久，才找到综合治理办公室，见门开了一道缝，他刚把头从门缝里探进去瞧，猛地听见里面有人粗声大气地喊：“让你回去讨钱就讨到现在？再迟一会儿，加罚五十！”

余业吓得赶忙把头往回缩，里面那人走过来猛地把门拉开，见是余业，便问：“你找谁？鬼鬼祟祟的，我还以为是来交罚款的刘半仙呢！”

余业忙说：“我不是刘半仙，我是扁担村的余业，来找综治办张主任反映情况的。”

那人回到桌前坐下，哼一声算是应了，然后继续忙自己的活。

余业估计对方就是张主任，就忙上前一步诉说起来，说着说着眼圈儿红了，抽泣起来。

张主任抬起头来，说：“你先回去，这事我们一定严肃处理，大肥猪被人偷杀了可不是一件小事情！”

余业急了：“不是这样的！何三说是我偷杀了他的猪。”

张主任笑了：“你是来自首的？很好，我们可以少罚点。”

余业更急了：“何三家猪丢了，硬说是我偷杀的。其实我根本没偷杀他家的猪。”

张主任恼了：“你没偷杀就没偷杀是了！人家猪丢了都不来找我们，你来搅和什么呢？”

余业说：“他何三认准是我偷杀的，要我赔。”

张主任问：“那你赔了？”

余业说：“我才不会那么傻，他让我吃屎我就吃屎！”

张主任说："那不就得了！"

余业说："他狗日何三见我不赔，要不到钱就羞辱我，把女人的裤头套到我头上，大冷天还把我扔到河沟里……"

张主任正在喝水，听了这话，笑得一口水便喷了出来。余业见他笑，心里很不是滋味，但他仍继续说："请政府给我做主！要不我真没脸活了。"

张主任止住笑，说："好，好，我们给你做主！我们给你做主！"

就在这时有人进来找张主任。张主任就把余业送出门，然后"呯"一声把门关上了。

余业还要问问张主任什么时候下去为自己做主，正要推门，听到里面笑声阵阵，只听那张主任对来人说："你说有趣不有趣，刚才来的那老农，说他村上有家丢了头猪，怀疑是他偷了，要他赔，他不赔。那人便拿女人裤头套到他头上，又把他扔到沟里……"

来人笑着问："这事你也管？"

张主任笑道："快过年了，谁还忙这等小事？烦人呢！如果真是他偷的，套下女人裤头，下沟洗个澡，也赚了；如果不是他偷的，套下女人裤头什么的也不伤皮肉。"

余业听了，肺都气炸了，举起拳头要擂门，但拳头举到半空停了，心想：求人家的事，人家不愿替你操心，你还能怪人家？谁叫你余业活着这么贱，毕竟是个无脸面的人，谁瞧得起？想到这，余业泪水"哗"直往下流。他艰难地走出乡政府大楼，来到集市上转了半天，最后买了两包老鼠药。

悲愤成疯

余业在外面徘徊了一天，到天黑才失魂落魄地撞进家门。在家等得心焦的老婆见他这副模样，吓了一跳。忙问他到乡上政府怎么说了？余业紧闭双眼不作声，泪水却滚滚下落，老婆见他手里攥着老鼠药，吓得哭喊道："你吃老鼠药了？！你怎这么想不开呀！你死了还让我怎么活呀！还剩没剩？让我吃了和你一块死！”说着就去抠余业的手。

余业慢慢睁开眼，有气无力地说：“活着受人欺，没意思透了。我还没吃，我不想死在外面。”

老婆终于夺下余业手里的老鼠药，说：“我们不能死！死了反显出我们理亏，我有个法子，那就是我们去找何三丢的猪。大白天的，那么大一头猪，又不是个老鼠，怎会说没就没了呢？”

一听此话，余业一跃而起，连拍自己脑袋：“我怎没想到这！现在就去找。我要是找到何三丢的猪，就把屎糊到他脸上去！”

于是，余业和老婆就白天黑夜地找猪，夫妻俩累得憔悴不堪。

村里人见了都非常同情，大家劝他：“余业，你这是何苦呢？”

余业说：“现在只有找到那白尾巴猪，才能还我清白。”

村里人都说：“不找了吧，反正何三现在又不要你赔了。”

余业血红着眼睛吼道：“我要争这一口气！等我找到白尾巴猪，我就把屎糊到何三狗脸上去！”

望着余业跌跌撞撞的背影，村里人都不由摇头叹息。

余业夫妻俩整整找了几天几夜，连个猪影子也没见，找不到猪，余业显得焦躁不安，躺在床上，两眼睁得大大的，望着屋梁直发愣。渐渐地，他的大脑觉得像要炸开来似的，越来越痛。这天深更半夜，他突然爬起来，拿起手电直奔荒坟山而去。

天快亮时，余业老婆被一阵拍门声惊醒，见床上余业不见了，忙起床拉开门。余业一头闯进来，只见他蓬头赤脚，满脸血污，衣服被磨得破破烂烂，嘴里兴奋地喊着：“找到了！找到了！白尾巴猪找到了！”

老婆一听，惊喜地问：“找到了？在哪找到的？”

余业边笑边说：“在荒坟山那山洞里。这狗日的白尾巴猪见到我要跑，我拼命追，终于把它捉住了！”

老婆忙把头伸到门外问：“猪在哪？千万别让它再跑了！”

余业得意地说：“它跑不了了，我把它捉在手里呢！”

老婆惊疑地往余业手里一瞧，只见余业手里提着个死老鼠，老鼠尾巴是白的。

老婆“哇——”一声哭得背了过去。

余业疯了，他整天提着那条白尾巴老鼠站在村口，见一个人拦一个人，然后絮絮叨叨说道：“我说我余业没杀他何三的猪，是吧？他的猪跑到荒坟山山洞里去了，亏得我把它找到了，要不我得背一辈子黑锅了，你们瞧，这大肥猪是不是白尾巴？”

何三见余业疯了，心里有些不安：难道猪真的不是余业偷杀的？这天夜里，何三躺在床上翻来覆去想这事，忽听有人敲门，拉开门，便见一个灰头灰脸的人闪进来，仔细一瞧，见是土豆，何三有些不高兴地问：“深更半夜的，你跑来做什么？”

土豆也不管他何三高兴还是不高兴，脏屁股往沙发上一坐，嬉皮笑脸地说：“何叔，你可知道？余业疯了，提只死老鼠，硬说是你家丢的大肥猪。”

何三厌烦道：“余业疯了，关我屁事！土豆，你要有事，明天来说，我要睡觉了。”说着上来撵土豆。

土豆坐着不动，说：“何叔，你要撵走我，怕你的下场还不如余业。”

何三生气地问：“你这是什么意思？”

土豆慢腾腾地眨着眼皮：“余业找到只老鼠把它当头大肥猪。我找到头大肥猪，不知要不要把它当只小老鼠？所以特地来问问何叔。”

何三吃惊不小：“你找到了我家的猪？狗日的土豆，这事可不能胡扯。”

土豆哈哈大笑：“何叔，你好手段！大肥猪就藏在自家的甘蔗窖里，却硬栽赃说是余业偷的，活活把人逼疯了！”

肥猪现身

土豆怎么会说出何三把猪藏在家里，活活把人逼疯的话呢？

原来，土豆这两天手痒痒，可没钱，于是想到何三家地窖里放着很多打算卖高价的甘蔗，便起了贼心，趁着夜深人静，他悄悄潜进何三家的地窖，正想扛走几捆甘蔗，忽然听见脚下有堆黑乎乎的东西在哼哼，他掏出打火机打亮一看，原来何三喂的那只白尾巴猪跑到这里躲起来了。他乐得哈哈大笑：这下该我狠敲何三一笔钱了。于是他从地窖里跳出来，大模大样地来敲何三的门。

何三打着手电来到地窖一看，果真自家那头大肥猪跑到这里来了。何三不由倒吸口凉气：这么说是我冤枉了余业，这么说是我把余业逼疯了。这么一想，何三叫苦不迭。现在最要紧的是必须封住土豆的嘴，千万不能让人知道他的猪就在自家甘蔗窖里。

于是，何三把土豆拉到一边，小声说："我说土豆，你何叔平时待你不薄吧？这事还得请你封口不说。若是张扬开来，就是余业不找我算账，我何三也没脸见人哟！"

土豆跷着二郎腿说："可不是嘛！余业现在疯了，不晓得把屎糊到你脸上，可他老婆会把屎糊到你脸上的！再说，余业是被你逼疯的，你得帮他治病，三千五千还不一定能治好哩。我被派出所关过，知道一些，你这是犯了敲诈勒索罪！还有，还有就是侵犯人权，弄不好要坐几年牢！"

何三虽说是个"人精"，但对法律却一窍不通，听了土豆一番话，吓得头上直冒汗，忙求道："土豆，我的好侄子，你得帮帮我。只要你不说，天下就没人知道。"

土豆道："何叔，瞧你说的，如果我不帮你，会来对你说？只是……再过两天就是大年三十了，我却一样年货都没办呢。唉，一分钱难倒英雄汉啦！"

何三忙说："好说，好说。"于是从口袋里掏出一百块钱递给土豆，"这钱你拿去用，不必还了。"

土豆冷笑一声："你当我是向你讨饭啦？你知道，替你保密，这是昧良心的事！余业平时虽看不起我，但好歹还是我一个远房叔叔。"说完要走。

何三赶忙拉住土豆："土豆，你说个数，只要我能拿出来。"

土豆听了心里美滋滋的："何叔，你把裤头往余业头上套的时候不是说，钱算什么？人不能不要脸。我也不瞎说，要不你说我敲诈你。你给这个数。”说完伸出两手指。

何三说："两百？"

土豆不满道："两百？那我还不如不说！两千！两千其实也不算多，想想你还是划算的，是不是？"

何三哭丧个脸："两千就两千！土豆你说话可要算数，保证以后不说！"

土豆说："那当然。我土豆好赌懒惰，但人还是讲义气的。从此这大肥猪的事，只有天知地知，你知我知了。"

何三进屋取来两千块钱，土豆高兴地接过来，边点边问："何叔，那头猪怎么办？是杀还是卖？"

何三一脸苦样："还杀？还卖？我不想惊动更多人。马上挖个坑，人不知鬼不觉地把它埋了。"

土豆惊讶地说："啊呀，埋了多可惜，一千多块呢！"

何三叹道："唉，事到如今，只好权当自己生了一场大病！"

土豆眼珠一转，说："这样也好，我拿了你的钱，也该帮你出出力，替你挖坑去。"

何三用酒拌了些猪食先把猪醉了，然后和土豆把猪抬到挖好的坑里把猪埋了。

猪虽埋了，何三心仍悬着，第二天一早起来便到埋猪的地方去看看。不看便罢，一看傻眼了，埋猪的那坑被人掘开，猪不见了。

何三忙赶到土豆家，土豆不在。土豆的瞎眼妈说，一夜就没回来过。何三从早上等到天黑，才等到醉醺醺回来的土豆。何三把他拉到一边，一问，猪果真被他挖了。何三又气又急，土豆却打着酒嗝："那么大一堆肉埋了多可惜，我把它搬到镇上开的那家熟肉店去了，换了几百块钱。这不，提前吃了顿年饭。"

何三哭丧着脸："我的小祖宗，你拿了我那么多钱，还要坏我的事！"

土豆满不在乎道："怕啥！只要我不说，谁都不知道。"

何三想想不对劲，忙问："那么大一头猪，你一人能搬到二十里外的镇上去？"

土豆一愣，但顷刻贼眼一转，主意又来了："对了，忘了告诉你，我是请了一个朋友，我们俩把猪抬到镇上去的。"

何三的心又一下悬到嗓门眼："我的小祖宗，你保证不说，你那朋友也能保证不说？"

此刻，何三已经成了土豆手中的玩物了，土豆像逗一只小猫，他挠挠头，不急不慢地说："这我倒没想到，还真不好说，这样吧，你买上两条好烟、两瓶好酒让我提去，看在我的面子上，我想他不会对外说的。"何三没办法，只好花钱买上两条烟、两瓶酒交给土豆。

这年春节，何三是在提心吊胆中度过的，他整天窝在家里不出门。一是心虚，怕看见疯子余业；二是心烦，怕看见无赖土豆。可土豆并不因为何三烦他他就不来，有事没事来吃一顿，隔三岔五敲点钱花花，何三这儿几乎成了他土豆的饭铺和银行了。土豆得寸进尺，这个原来在何三眼里一钱不值的无赖，现在简直成了何三的爷了。

这天，何三正在家吃饭，忽然听到外面乱哄哄的，刚要出门去看，土豆却推门进来。

土豆进了屋，神秘地对何三说："告诉你一个好消息，余业掉水里淹死了。"

何三听了，吓得手里的饭碗"啪"一声掉在地上摔碎了，这哪是好消息，人命关天的大事啊！

原来余业疯了，整天提个死老鼠不放。几天下来，老鼠都臭了，但谁都夺不下来。后来，在别人的建议下，余业老婆用纸板剪了个老鼠，尾巴涂成白的，让余业提着。这天早上，余业提个纸老鼠在村口晃荡，一不小心，纸老鼠被风吹到河里，余业当即不顾一切扑下去……到了中午，他老婆来寻他吃饭，寻到河边，看见漂在水面上的纸老鼠，便晕了过去，等人们下去把余业捞上来，余业早已气绝身亡。

听完事情的经过，何三吓得面如土色，可土豆还在给他施加压力：“何叔，你现在越发不能让人知道你是冤枉了余业，人命关天啊！这不是面子不面子，赔两个钱的事！你肯定会被抓起来，最后，不判死刑，也得判个死缓！”

何三颤抖地哀求道：“土豆，现在我就靠你了，何叔的小命就攒在你手里。你是不是缺钱花？你叔手里只有五百块钱了。”

土豆故意生气地说：“何叔你以为我又来敲你的钱？你也太小看了我！我已经把你何叔当亲人了，世上还有比钱更重要的东西。以后，我决不向你要一分钱！”说完水都不喝一口，走了。

土豆走了，何三却一直不安。土豆怎么一下变好了？狗改不了吃屎啊，这里面肯定有更大的阴谋。想到这，何三不寒而栗。

三条人命

何三很快等来了恶消息。那就是村上都在传，说何三要招土豆为上门女婿。何三有三个女儿，大女儿、二女儿早出嫁了，三女儿花花长得如花似玉。去年，花花高中毕业没考上大学，就到上海打工去了，今年春节也没能回来。何三说了，这三丫头是舍不得嫁出去的，招个女婿进屋来为自己养老送终。村上好多好小伙有意，何三却一个都看不上。所以，一开始听土豆说，村上人都笑话土豆害病想屎吃呢。土豆却说得有鼻子有眼，说：“何三他喜欢我，隔三岔五请我上他家喝酒吃肉，硬要招我做上门女婿。我见何三说得诚恳，再说他三姑娘又如花似玉，这才答应下来。要不我才不干呢，一个人多自在！”

大伙一想，觉得是有点道理。今年春节期间何三是和土豆打得火热，保不准是有这心思：大伙只是弄不明白，精明一世的何三，老了咋让鸡啄瞎了眼睛，糟蹋了如花似玉的女儿，这不明摆着找罪受嘛！

何三的老婆听到了风言风语，便和何三吵：“你怎么想出来招土豆为上门女婿？这不明摆着把女儿往火坑里推吗？再说，招这么个懒鬼赌鬼进屋来，我们以后还有好日子过吗？”

何三发火说：“谁说我招土豆做女婿啦！我何三还没老糊涂，你不要听人家嚼蛆！”

何三老婆也发火：“村上都说开了，无风不起浪！现在想想是不对劲，这赌鬼、懒鬼过年期间常来，一来你就和他喝酒吃肉，还在一旁鬼鬼祟祟说话，原来我蒙在鼓里呀！不行，女儿是我生的，你要把她嫁给土豆，我就和你拼命！”说完还真的哭喊着上来和何三厮打。何三理亏，又不能说出事情真相，只好躲让着，但脸上还是给老婆抓破了。

何三气愤地来找土豆：“你小子落井下石，没安好心！”

土豆嬉皮笑脸道：“一开始我还真没想到这。后来村上人见到我都说，‘土豆，你小子好福气，这阵子何三动不动就请你喝酒吃肉，待你这么亲，是不是想招你做上门女婿啊？’我仔细一想，也是，凭目前我们的关系，要是我开口提，你何叔说不定还真答应呢！”

何三一拍桌子：“放你娘的屁！狗日的你想得美！也不撒泡尿照照，就你这样，也配得上我家花花？”

土豆不高兴了：“我怎就不配了？你女儿是七仙女，不定我就是董永呢！不就是人懒点赌点，可从不做伤天害理、逼死人命的事！”

何三气得嘴直哆嗦：“你，你……你小子别逼人太甚，如今猪没了，你口说无凭。我不认账，你的话谁信！”

土豆“哈哈”一笑，说：“我早料到你这个人精会来这一手。你要见你的白尾巴猪吗？我没卖掉，把它藏起来了，随时都可以让它出来亮相，你信不信！”说罢，他一挥袖子，“这事就这么定了，反正我爱上你家花花了。我给你两天时间考虑，到时别怪我翻脸不认人！哼！你不让我过快活日子，你也休想过快活日子！”说完丢下何三，得意洋洋地去了赌场。

何三脑子乱成糨糊样，也不知自己是怎么回到家里的，夜里，何三做了个梦，梦见自己答应招土豆为上门女婿，可花花就是不答应，他就打她。后来花花就拿根绳子去上吊，临死前，哭着冲他喊：“爸，你好自私！自己想活命，却把女儿往死路上逼呀……”接着，他又梦到他那头白尾巴猪不知从哪儿走出来，对他哼哼：“你逼死了余业，又埋了我这个活证人，你好狠心……”何三吓得大叫一声，惊醒了，满头满身全是冷汗。

何三再也睡不着了，来到院里抱头蹲下，越想越揪心，越想越伤心，他想若答应土豆，这家肯定就毁了！若不答应土豆，这无赖阴毒刁滑，又掌握证据，这家肯定也毁了。怎么办呢？他左想不是，右想不行，后来他一咬牙，觉得只有杀了土豆这狗日的！反正自己一条人命在手是死；两条人命在手也是死！除了土豆，保全了女儿，还能永远不让人知道余业是被我逼疯害死的，也算在世上没留下骂名。

第二天，何三去找土豆。土豆见到何三笑嘻嘻地问：“何叔，你想清楚了？是愿做我的丈人，还是不愿做我的丈人呢？”

何三叹道：“唉，就是我愿意，花花不见得同意啊，这事咋办？”

土豆来劲了：“这有什么难？只要你同意提供机会，让我和花花生米做成熟饭，那就由不得她了。”

何三气得真想抡起巴掌给土豆一个耳光，但还是忍了：“这事也不能蛮来，我们找个地方好好商量商量。”

于是，何三和土豆一起来到荒坟山上，找块空地坐下。何三从口袋里掏出一包花生米和一瓶酒，要和土豆边喝边商量。

土豆抓起酒瓶仔细瞧，瞧了一阵，半开玩笑道：“何叔，这酒里下了毒药吧？我知道，你心里肯定恨我！”

何三心里一惊，但脸上不动声色，一把夺过酒瓶，咕咚就是一大口，然后一抹嘴：“唉，下毒药我能和你一起喝？我不就是因为怕死，要不，我也不会做缩头乌龟呀。”

土豆这下放心了：“那是，好死不如赖活嘛！瞧我这熊样，吃了上顿没下顿，可从不想死，”说完，接过酒瓶往嘴里倒，很快，一瓶酒喝光了……

后来，村垦人发现荒坟山上的两具僵硬的尸体。

余业溺死河中，尸骨未寒，如今又死了两个，这下子扁担村不平静了。

人们虽然谁也说不清两人为何而死，但似乎都能猜到这两个人的死与余业的死有某种因果关系。三个死者的家，除何三有女儿女婿外，余业只有那可怜的老伴，此刻，已经是哭得死去活来；而那个土豆的瞎眼妈妈，更是可怜，更无能力操办丧事。于是，村里人便很自然地把村民组长黄聋子推出来主持操办三家的丧事。

出丧这天，三口棺材同时出村。几十号送丧者神情肃穆，唢呐声、鞭炮声、嚎哭声、孩子们吵闹叫喊声响成一片，倒也极为热闹壮观。就在出丧队伍快出村时，突然。从土豆家那没人住的破屋里，窜出一头大肥猪，一头白尾巴大肥猪！人们顿时惊诧地纷纷大喊起来："猪！是何三家的白尾巴猪！""呀！原来何三家的猪是土豆偷去的呀！""可怜的余业死得冤呀！""该死的土豆，死后准变猪！"送葬队伍在议论怒骂声中，开始乱了……

（钱　岩）

（题图：张恩卫）